Frank Schätzing

Keine Angst

Emons Verlag Köln

© Hermann-Josef Emons Verlag
Alle Rechte vorbehalten
Umschlaggestaltung: Atelier Schaller, Köln
Umschlagzeichnung: Heribert Stragholz
Satzerstellung mit WordPerfect Textverarbeitung
Satzbelichtung: Stadt Revue Verlag GmbH, Köln
Druck und Bindung: Clausen & Bosse GmbH, Leck
Printed in Germany 1997
ISBN 3-924491-88-7

Für meine Eltern

Schön, daß ihr es nicht
bei einer Kurzgeschichte
belassen habt

Inhalt

7	Prolog
9	Wollust
12	Der Puppenspieler
52	Keine Angst
58	Ein Zeichen der Liebe
92	Schulfreundinnen
105	Der Teppich
108	Dampf
124	Bistecca Mafia
154	Kricks Bilder
162	Stühle, hochgestellt nach Mitternacht
191	Ertappt!
202	Vrrooomm!
216	Moritat

Prolog

Der Tünnes sitzt im Frisiersalon und läßt sich von zarter Hand rasieren.

Wollust

Ah! Sie!

Ganz ohne Zweifel von jener Makellosigkeit und Schönheit, daß ihr nichts weniger gebührt als dein bedingungsloses Waterloo, liegt sie vor dir, nackt und braungebrannt, die üppig schwellenden Formen ein Bacchanal der Moleküle, schamlos dir entgegenge- reckt und doch ganz unschuldiges Opfer, deine Fleischeslust hin- auf und immer höher auf den Gipfel der Versuchung peitschend, einen Gipfel, so unvorstellbar weit ausgreifend in den Sternenre- gen, daß die Luft kaum noch zu atmen ist und es dir das Herz abschnürt und du dennoch weiterklettern willst, wo gar nichts mehr zu klettern ist, dorthin, wo du das Verlangen nicht mehr fühlst, sondern selber pures, glühendes Verlangen wirst, eins wirst mit ihr und ihrer Herrlichkeit, den guten, zimmertemperierten Rat der Freunde und der Ärzte unter dir lassend wie tiefhängende Gewitterwolken, trunken von der Möglichkeit des Unmöglichen, kurz: das Ende eines jeden logischen Gedankens in deinem unbe- deutenden synaptischen Mangrovensumpf, so ist sie, wartet sie auf dich, erwartet dich und keinen anderen als dich!

Die ewig Lockende, nimm sie! Bist du nicht ein Kind dieser verzauberten Stadt, von der sie sagen, daß Italien hier sein Revier markiert hat mit dem süßen Duft der ars vivendi? Was kann einer, der das Erbe der Cäsaren in sich trägt, in dessen Adern Blut vom Blute jener fließt, die einst ihr Heimweh an den feuchtkalten Ge- staden der neuen Colonia in melancholischen Exzessen zu betäu- ben suchten, so daß sich in ihrem Stöhnen Lachen und Weinen mischte wie der adriatische Himmel mit dem Meer an dunstigen Tagen, was also kann einer wie du anderes wollen als diesen einen Augenblick, um sich dem Opfer zu opfern und der Hingabe hin- zugeben? Schau sie an, Enkel des gottgleichen Gaius, Sohn des

Epikur, und wage zu behaupten, daß dein aufgewühltes Innere sie nicht begehrt, gleich hier und jetzt, vor allen Leuten, hier auf diesem Tisch! Ja, ebenso exzessiv und orgiastisch, wie es deine Ahnen mit ihresgleichen trieben, ist, was du nun mit ihr tun willst, Abkömmling Neros. Kaum, daß du dich zu zügeln vermagst, deiner Begierde die Besitzergreifung folgen zu lassen, aber –

Warte!

Ja, warte! Halte dich zurück, nur noch ein wenig, zögere es den Herzschlag einer Ewigkeit hinaus. Sie ist ja dein, will zu dir, bietet sich dar. Sieh nur, wie ihr erhitztes Fleisch nach dir verlangt. Du aber liebkose sie mit Blicken, einstweilen noch. Denn es ist ja gerade die hinausgezögerte, die kundig angestaute Lust, die sich dann um so wilder ins Becken aller Sinnlichkeit ergießt.

Wie lange hast du auf sie gewartet? Wie lange sie ersehnt? Aus einer Rippe soll sie kommen, die Versuchung? Einer Rippe? Was weiß denn einer von der Lust, der sie sich aus den Rippen schneiden muß? Nein, Rippe ist sie nicht, wenngleich sie dir, da sie nun endlich – endlich! – hingestreckt dort liegt, anmutet wie die himmlische Verheißung, ungeachtet jener Pölsterchen, die ein gewisses Defizit an Leibesübung nicht verleugnen, auch nicht die Reichlichkeit der zugeführten Speisen. Doch kommt dem Ideal nichts näher als das Idealisierte. Wird das Schöne schön erst durch den schönen Geist. Läßt schließlich erst der Blick des Liebenden das Unvollkommene vollkommen werden, bis es nichts mehr hinzuzufügen gibt, sondern – honigschwere Tragik aller Liebe – nur noch zu zerstören: die letzte, höchste Lust.

Drum nicht zu hastig, Freund. Liebkose schauend ihre Nacktheit. Ist sie, die mehr als üppige, in ihrer Fülle nicht um so schöner und betörender, Sproß des Caligula? Derart, daß du deine Augen nicht mehr von ihr lassen kannst, während dich ein Schauer nach dem anderen erbeben läßt und deine Mundhöhle der endlosen staubigen Sahara zu ähneln beginnt und es dich nur noch danach verlangt, sie hier und jetzt zu nehmen, ohne daß du ihren Namen wissen willst und ob sie einen hat, noch ihre Herkunft, noch, wo sie die Blüte ihrer Jugend hingebracht hat und auf welchen Pfaden sie gewandelt ist, bevor das Schicksal sie für dich bestimmte, hierher vor deinen voluptiven Blick.

Und so, wie dir die Augen aus den Höhlen treten, schließt sich deine Hand um einen Messergriff, und keuchend rammst du ihr den Stahl ins spritzende Fleisch. Du schnaufst und sabberst vor Begierde und drehst das Eisen rum, Muskeln, Sehnen und Bänder zerfetzend, bis die Klinge hörbar am Knochen entlangschabt, und dann beginnst du, sie genüßlich zu zerstückeln.

Denn sie ist schön. Aber sie ist ein Schwein!

Wer will da kommen, dich zu richten? Mach mit ihr, was du willst. Sie wird dir im Magen liegen, so oder so.

Die Haxe.

Der Puppenspieler

»Zum Beispiel Shakesp...p...p...peare!«

Speimanes träumte von den großen tragischen Rollen.

»Nicht so, wie ihn jeder x-beliebige Arsch inszenieren würde, Koch, das mußt du wissen, davon halt ich überhaupt nichts. Geh mal ins Kölner Schauspielhaus und guck dir den Dreck an. Die stecken alle Schauspieler in weiße Anzüge, egal, wann's spielt. Hab Caligula gesehen, römische Senatoren in weißen Anzügen, und der Kaiser nackt wie 'n Pavian. Ich meine, was soll das, der läuft da mit baumelnder Banane über die Bühne, und das kaiserliche Fest spielt sich auf einem Klettergerüst ab. Einem Klettergerüst, Koch! Und wir reden hier von der Blüte des römischen Reiches!«

»Caligula ist, wenn ich mich recht entsinne, nicht von Shakespeare«, gab Koch zu bedenken.

»Weiß ich, weiß doch jedes Kind. Ich wollte dir nur klarmachen, Koch, wo wir kulturell stehen. Mal ehrlich, was ist denn passiert, seit Mephisto das erste Mal in Anzug und Krawatte auf die Bühne fuhr, he? Oder meinetwegen nimm die Oper, Wagner, Götterdämmerung. Da läuft's doch auch nicht anders. Wotan als Göring, gut, das hatte wenigstens noch was von dieser irritierenden Substanz, da wurde aufbegehrt, aber wie lange ist das her? Und heute? Schockieren um jeden Preis! Wenn heute auf der Bühne nicht gevögelt wird, war das nicht gut. Hab ich ja nichts gegen. Lustig, lustig. Aber bitte, Koch, dann frag dich in vollem Ernst, was hat das noch mit jungem, aufbegehrendem Theater zu tun? Wo bleiben die Impulse, die Aussagen, die Neuerungen? Warum wird jedes Stück der Selbstgefälligkeit drittrangiger Intendanten geopfert?«

Koch zuckte die Achseln.

»Was beklagst du dich? Wir lassen im Hänneschen die Puppen tanzen, da ist noch nie gevögelt worden.«

»Wart's ab, Koch. Wart's ab.«

»Was? Daß sie anfangen zu vögeln?«

»Daß ich was anderes mache. Ich hab seriöse Angebote.«

»Hm.« Koch legte die Stirn in Falten und nahm einen tiefen Zug aus seinem Kölsch. »Ich weiß nicht, Schlemmer. Was hast du plötzlich dagegen, im Hänneschen den Speimanes zu spielen? Du bist ein guter Puppenspieler.«

Schlemmer machte eine Handbewegung, als wolle er einen Schwarm Mücken vertreiben.

»Ich rede nicht vom Hänneschen.«

»Wovon dann?«

»Echte Kunst, davon rede ich. Richtiges Theater! Mann, Koch, will ich enden wie du? Achtzehn Jahre lang die Puppe vom Schutzmann schwenken!«

»Ist nicht das Schlechteste.«

»Pah. Du hast eben keine Ambitionen.«

Schlemmer stellte fest, daß sich unter den Augen des Alten mehr Ringe versammelt hatten als in den Auslagen von Gold Krämer. Koch wirkte traurig und verbraucht.

»Vielleicht hast du recht«, sagte er.

»Was? Das gibst du auch noch zu?« entrüstete sich Schlemmer.

»Was soll ich mit Ambitionen? Ich bin fast sechzig.«

»Koch, enttäusch mich nicht. Für Ambitionen ist man nie zu alt! Schau mich an. Schauspielschule, Gesangsunterricht, kleine Rollen hier und da, Filmdose, Rocky Horror Picture Show, Carmen vom Klapperhof, jetzt Hänneschen, okay, in Köln nicht schlecht für's Renommee. Mittlerweile sind sie auf mich aufmerksam geworden. Als nächstes kommt die große Bühne, das sag ich dir, und dann geht's ab zum Film. Gib mir fünf Jahre, und ich bin berühmt.«

»Das kann keiner wissen.«

Schlemmer lächelte versonnen.

»Und wenn ich gestern nacht auf dem Nachhauseweg drei alten Frauen begegnet wäre, die mir zuriefen: Heil dir, Schlemmer, Heil, Heil dir?«

13

Koch verzog das Gesicht.

»Hör mir auf mit dem Nazikram.«

»Das ist aus Macbeth«, entsetzte sich Schlemmer. »Nazikram! Heil dir, Macbeth, dir, künft'gem König Heil! Der Hexen Prophezeiung. Heil dir, Than von Glamis, Than von Cawdor! Nie gehört?«

»Doch.«

»Macbeth, mein Höchstes! So, wie ihn Orson Welles gespielt hat.« Schlemmers Faust knallte auf den gescheuerten Holztisch. »Mann, das war noch was! Das war eben wirklich große Kunst. Weißt du, Koch, daß ich mich manchmal ein bißchen sehe wie er? Als Universalist, ich meine, was so die Grundlagen angeht. Hab schauspielerisches Talent und den dramaturgischen Überblick, ich könnte also durchaus inszenieren. Tanzen und singen ist eh kein Problem.«

»Tja, Schlemmer«, sagte Koch mit ernster Miene. »Wirst wohl deinen Weg machen. Reich und berühmt werden.«

Sein Gegenüber lachte.

»Zweimal gesprochene Wahrheit, als Glücksprologen zum erhab'nen Schauspiel von kaiserlichem Inhalt – Freund, ich dank Euch!«

Sie stießen an. Schlemmer warf den Kopf mit der edlen Nase und der breiten Stirn nach hinten, als er sein Glas in einem Zug leerte. Blonde Locken fielen über seine Schultern. Koch, in sich zusammengesunken, sah ihm zu und wünschte, einmal im Leben so ausgesehen zu haben wie dieser hünenhafte, gnadenlos von sich überzeugte junge Mann.

Aber er war nur ein krummbeiniger Glatzkopf, der die Menschen nicht liebte und folglich nicht geliebt wurde.

Oder auch umgekehrt.

≈≈≈

Als Schlemmer durch die Nacht heimwärts schlenderte, hatte er den alten Mann fast schon vergessen.

Sicher, er mochte Koch. Weil der Alte klein und fahl und einsam war, tat er ihm sogar ein bißchen leid. Eine Regung, die allerdings zum Äußersten zählte, was Schlemmer für andere zu empfinden bereit war. Seit frühester Kindheit wußte er über seine Mitmenschen nicht viel mehr zu sagen, als daß sie auf der Welt waren, um ihn großartig zu finden oder wenigstens auf beeindruckende Weise arrogant. Wer Schlemmers Nähe suchte, verkümmerte zum Stichwortgeber. Schlemmer hielt großartige Monologe, sang Arien und rezitierte die Klassiker, und weil er das eine wie das andere leidlich gut konnte, verzieh man ihm, daß seine Jovialität oft an Beleidigung grenzte. Wer ihn hingegen ablehnte, den verstand Schlemmer so konsequent zu übersehen, daß die Betreffenden oft an ihrem eigenen Vorhandensein zu zweifeln begannen.

Im Grunde interessierte sich Schlemmer für niemanden als sich selber.

Dennoch sah es so aus, als sei er Kochs einziger Freund. Sie hatten sich kennengelernt, als Schlemmer ins Hänneschen-Ensemble eingestiegen war, als dreißigster Spieler, was ihn dreißig Kölsch kostete. Er fühlte sich wohl in der bunt zusammengewürfelten Truppe aus Schauspielern, Musikern, Masken- und Bühnenbildnern, die Kölsch nach dem Reinheitsgebot sprachen und auch dann noch Spaß untereinander hatten, wenn Hänneschen, Bärbelchen und der Rest der Lindenholzbande den Schlaf des Pinocchio schliefen.

Nur Koch erwies sich als schweigsamer, sonderlicher alter Knochen, über den man trotz der vielen Jahre, die er schon dabei war, wenig wußte. Den Schutzmann spielte er nicht ganz von ungefähr. Schlemmer erfuhr in den ersten Wochen, daß Koch früher bei der Polizei gewesen war, in irgendeiner Spezialeinheit. Der Alte sprach nie darüber. Seine Frau war tot, Kinder hatte er keine. Er war zu jedermann höflich, ohne freundlich zu sein. Etwas an ihm hielt alle auf Distanz, und genauso schien er es zu wollen. Gut, sagten die anderen, wenn er nicht will, muß er nicht wollen. Wenn seine einzigen Freunde die Puppen sind, um die er sich so närrisch kümmert, soll er sich halt in Holz und Stoff verlieren. Jeder Jeck ist anders, und in Köln sind Toleranz und Ignoranz Geschwister.

Es war mit Schlemmers Eitelkeit unvereinbar, daß er nicht wenigstens versuchte, den Alten zu knacken.

Anfangs gab er sich unterwürfig und appellierte an Kochs

15

reichhaltige Erfahrung. Koch brachte ihm ein paar Tricks bei, und ziemlich schnell zeigte sich, daß die beiden miteinander konnten. Schlemmer, der Aufschneider, und Koch, der Sonderling, zwei Egomanen vor dem Herrn, begegneten einander mit Respekt und einer gewissen Neigung, dem anderen zuzuhören. Kochs Bereitschaft erwies sich letzten Endes als die größere, und nachdem Schlemmer einmal gewonnen hatte, verfiel er wieder in sein altes Muster und folgte dem leuchtenden Pfad der Selbstverehrung. Sie machten einige Abende miteinander nieder, in deren Verlauf Koch alles über Schlemmer und Schlemmer nichts über Koch erfuhr, weil er ihn nach nichts fragte. Nach einer Weile äußerte sich Koch in unbestimmter Weise darüber, einen Freund gefunden zu haben, was Schlemmer großmütig verbuchte, ohne sich im mindesten verpflichtet zu fühlen.

Jetzt, als er unter der Glocke aus Zwielicht, die Köln gegen den Himmel warf, nach Hause trabte, beschäftigten Schlemmer andere Dinge. Beispielsweise, daß sich seine Kontakte zur großen Bühne in einer Kneipenbekanntschaft erschöpften, die er bis heute nicht hatte aktivieren können. Daß er bei der Bank mit Dreißigtausend in der Kreide stand und ihm das Geld durch die Finger rann. Daß er offenbar nicht die Voraussetzungen mitbrachte, seinen eigenen Ruhm noch zu erleben, weil er vorher Opfer des Geldverleihers werden würde, der ihm vergangenes Jahr aus der Patsche geholfen hatte. Mittlerweile, da Schlemmer das Geld zwar ausgegeben, aber nicht zurückgezahlt hatte, wurden ihm Gerüchte von zwei Jugoslawen zugetragen, die Schlemmers schöne gerade Nase in eine Serpentine verwandeln sollten. Daß seine Herzallerliebste überdies die Koffer gepackt hatte, was Schlemmer erst nach einer Woche aufgefallen war, spielte da schon keine Rolle mehr.

Das Geld. Das raubte ihm alle Lebensfreude. Klamm war er immer schon gewesen. Aber nicht pitschnaß mit Haien drumherum. Er mußte sich irgendwas einfallen lassen, oder der Speimanes würde bald stottern, weil dem Mann unter der Puppe die Zähne fehlten.

Im günstigsten Fall.

≈≈≈

16

Zwei Wochen vergingen, in denen Schlemmer auf fünf Parties eingeladen war. Er lernte eine Sängerin kennen, beschloß, sich zu verlieben und verliebte sich. Ansonsten tat sich nichts.

Im Hänneschen spielten sie zwei Stücke, »Sand für den Sandmann« und »Butz widder Butz«. Über Langeweile konnten sich die Spieler kaum beklagen. Fünf Tage die Woche volles Programm, vormittags um elf Proben, sechzehn Uhr Kindervorstellung, abends dann die großen Kinder. Der Applaus war gewaltig. Schlemmer rechnete zehn Prozent davon für die anderen und den Rest für sich. Schleierhaft, warum man ihn so schlecht bezahlte bei soviel Applaus.

Als er in seinen Mantel schlüpfte, um zu seiner Neuerwerbung zu entwischen, kam ihm Koch mit schlurfenden Schritten hinterher.

»Hast du ein Stündchen Zeit?« fragte er tonlos.

Hoppla, dachte Schlemmer.

»Bißchen schlecht, Koch. Ganz schlecht.« Er kehrte entschuldigend die Handflächen nach außen. »Die Liebe. Mich hat's erwischt. Volle Breitseite.«

»Ja«, sagte Koch. Er schöpfte tief und entschlossen Atem. »Mich auch.«

Schlemmer kam zu der Überzeugung, daß Koch mit einem Problem aufwartete. Das war lästig. Vor Verlegenheit wurde ihm ganz kalt.

»Tut mir wirklich leid. Du warst doch auch mal jung, oder?«

Koch zögerte, dann nickte er kurz und heftig, den Blick abgewandt. Schlemmer fühlte sich immer unbehaglicher.

»Nun, morgen abend?« Er grinste. »Oder Dienstag morgen, zu Mittag oder Abend – Mittwoch früh? – O nenne mir die Zeit, doch laß es höchstens drei Tage sein!«

»Was?« fragte Koch verwirrt.

»Othello, dritter Aufzug, dritte Szene, Desdemona. Im Ernst, was hältst du von morgen abend nach der Vorstellung? Wir gehen in die Keule.«

Dann sah er Kochs Hände zittern.

»Schlemmer«, flüsterte der Alte. »Nicht wenigstens ein paar Minuten?«

17

Schlemmer erstarrte, den Mantel halb übergezogen, den linken Arm abgewinkelt, um in den schlaff herunterbaumelnden Ärmel schlüpfen zu können. Bleib doch noch ein bißchen, hörte er seine Mutter sagen, das letzte Mal, daß er sie gesehen hatte, bevor sie gestorben war. Damals war er nicht geblieben.

Er zog den Mantel vor der Brust zusammen.

»Ein Viertelstündchen kann ich erübrigen. Wohin?«

»Egal.«

»Also in die Keule?«

»Meinetwegen.«

Schlemmer betrachtete den Alten ratlos. Dann holte er ihm seinen Mantel und bugsierte Koch nach draußen.

Schweigsam trotteten sie die paar Schritte hinüber zur Tränke, setzten sich an die Theke und bestellten Kölsch. Koch sah elend aus. Zwischen den mageren Schultern ruhte sein Kopf wie in einer Hängematte, die verhindern sollte, daß er sich zu den Füßen gesellte.

»Ich war heute beim Arzt«, sagte der Alte. »Ergebnisse abholen.«

»Hm.« Schlemmer drehte sein Glas zwischen Daumen und Zeigefinger. »Und? Was hat der Doc gesagt? Daß du hundert Jahre alt wirst?«

Koch starrte in sein Glas.

»Er hat gesagt, ich habe Krebs.«

Schlemmer drehte sein Glas weiter. Er wollte das nicht hören.

»Krebs im fortgeschrittenen Stadium. Die ständigen Bauchschmerzen, weißt du?«

»Nein. Du hast mir nie was von Bauchschmerzen erzählt, verdammt!«

»Ach ja.« Koch lächelte schwach. »Nicht mal dir.«

Schlemmer straffte sich. Er legte Koch den Arm um die Schulter und zog ihn an sich.

»Das wird schon wieder, Koch«, verkündete er im Brustton der Überzeugung. Perlweißes Lachen spaltete sein Gesicht. »Ich hab von Leuten gehört, die . . . «

»Nichts hast du gehört. Trotzdem lieb von dir.«

»Mensch, Koch. Das ist nicht das Ende!«

18

Koch schwieg eine Weile. Dann ließ er einen Fünfer über den Tresen rollen und stand auf.

»Doch«, sagte er ruhig. »Danke für deine Zeit, Schlemmer. Das ist das Ende.«

≈≈≈

Übertrieben zu sagen, daß Schlemmer sich in den folgenden Tagen um Koch bemühte. Bemühungen lagen ihm fern. Aber die Zeitbombe in Kochs Bauch tickte auch in seinem Kopf. Der Alte trudelte einem elenden Ende entgegen, während Schlemmer sich seltsam ausgehöhlt und hilflos fühlte. Er versuchte Trauer zu empfinden, aber die Landschaft seiner Emotionen lag flach vor ihm, und nicht mal der Gedanke an sein eigenes Sterben ließ ihn darauf hoffen, daß er für den Tod je mehr aufbringen würde als peinliches Unbehagen.

Koch ließ einige Vorstellungen platzen, schickte eine offizielle Kündigung und kam dann gar nicht mehr. Einmal wählte Schlemmer noch seine Nummer und war froh, daß niemand dranging.

Nach einer Weile gewöhnte er sich an den Gedanken, daß sich Koch in die Nichtexistenz verflüchtigt hatte. Weder hörte er, daß der Alte lebte, noch, daß er tot war. Andere Mitglieder des Ensembles wußten auch nicht mehr, als daß Koch sich endgültig in die selbstgewählte Isolation zurückgezogen hatte. Der Schutzmann war längst neu besetzt worden, ein viel jüngerer Mann aus Nippes, der seine Sache gut machte und jede Menge Blondinenwitze kannte. Malchers, der Leiter des Theaters, bemühte sich noch einige Male, Koch zu erreichen, aber jedesmal empfing ihn die Computerstimme des Anrufbeantworters, mit dem der alte Mann auf Kontaktaufnahmen zu reagieren pflegte. Wahrscheinlich würde irgendwann in der Zeitung stehen, die Nachbarn seien durch den Geruch aufmerksam geworden.

Irgend so was.

Es war zwei Monate nach Kochs Verschwinden, als Schlemmer nach Hause kam und das Telefon klingeln hörte. Weil er sich eben von der Sängerin getrennt, beziehungsweise zugelassen hatte, daß sie sich von ihm trennte, gab er der spontanen Vermutung nach, sie habe sich besonnen und versuche nun, verlorenes Terrain

19

zurückzuerobern. Prompt fühlte er sich einige Zentimeter wachsen und griff nach dem Hörer.

»Das kannst du dir abschminken«, sagte er.

»Schlemmer?«

Schlemmer zuckte zusammen und hielt unwillkürlich den Hörer ein Stück vom Ohr.

»Koch?« fragte er ungläubig.

»Ja.«

Er hatte nicht geglaubt, daß der Alte noch lebte. Genauer gesagt hatte er ihn so gut wie vergessen.

»Mensch, Koch!« brüllte er. »Was machst du? Wie geht's dir?«

Am anderen Ende war einige Sekunden lang nur Rauschen zu hören.

»Gut«, erklang Kochs Stimme schließlich wieder. »Danke. Mir geht's eigentlich ganz gut.«

»Ganz gut, sagt der Kerl! Gott und alle Menschen machen sich Sorgen! Warum hast du dich nie gemeldet? Ich hab endlos oft versucht, dich zu erreichen.«

Das war eine so unverschämte Lüge, daß Schlemmer sich wunderte, Koch ruhig und freundlich weitersprechen zu hören.

»Ich hatte damit zu tun, meine Krankheit in den Griff zu kriegen. Ich meine, da oben.«

Vor seinem geistigen Auge sah Schlemmer, wie der alte Mann sich an die Stirn tippte.

»Und was heißt das?« fragte er vorsichtig.

»Das heißt verschiedenes«, kam die unverbindliche Antwort. »Dinge, die man nicht am Telefon bereden sollte. Hast du nicht mal Lust, mich zu besuchen?«

»Was, bei dir zu Hause?«

»Naja«, sagte Koch etwas unsicher. »Wo denn sonst?«

»Ich kann mich nicht erinnern, daß du jemals eine Menschenseele zu dir eingeladen hättest.«

»Soll auch nicht einreißen. Aber dich würd ich schon ganz gern mal wiedersehen. Wenn du magst, natürlich nur.«

»Natürlich, Koch, natürlich.« Schlemmer schüttelte das Unbehagen aus seinen Gliedern. »Wie schön. Sag nur wann. Ich hab dir eine Menge zu erzählen, die Theaterleute sind ganz geil auf mich.«

»Ah! Das klingt ja prächtig. Also, sagen wir … wie war das noch? Laßt es nicht länger als drei Tage dauern?«

Schlemmer glotzte verständnislos in den Hörer.

»Was meinst du?«

»Shakespeare, Othello. Dritter Akt, glaube ich.«

»Ach so«, rief Schlemmer begeistert. »Ja ja! So bald als möglich, deinethalb! Gleiche Szene. Warte mal, heute kann ich nicht, wichtige Termine nach der Vorstellung. Morgen ist auch vertrackt, zu blöde, aber übermorgen. Was hältst du von elf Uhr, da können wir noch einen heben.«

»Gut. Einverstanden.«

Koch gab ihm seine Adresse in der Aachener Straße, gleich neben Millowitsch, und legte auf. Schlemmer starrte vor sich hin und schüttelte dann den Kopf.

»Tja«, sagte er. »Tja.«

Eine Weile lief er wie aufgescheucht durch seine Wohnung und betrachtete sich mehrfach im Spiegel. Dann saß er rund zwanzig Minuten auf der Kante seines viel zu teuren Wohnzimmersofas, bereit zum Sprung.

Die Wohnung war still wie ein Grab. Nur in der Heizung knackte es von Zeit zu Zeit unerträglich laut.

Endlich ging er mit Riesenschritten zum Telefon und wählte eine Nummer. Es tutete, knackte und rauschte, dann meldete sich ein Anrufbeantworter mit karibischer Musik im Hintergrund. Die Sängerin sang auswärts. Mit wem auch immer.

»Das kannst du dir abschminken«, schnauzte er ihr aufs Band und knallte den Hörer auf die Gabel.

≈≈≈

Im übrigen konnte von wichtigen Terminen keine Rede sein, was Schlemmers Zeit betraf. Es war nur so, daß er wenig Lust verspürte, Koch zu besuchen. Weil er aber auch nicht rundheraus ablehnen wollte, hatte er den übernächsten Tag vorgeschlagen, der weit genug weg lag, um ihn erst mal verdrängen zu können, und nah genug, um sich nicht hinterher Vorwürfe machen zu müssen, Koch sei mittlerweile verstorben.

Am folgenden Morgen fand Schlemmer einen Zettel in seinem

Briefkasten, dessen Inhalt sehr knapp gefaßt war und dennoch keinerlei Zweifel an der Entschlossenheit des Absenders ließ. Eine fünfstellige Zahl, ein Datum – Ende kommender Woche – sowie eine hingekritzelte geballte Faust.

Ohnehin erstaunlich, daß ihn der Wucherer zwei weitere Monate lang in Ruhe gelassen hatte. Jetzt käme also der Auftritt der Jugoslawen. Schlemmer war lang und stark, aber was nützte das gegen Brecheisen und Schlagringe?

Er überstand den Tag und die anschließende Vorstellung mit Magenschmerzen, setzte sich später zu Hause auf das teure Sofa, verfluchte es und machte eine Flasche Roten auf. Auch der Wein war teuer. Aber Schlemmer konnte nicht anders, als für jede Mark, die er verdiente, zwei auf den Kopf zu hauen, das war immer schon so gewesen.

Nacheinander ging er seine Möglichkeiten durch.

Von der Bank hatte er nichts mehr zu erwarten. Er konnte froh sein, wenn sie ihm nicht das Konto sperrten. Reiche Freunde gab's nicht, und sein Vater verfügte zwar über beträchtliche Summen, hatte ihm jedoch vor einem knappen Jahr die notarielle Mitteilung seiner Enterbung zukommen lassen und jeden Kontakt abgebrochen. Schlemmer dachte, daß er den Alten vielleicht mal hätte anrufen sollen in den letzten Jahren, wenigstens während der Zeit, da er ihm die Schauspielschule bezahlt hatte. Nach Aufkündigung der Erbschaft war er allerdings derart gekränkt, daß er nun erst recht nicht mehr anrufen mochte. Zuvor nicht und erst recht nicht ergaben unterm Strich eine glatte Null und kaum eine Basis, die väterliche Verzeihung zu suchen. Keine Chance.

Vorschuß vom Hänneschen, noch eine Möglichkeit. Auf die erforderliche Summe würde er dabei nicht kommen. Aber selbst wenn, wovon sollte er leben? Der Gedanke fuhr ihm so sehr in die Glieder, daß er geneigt war, den Wein wieder zu verkorken, um ihn für schlechtere Zeiten aufzusparen. Dann überlegte er sich's anders und trank die Flasche leer.

Etwas am Gefüge seiner Selbstsicherheit bröckelte. Rieselte davon wie feine weiße Bäche aus einer Sandburg, nachdem die Sonne den letzten Rest Meerwasser herausgesaugt hat. So saß er da, und seine Gefühle waren trübe wie der feine Nebelschleier, der in dieser Nacht über den Rhein und durch die Straßen Kölns trieb. Er mußte sich was einfallen lassen. Und wenn es noch so abwegig war. Er hatte Angst um sein schönes Leben und sein schönes Gesicht. Kurz fiel ihm Koch ein, der sterben würde, wenn nicht ein Wunder eingetreten war. Beinahe haßte er Koch dafür, so alt geworden zu sein.

Er war jung. Er gehörte in den Olymp, nicht in die Ambulanz mit gebrochenen Knochen oder – noch schlimmer – in einen Bleisarg. Zu allen Zeiten waren Künstler knapp bei Kasse gewesen. Wo lag das Problem?

Die Welt war ungerecht. Das war das Problem. Die Ignoranz der anderen war schuld.

≋≋≋

Der Weg zu Koch führte unter einer hohen düsteren Einfahrt hindurch. Darüber bröckelte ein Altbau vor sich hin. Schlemmer, der mittlerweile hinter jeder Ecke unheilbringende Schatten zu sehen glaubte, beschleunigte seinen Schritt, drückte sich in den erleuchteten Hauseingang und studierte mit zusammengekniffenen Augen die Klingelschilder. Koch wohnte ganz oben. Schlemmer warf einen Blick auf die Uhr. Fünf vor halb zwölf. Bißchen spät vielleicht. Gut möglich, daß Koch schon schlafen gegangen war. Man könnte also ebensogut hinüber ins Königswasser gehen und jemand anderen treffen, mit dem es was zu lachen gäbe.

Schäm dich, dachte er im gleichen Moment, dem alten Furz geht's schlecht, er hat keine Freunde und will quatschen. Vor lauter Reue drückte er gleich dreimal auf die Klingel. Der Summer antwortete prompt. Schlemmer fügte sich und erklomm krummgetretene Holzstiegen in einem zugigen Treppenhaus, dessen Beleuchtung etagenweise ausgefallen war. Wieder ängstigten ihn die Schatten, so daß er froh war, sich plötzlich Koch gegenüber zu sehen, der oben am Geländer lehnte und zusah, wie er mühsam an Höhe gewann.

»Ich dachte, du kommst nicht mehr«, sagte Koch. Es klang nicht enttäuscht oder böse, eher schwang ein feiner ironischer Unterton mit.

So schlecht sah er nicht mal aus, der Alte. Auf alle Fälle besser

23

als am Tag, da sie das letzte Mal zusammen in der Keule gewesen waren.

»Aber Koch!« Schlemmer nahm beherzt die letzten Stufen, breitete jovial die Arme aus und drückte den Alten an sich. Koch reichte ihm gerade bis zur Brust, so daß er auf den furchigen, kahlen Hinterkopf herabsehen konnte. »Du kennst mich doch.«

Koch löste sich und lächelte.

»Ja, eben. Komm rein.«

Neugierig sah sich Schlemmer um, während Koch voranging. Sie durchschritten einen kafkaesken Schacht von Diele, in dem sich nichts befand als ein dunkler Teppichboden und ein schmales Bücherregal. Koch stieß eine Tür am anderen Ende auf und trat unter verlegenem Räuspern beiseite, um seinen Besuch an sich vorbeizulassen.

Schlemmer wollte seinen Augen nicht trauen.

Dicht bevölkert, war sein erster Eindruck. Dutzende, wenn nicht Hunderte menschlicher und menschenähnlicher Wesen, die sich auf engstem Raum zusammendrängten, sitzend, stehend, neben- und aufeinander, von den Wänden herabglotzend, reglos und dennoch auf unheimliche Weise belebt, so, als habe hier eben noch eine bizarre Party stattgefunden, bis zum Augenblick, da der Herr und Meister – Koch – das Zimmer betrat und alles verstummte und erstarrte. Unzählige Augenpaare starrten die Eintretenden an oder knapp an ihnen vorbei, breit lachende Münder öffneten sich neben spitzen Schnauzen. Es hätte ein Höllenspektakel herrschen müssen, aber alles Hörbare beschränkte sich auf das hohle Ticken einer Uhr und Kochs Hüstelei.

Schlemmer drehte sich um und um.

»Verdammt«, flüsterte er. »Die hatten recht!«

»Wer hat recht?« wollte Koch wissen.

»Die vom Hänneschen.« Oh, das war peinlich! Vielleicht hätte er sich die Bemerkung verkneifen sollen. »Es heißt da – ich meine, einige sind der Ansicht – deine einzigen Freunde seien die Puppen. Und jetzt . . . «

Koch nickte.

»Da haben sie tatsächlich recht. Willst du was trinken?«

»Was hättest du denn anzubieten?«

»Verschiedenes. Setz dich.«

Schlemmer blickte sich ratlos um, weil sämtliche Plätze von Puppen aller Größenordnungen okkupiert schienen. Aber das war nur der erste Eindruck. Hatte man sich an die kuriose Versammlung gewöhnt, fielen gemütliche Sessel ins Auge, die offenbar den Lebenden vorbehalten waren. Schlemmer ließ sich in ein tiefdunkelrotes Etwas fallen, das ihn liebevoll verschlang, so daß seine spitzen Knie vor ihm aufragten wie die Klippen der Skellig Islands.

Koch trat von einem Bein aufs andere. »Ich könnte dir ein Bier bringen.« Nun, da der Besuch da war, schien er nicht recht zu wissen, was er mit ihm anfangen sollte.

»Ein Bier wäre fein«, nickte Schlemmer.

Der Alte betrachtete ihn gedankenverloren. »Nein, zu profan«, beschied er unvermittelt. »Bier trinken kann man immer. Ich weiß nicht, wann ich sterben werde, Schlemmer, vielleicht morgen, vielleicht nächstes Jahr. Weißt du was? Wir sollten uns was gönnen.«

Er öffnete ein Schränkchen und entnahm ihm eine große, grüne Flasche und zwei Whiskeygläser.

»Jameson 1780. Special Reserve. Gerade richtig, um sich in guter Gesellschaft zu betrinken.«

Schlemmer zuckte zusammen. Koch wollte sich betrinken? Das konnte ja heiter werden.

»Einen nehm ich gerne«, sagte er vorsichtig und bekam das Glas vollgeschenkt, daß ihn schwindelte. Koch nahm ihm gegenüber Platz und beließ die Flasche in Griffweite.

»Alsdann.«

Sie tranken und tauschten Belanglosigkeiten aus. Das Fatale war, daß Schlemmer nicht vorhatte, lange zu bleiben, andererseits diese alten irischen Whiskeys über alles liebte. Es kam, wie es kommen mußte. Koch stemmte sich zwischen zwei Bemerkungen über das Unwesen der 0,3-Liter-Stangen in Altstadtkneipen hoch, griff nach der Flasche, und erneut entsprang dem dunkelgrünglänzenden Hals das Wasser des Lebens. Er schmatzte ein paarmal genießerisch und blinzelte über den Rand des geschliffenen Kristalls in eine unbestimmte Ferne.

»Dieser Whiskey. Man schmeckt eine ganze Welt«, sagte er. »Ich bin so oft in Irland gewesen, so gerne. Tja. Da werd ich wohl kaum noch mal hinkommen. Bin mittlerweile selber so verfallen wie die aufgelassenen Häuschen an den Küsten Mayos und Sligos. Weißt du, auch die irischen Dörfer sind an einem Krebs gestorben, an der Verlassenheit.«

Er sah Schlemmers verständnislosen Blick und zuckte die Achseln.

»Wenn du über die Welt nachdenkst und dir bewußt machst, daß sie ohne dich nicht anders weiterexistieren wird als zu deinen Lebzeiten, das ist schon komisch. Du gehst am Dom vorbei und denkst, Mensch, der gehört ja irgendwie ein bißchen dir, weil seine Fundamente so tief in deinem Herzen wurzeln. Aber wenn du tot bist, wird er immer noch genauso dastehen. Und plötzlich kapierst du, daß dir gar nichts gehört. Es wird Leben und Treiben herrschen, aber ohne dich. Es wird Tag und Nacht werden, aber ohne dich. Es wird Krieg und Frieden geben, aber ohne dich. Ohne dein großes Herz. Nichts wird sich ändern. Ich muß sagen, daß mich der Gedanke anfangs sehr erschreckt hat. Sie werden diesen Whiskey destillieren. Leute werden ihn kosten. Die Welt wird schön sein. Ja, verdammt, sie wird kein bißchen weniger schön sein, bloß weil es dich nicht mehr gibt, kein kleines winziges bißchen! Du stirbst unbemerkt von allen, die dich nie gekannt haben und für die dein Tod bedeutungslos ist, und du fragst dich, ob du jemals bedeutungsvoll warst, für irgendwen oder irgendwas. Kannst du dir das vorstellen, Schlemmer? Du verreckst im Angesicht der Frage, ob du von Bedeutung warst, mit einem Nein!«

»Mein Gott, Koch«, sagte Schlemmer. »Wer redet denn vom Sterben?«

Koch schüttelte den Kopf.

»Ich rede nicht vom Sterben. Ich rede vom Dasein und Wegsein. Weißt du, in Irland gibt es alte keltische Hochkreuze, die messen viele Meter. Du setzt dich ins Gras und lehnst dich mit dem Rücken gegen so ein altes moosiges Steinkreuz mit seinen gelben Flechtenkulturen, um über alles mögliche nachzudenken, was du noch tun mußt und was wichtig ist, und du wirst immer ruhiger dabei. Du richtest deinen Blick über die See dorthin, wo du die Hebriden vermutest und an schönen Tagen vielleicht sogar siehst, und etwas sagt dir, daß dieses Kreuz schon da war, als du noch nicht mal die Möglichkeit hattest, geboren zu werden, nicht mal deine Ureltern die Möglichkeit hatten, geboren zu werden. Und daß es wahrscheinlich noch dastehen wird, wenn du eins geworden bist mit dem Humus unter dir. Die Welt ist so ... so unbeeindruckt von einem Menschenleben und davon, daß es endet, sie geht so desinteressiert darüber hinweg ... und ich frage mich, wie ich das finden soll. Wie findest du das?«

»Was?« Schlemmer schreckte auf. Er hatte nicht richtig zugehört. In seinem Kopf stritten jugoslawische Schlägertrupps und mitleidlose Bankbeamte um die Vorherrschaft. »Ich meine, du solltest mir erst mal erzählen, wie es dir überhaupt geht.«

Koch lächelte.

»Ich bin ja dabei«, sagte er. »Aber egal. Erzähl du mir erst mal was. Vom Hänneschen. Und von dir.«

Das Glöcklein erklang, und Pavlov triumphierte: Schlemmer verfiel in den üblichen Erzählrausch, zitierte Shakespeare, gab seiner Meinung über Kunst und Kultur Ausdruck, beschrieb gestikulierend die Annehmlichkeiten der Liebe, dramatisierte, beschönigte und übertrieb, log und verbog und führte Koch durch Dutzendschaften potemkinscher Dörfer. Wie er es liebte, sich zuzuhören, während sich die Zeit davonmachte! Plötzlich hatte er keine Eile mehr, wegzukommen. Über so vieles redete er, daß Koch mehrfach nachschenken mußte, und plötzlich begann er sich wohlzufühlen in dieser Puppenhöhle, holte aus zu immer neuen Monologen und schaffte es, Stunden verstreichen zu lassen.

Koch hielt den Kopf leicht geneigt, hörte zu und schien im ganzen zufrieden.

Dann, von einem Moment auf den anderen, passierte etwas Unerhörtes und nie Dagewesenes.

Schlemmer gingen die Worte aus.

Eine Weile herrschte Schweigen, segmentiert vom Ticken der Uhr.

»Du wolltest mir erzählen, wie es dir geht«, sagte Schlemmer schließlich. Der Whiskey hatte seine Zunge anschwellen lassen. Oder war seine Mundhöhle kleiner geworden?

»Wie es mir geht . . . danke, im Moment nicht schlecht. Habe dich reden hören und hab's genossen, Schlemmer. Du bist wie die Welt, von gleicher Belanglosigkeit und dennoch irgendwie bedeutungsvoll. Darum wollte ich, daß du kommst. Wenige Stunden mit dir, und man hat die Essenzen dutzender verpaßter Festlichkeiten, Einkaufsbummel, Volkshochschulvorträge und intimer Rendezvous genossen. Ich wollte das alles noch mal für mich haben, bevor ich sterbe.«

Schlemmer sah den Alten unsicher an.

»Du wirst nicht sterben«, sagte er.

Koch stieß ein lautes, abgehacktes Lachen aus.

»Aber sicher werde ich das, und du wirst es auch. Kommt halt drauf an, ob du's verstehst, dir den passenden Zeitpunkt auszusuchen und die Art und Weise. Ich denke heute, mein Krebstod wird wohl die Strafe für meine Sünden sein, und ich bin wirklich nicht übermäßig religiös. Trotzdem. Jeder stirbt so, wie er es verdient, und ich verdiene nun mal die Einsamkeit. Tja. Hab zu leben versucht, indem ich alles daransetzte, unerkannt zu bleiben, und unerkannt werde ich sterben. Jedem sein Los.«

Er nahm einen tiefen Schluck aus seinem Glas, starrte hinein, packte die Flasche und goß nach.

»Ich glaube nicht an einen Gott, wie ihn die Kirche predigt«, fuhr er fort, »Mir würd's im Traum nicht einfallen, in ein Gotteshaus zu gehen, um einem Menschen hinter einen Vorhang zu folgen und ihm zu beichten.« Seine Stimme war von erstaunlicher Klarheit. »Und dennoch scheint mir, daß uns allen die Beichte fehlt. Ich meine, das, was ihr Sinn gibt, nämlich mit sich und der Welt ins Reine zu kommen. Mir fehlt sie sehr. Ebenso wie der Glaube, Schlemmer, ja, verzieh nur das Gesicht, der Glaube! Muß ja nicht der Gottesglaube sein – aber wär's nicht trotzdem schön, an etwas Höheres glauben zu können, daß man sich nicht so umherwälzen muß in der Nacht? Früher war das anders. Gut, ich denke, der Mensch hat niemals wirklich an den Menschen geglaubt, aber wenigstens an einen Schöpfer oder das Schöpferische an sich. Er hat Ehrfurcht besessen, er wußte was mit dem Begriff Demut anzufangen. Wenn der Lebensinhalt eines Menschen darin besteht, über den Tod hinauszudenken, so mag das Pragmatikern wie dir und mir absurd erscheinen, na, wenn schon, es ist immerhin ein Inhalt. Verstehst du? Aber heute laufen sie sich selber hinterher, die Menschen, ich nicht weniger als alle anderen, weil es eben keinen Glauben und keinen Inhalt mehr gibt, dem wir folgen können. Wir sind alle wie Hunde, die ihrem Schwanz nachjagen.«

Er seufzte tief auf.

»Dachte mir also, wenn ich schon in keine Kirche gehe, dann beichte ich eben dir, Schlemmer.«

Schlemmer ruckte hoch und fühlte sein Gehirn langsam nachkommen.

»Du willst was?«

»Die Ärzte haben sich noch keine Meinung darüber gebildet, wieviel Zeit mir bleibt. Mit sehr viel Glück kann ich die Krankheit besiegen, mit außerordentlich viel Glück, sollte ich sagen. Du wirst dich doch bestimmt gefragt haben, warum ich inmitten all dieser Puppen lebe?«

»Naja ... «

»Und ich antworte dir, daß Menschen ohne Glaube und Inhalt in weit ausgeprägterer Weise Puppen sind als diese da.«

Sein Arm beschrieb eine umfassende Geste.

»Ich bin ein Menschenfeind geworden, Schlemmer, mein eigener Feind. So was bringt die Freundschaft zu den Puppen mit sich. Wir gehen ins Hänneschen und stellen uns vor, daß sie eine heilere Welt verkörpern als unsere, so, wie die Welt vielleicht sein sollte. Und wir, die Spieler – im Augenblick, da wir sie bewegen, dürfen wir selber einen Moment lang diesem Ideal entsprechen. Die Illusion, Herr einer Puppe zu sein, ist, Puppe zu sein. Was du hier siehst, ist vielleicht die größte Sammlung an Hand- und Stockpuppen der Welt. Es gibt noch angrenzende Zimmer, die Wohnung hat fast zweihundert Quadratmeter. Alles voller Puppen. Gesammelt wie andere Leute Briefmarken. Da bleibt keine Zeit mehr für die Menschen, Schlemmer. Noch ein Glas?«

Schlemmer nickte verwirrt. Großzügig wurde ihm nachgegossen.

»Was hast du da eben gemeint«, fragte er, »daß du unerkannt bleiben wolltest?«

Koch beugte sich vor und griff nach Schlemmers Hand.

»Ich habe meine Verfehlungen gemeint. Meine Sünden.«

»Was denn für Sünden, Herrgott noch mal?«

»Darf ich beichten, Schlemmer? Willst du mir zuhören?«

Schlemmer rutschte ein Stück tiefer in seinen Sitz und starrte mit Unbehagen auf die fleckige Kralle, die ihn umklammert hielt. Fast meinte er, die Ausdünstung des nahenden Todes riechen zu können.

»Ja«, sagte er schwer. »Sicher.«

»Gut!« Erleichterung zeichnete sich in Kochs Gesicht ab. Er ließ Schlemmer los und sank zurück. »Du mußt wissen, daß ich damals, vor einer Reihe von Jahren, nicht einfach Polizist war. Ich gehörte einer Spezialeinheit an. Wir beschäftigten uns mit was besonderem.«

»Das da gewesen wäre?«

»Sprengstoff.«

»Wow!«

»Ich war Experte für bestimmte Arten von Sprengstoff. Wir hatten die Aufgabe, das Zeug zu entschärfen, aber auch, es einzusetzen. Ist so eine Einheit, über die nicht viel nach draußen dringt. Ein Himmelfahrtsjob, bei dem du aber eine Menge Geld verdienen kannst. Und ich war keiner der schlechtesten.« Koch machte eine Pause. »Na, jedenfalls, es lief eine Weile ganz gut, aber dann wäre ich dreimal hintereinander fast draufgegangen. Mein Nervenkostüm litt ganz gewaltig. Ich hatte meine Hände nicht mehr so unter Kontrolle wie früher. Fing an, Fehler zu machen. Tja.«

Schlemmer überlegte, wie man sich als Beichtvater eigentlich zu verhalten hat.

»Mannomann!« rief er. »Koch! Das war dann aber gar nicht gut, was?«

»Mir hat's irgendwann gereicht. Hab in den Sack gehauen. Von heute auf morgen den Dienst quittiert. Ich will nicht unbedingt sagen, daß es ganz freiwillig geschah, die haben's mir freundlich nahegelegt. Naja, durchaus verständlich. Du kannst schlecht losziehen und fünf Pfund Dynamit entschärfen, wenn deine Hände zittern und du dir vor Angst fast in die Hose scheißt. Es ging halt einfach nicht mehr. Schluß, Aus.«

30

»Und dann?«

»Hab ich was anderes gemacht. Bin Puppenspieler geworden. Das mochte ich immer schon, Puppentheater. Hab schon damals Puppen gesammelt, mit wachsender Begeisterung. Ich dachte, wenn meine Hände nicht mehr zum Entschärfen von Bomben taugen, sind sie immer noch geschickt genug, um einer Puppe Leben zu verleihen. Eine Zeitlang stand ich mit meinem selbstgebauten Kasperletheater auf der Schildergasse, die Leute fanden's lustig, ich genauso. Dann kam ich über Umwege ans Hänneschen-Theater. Weißt ja, du brauchst normalerweise eine künstlerische Ausbildung, aber sie sagten, ich sei ein Naturtalent. Fanden's lustig, daß ich den Schutzmann spiele, wo ich doch selber mal einer gewesen bin, so was in der Art zumindest.«

»Vom Sprengstoffexperten zum Puppenspieler!« Schlemmer kicherte blöde. Er war betrunken, aber Koch begann ihm Spaß zu machen. Der Himmel mochte wissen, ob er dieses Kabinett des Dr. Caligari jemals wiedersehen würde.

Koch nickte.

»Hätte schön sein können, Schlemmer. Wenn ich bloß bei der Polizei nicht so viel mehr verdient hätte. Daß ich plötzlich glaubte, mir fehlt was.«

Schlemmer erstarrte.

Geld! Verfluchtes Geld!

»Ich hätte mich natürlich bescheiden können mit dem, was ich verdiente«, meinte Koch. »Aber da waren diese Einflüsterungen, daß einer, der sich so gut mit Sprengstoff auskennt, doch wohl ein bißchen nachhelfen könnte. Nichts Schlimmes. Ein wenig die Leute erschrecken und hoch und heilig versprechen, es sofort zu unterlassen gegen die Entrichtung eines gewissen Obulus in Höhe von ... sagen wir mal, zehn Millionen Mark.«

Schlemmer saß immer noch wie erstarrt. Dann richtete er seinen Blick langsam auf Koch. Seine Augen lagen wund in ihren Höhlen.

»Zehn Millionen«, echote er.

»Sprengstoff zu beschaffen, stellte kein Problem dar«, sagte Koch, als spräche er übers Wetter. »Ich kann in deine Küche gehen und dir einen Knaller bauen aus Sachen, daß du's im Leben

31

nicht für möglich hältst. Für meine Zwecke griff ich auf einen alten Favoriten zurück, Plastiksprengstoff. Hocheffizientes Zeug, eine Art Knetmasse, man kann Männchen daraus bauen und alles mögliche, bis man es mit einem Zünder und einer Zeitschaltuhr versieht. Dann fliegt es dir so was von um die Ohren, daß kein Stein auf dem anderen bleibt.« Koch grinste schwach. »Oder kein Miederhöschen.«

Schlemmer schneppte nach Luft. »Was? Soll das heißen, du hast . . . ?«

»Nein!« Koch hob beschwörend beide Hände. »Der Herr, so es ihn gibt, möge meinen Eltern nachsehen, daß sie in meiner Erziehung Fehler begangen haben, aber zum Mörder haben sie mich nicht erzogen. Bin ja kein Killer, Junge. Nein, ich fand meine vorläufige Erfüllung darin, die Abteilung für Miederwaren im Erdgeschoß von Hertie in die Luft zu sprengen. Bei Nacht, versteht sich. Niemand wurde verletzt. Zugleich ließ ich die Filialleitung des Kaufhauses meine Forderungen wissen: Zehn Millionen, zahlbar in Tausendern. Vergleichsweise bescheiden, findest du nicht? Andere haben schon größere Summen abkassiert.«

Schlemmer rieb sich den Nasenrücken und setzte sich aufrecht hin in der Hoffnung, seine Gedanken ordnen zu können.

»Du willst also sagen, daß du ein Kaufhauserpresser bist, der . . . der . . . «

»Seine Millionen am Ende bekommen hat«, ergänzte Koch. »Richtig.«

Fassungslos schüttelte Schlemmer den Kopf. Das war alles nicht zu glauben.

Koch, der Superverbrecher . . . ?

Er begann zu lachen. Erst bebten nur seine Schultern, dann brach es laut und schallend aus ihm heraus, und er lachte, bis ihm die Tränen über die Wangen liefen und die Seiten schmerzten.

»Koch«, keuchte er, »das kauf ich dir einfach nicht ab.«

Der Alte wartete geduldig, bis Schlemmer sich wieder einigermaßen unter Kontrolle hatte.

»Doch«, sagte er schlicht.

»Ich faß es nicht«, japste Schlemmer. »Ich pack's einfach nicht! Das ist die größte Story, die mir je untergekommen ist. Mann,

Koch. Mann, Mann, Mann! Legt einfach ein Stück Knetgummi zwischen die Dessous und kriegt dafür zehn Millionen!«

Ein erneuter Lachanfall überkam ihn.

»Ganz so einfach war's nicht«, sagte Koch. »Ich mußte immerhin noch zwei weitere Abteilungen hochgehen lassen, bis sie endlich das Geld rausrückten.«

»Oh Mann! Oh Mann! Weißt du eigentlich, was du mir da erzählst? Warum machst du das? Ich könnte zur Polizei gehen.«

Koch sah ihn milde an.

»Dann geh.«

Schlemmer gluckste und atmete tief durch.

»Du weißt, daß ich das niemals täte«, sagte er und meinte es tatsächlich bitterernst.

»Ja«, sagte Koch. »das weiß ich. Aber selbst wenn – was würde es für einen Unterschied machen?«

»Blödsinn, Koch! Es würde den Unterschied machen, ob du in einer Zelle stirbst oder im Bett.«

»Ein Bett ist auch eine Zelle. Ein Krankenhaus ein Gefängnis. Alles eine Frage der Sichtweise.«

Schlemmer prustete schon wieder los.

»Junge, Junge«, rief er, »das nenn ich eine stolze Leistung. Was hast du mit dem ganzen Geld gemacht? Verjuxt? Vervögelt? Komm, Koch, du hast ihn dir doch bestimmt vergolden lassen. Wenn ich an die ganzen Weiber denke, auweia . . . «

Dann hörte er auf zu lachen und räusperte sich verlegen. In Kochs Blick hatte sich plötzlich eine große Traurigkeit geschlichen.

»Nein. Du verstehst nicht, Schlemmer. Ich hab dir das nicht erzählt, um anzugeben. Sondern weil ich mich unglücklich gemacht hab mit dem Blödsinn. Kreuzunglücklich!«

»Ach so«, murmelte Schlemmer peinlich berührt. »Tut mir leid. Ich wußte nicht, daß du gesessen hast.«

»Hab ich auch nicht. Sie haben mich nie gefaßt. Aber glaub ja nicht, mein Leben hätte sich um einen Deut verbessert. Im Gegenteil.«

»Moment mal. Wenn ich dich recht verstehe, haben sie dir zehn Millionen bezahlt.«

»Ja.«

»Du willst mir doch nicht erzählen, daß dich sieben dicke, fette Nullen nicht glücklich machen konnten. Ich wäre heilfroh, wenn ich wenigstens den zehnten Teil davon besäße!«

»Oh, anfangs steckte ich voller Pläne. Ich dachte mir, laß die Scheinchen noch ein bißchen liegen, bis Gras über die Sache gewachsen ist, und dann dolce vita! Schließlich brachte ich hier und da einen Tausender unter die Leute und spürte jedesmal, wie mir der kalte Schweiß ausbrach. Wehe, der Verkäufer hielt den Schein auch nur eine Sekunde zu lang in der Hand – und jede Sekunde war eine zuviel! – und ich hätte am liebsten Reißaus genommen und wär bis hinter Panama geflohen. Mir kam in den Sinn, sie könnten die Nummern der Scheine notiert haben. Du bist ganz schnell geliefert, sie verfolgen den Weg zurück, den so ein Tausender geht, bis sie dich haben. Kam mir saublöde vor, daß ich nicht vorher darüber nachgedacht hatte. Es gibt ja Mittel und Wege, die Nummern sozusagen abzuwaschen ... «

»Abzuwaschen?«

»Tauschen. Gegen sauberes Geld. Aber dafür mußt du ... Leute kennen. Jedenfalls bekam ich's derart mit der Angst zu tun, daß ich das Zeug nicht mehr anrührte. Lachhaft! Millionär mit Ladehemmung. Alles war bilderbuchglatt gegangen, die Anschläge, die Übergabe, alles! Und dann hatte ich nichts davon. Gut, dachte ich, dann eben später. Ich beschloß, das eine oder andere Jahr ins Land gehen zu lassen, und versteckte alles. Aber das war ein Fehler. Meine Befürchtungen wuchsen ins Unermeßliche. Ständig wechselte ich die Verstecke. So sehr mich die Vorstellung ängstigte, sie könnten meine Spur zurückverfolgen, beschlich mich Panik beim Gedanken, zehn Millionen im Haus zu haben. Der Räuber bekam es mit der Angst, beraubt zu werden. Ich brachte den ganzen Zaster weg, nachts mit dem Auto. Verbuddelte ihn, grub ihn wieder aus. Versenkte das Zeug in Plastiksäcken, holte es wieder hoch. Deponierte es an den unmöglichsten Plätzen. Zwecklos. Es nicht in meiner unmittelbaren Nähe zu wissen, erwies sich als wahre Folter. Am Ende landete der ganze Packen wieder in meiner Wohnung, wo sich natürlich erneut die fixe Idee einstellte, jemand könne es mir wegnehmen. Eine Zeitlang spielte ich mit dem Gedanken, doch so einen Geldwäscher zu suchen. Aber das hätte erfordert, Kontakte zu gewissen Kreisen zu suchen, ein Risiko, das mir unwägbar und damit zu hoch erschien.«

»Was für ein Dilemma!« stieß Schlemmer hervor.

»Ja, weiß Gott! Die Millionen begannen mich zu beherrschen. Überall witterte ich Spione, sah in jederman eine Bedrohung, fürchtete ständig, mich zu verraten. Litt an einem ausgewachsenen Verfolgungswahn, das kann ich dir sagen, Schlemmer, umgeben von Feinden.«

»Wieso denn? Wußte doch kein Mensch Bescheid.«

»Wenn du durchdrehst, siehst du das anders. Du verdächtigst Nachbars Katze. Naja. Kannst dir vorstellen, daß ich dadurch nicht unbedingt geselliger wurde. Da saß ich nun mit dem ganzen schönen Geld und wurde immer frustrierter. Brach sämtliche Verbindungen ab, kam so gut wie nicht mehr vor die Tür, abgesehen davon, daß ich arbeiten ging, weil verhinderte Millionäre ja von irgendwas leben müssen. Das Ganze gipfelte darin, daß ich kaum noch was ausgab. Mit meinem Salär kam ich über die Runden, besser denn je. Und weißt du was? Plötzlich stellte ich fest, daß ich die Millionen gar nicht brauchte. Hätte gar nicht mehr gewußt, wofür. Kurzzeitig fühlte ich mich wie erlöst! Erwog sogar, den ganzen Krempel einfach zu verbrennen oder in den Rhein zu schmeißen.« Koch stöhnte leise auf. »Wie schön wär das gewesen. Wieder ein normaler Mensch sein mit einem ganz normalen Leben. Aber ich hab's nicht fertiggebracht.« Er schüttelte traurig den Kopf. »Hab dann gedacht, ich spar's mir auf für schlechte Zeiten, wenn kein Hahn mehr nach dem Sprengstoffattentäter kräht. Irgendwann verlieren sie das Interesse. Das Geld würde eben die Stütze meines Alters sein, auch gut. Wer hat schon zehn Millionen im Ärmel?«

»Hattest du nicht auch mal 'ne Frau? Was war mit der?«

»Nix. Die war vorher.« Koch rieb sich die Augen. »Als ich daranging, Miederhöschen in die Luft zu sprengen, war sie schon lange tot.«

»Du hast die ganzen Jahre auf deinen Millionen rumgesessen?«

»Wie die Henne auf dem Ei. Ich entwickelte mich zu einem üblen Geizkragen, der sich selber kaum ertragen konnte, hütete mein Vermögen wie ein Zerberus. Beim Gedanken, jemand käme, um's mir wegzunehmen, wurde ich fast wahnsinnig. Ich begann, alle Menschen zu verabscheuen für die vage Möglichkeit, einer von ihnen könnte mich berauben. Entwickelte einen regelrechten Haß auf jeden, der ein glückliches und erfülltes Leben führte, oder sagen wir, der mir glücklicher erschien, als ich es war. Nicht gepeinigt vom Fluch dieses unseligen Reichtums. Nenn mich einen Menschenfeind, Schlemmer, der bin ich ganz sicher geworden in den Jahren.«

Es war unglaublich!

»Und wann«, fragte Schlemmer vertraulich, »hast du die Kohle endlich auf den Kopf gehauen?«

Koch warf ihm einen trüben Blick zu.

»Gar nicht.«

»Was? Wie bitte? Soll das heißen, du ...«

Schlemmer glaubte, sich verhört zu haben. Er überlegte. In seinem umnebelten Verstand wuchs ein Gedanke heran, einfach und folgerichtig.

»Wenn du das Geld nicht ausgegeben hast«, sagte er langsam, »wenn es also nicht weg ist – wo ist es dann?«

Koch hielt die Flasche gegen die altmodische Deckenleuchte, schüttelte sie und stellte sie wieder ab. Sie war leer.

»Tja. Die Frage hat mich lange beschäftigt. Wohin damit? Daß es ja keiner findet! Meine Millionen, für die ich schlaflose Nächte durchlitten und mir die Nerven abgewetzt hatte, bis sie blank dalagen. Ich habe mir den Kopf zermartert, Schlemmer, aber es half alles nichts. So besessen war ich von dem Geld! Haben und behalten, nur noch darum ging's.« Er lachte meckernd. »Und am Ende hab ich einen Weg gefunden.«

»Einen Weg?«

»Es dem Zugriff anderer zu entziehen.«

»Du hast es versteckt?«

»Wenn du so willst.«

Schlemmer sah nach draußen. Schwach dämmerte der Tag herauf.

Es war einfach nicht zu fassen.

Die Welt war ungerecht. Koch besaß zehn Millionen, die wer-

36

weißwo vor sich hinschimmelten, und ihm waren die Jugoslawen auf den Fersen.

Die Idee drängte sich förmlich auf.

»Hör mal, Koch . . .« begann er vorsichtig. »Ich hab dir eben vielleicht nicht die ganze Wahrheit erzählt. Will sagen, was meine Situation betrifft.«

Wenn bloß seine Zunge nicht so taub und schwer gewesen wäre!

»Also, es ist so, ich habe . . .«

Weiter kam er nicht. Koch hatte ebenfalls aus dem Fenster gesehen und stand plötzlich taumelnd vor ihm.

»Schlemmer, ich will den Sonnenaufgang sehen!«

»Hä?«

»Irgendwo, wo's schön ist.«

Der Whiskey hatte seine Wirkung getan. Kochs klare Aussprache war dahin.

»Warte«, rief Schlemmer. »Wir müssen über was reden.«

»Können wir ja. Komm.«

»Wohin?«

Koch tapste zu dem Schrank mit den Spirituosen, aus dem die leergetrunkene Flasche Whiskey stammte, und entnahm ihr eine zweite.

»Wir nehmen mein Auto und fahren zum Decksteiner Weiher.«

»Zum Decksteiner Weiher? Bist du noch gescheit? Wir sind beide so betrunken, daß wir allenfalls *in* den Decksteiner Weiher fahren.«

»Kannst mitkommen oder nach Hause gehen.« Koch fletschte die Zähne. »Wenn du was mit mir bereden willst, wirst du allerdings mitkommen müssen. Ich hab womöglich nicht mehr so viele Sonnenaufgänge zu bestaunen wie du.«

»Gut«, fügte sich Schlemmer. »Ich rufe uns ein Taxi.«

»Quatsch. Ich fahre.«

»Vergiß es, Herrgott noch mal! Du kannst nicht fahren. Du bist besoffen.«

»Ich bin besoffen vom Leben und nüchtern von der Feststellung, daß es mißraten ist. Kommst du jetzt mit oder nicht?«

37

Schlemmer setzte zu einer Antwort an, quälte sich fluchend aus der fleischfressenden Pflanze, die ein Sessel zu sein vorgab, und wankte Koch hinterher.

Zehn Millionen. Dafür wäre er sogar bis an die Nordsee mit dem Alten gefahren.

Seine Augen brannten.

»Heil dir, Macbeth, Heil«, murmelte er. »Heil dir, Than von Glamis, Than von Cawdor, dir, künft'gem König Heil!«

So gut er eben noch konnte, eilte er Koch hinterher, der bereits im Hausflur war.

≈≈≈

Sie fuhren durch den milchigen Morgen stadtauswärts und hatten die Straße für sich. Koch pfiff unmelodisch vor sich hin. Nichts ließ darauf schließen, daß er eine halbe Flasche Whiskey absorbiert hatte. Er überfuhr keine rote Ampel, hielt sich brav an die Geschwindigkeitsbeschränkung und steuerte seinen Uraltmercedes mit dem abblätternden Lack über den Radkästen wie einen freundlichen Seniorendampfer.

Schlemmer hing im Beifahrersitz und blinzelte. Seine Rechte hielt die Flasche umfaßt. Er dachte fieberhaft nach, wie er die Rede wieder auf das Geld bringen konnte. Ein schwelender Zorn hatte von ihm Besitz ergriffen. Es war ihm gleich, ob der Alte die Miederwaren hochgejagt hatte oder nicht. Aber daß er zehn Millionen besaß, die nutzlos herumlagen, während ihm, Schlemmer, die Knochenbrecher auf den Fersen waren, ohrfeigte sein Selbstverständnis. Das war unanständig. Koch hatte Krebs, warum konnte er nicht sterben, wie es sich gehörte, und ihm den ganzen Zaster vermachen?

Mißmutig starrte er aus dem Seitenfenster.

Sie parkten in unmittelbarer Nähe des Kahnteichs unter den Bäumen. Schräg gegenüber spiegelte sich das Haus am See im quecksilberfarbenen Wasser. Schlemmer schloß die Augen und lauschte dem Knacken des erkaltenden Motors.

»Gib mir die Flasche«, sagte Koch.

Schlemmer reichte sie ihm wortlos rüber. Nacheinander nahmen sie jeder einen tiefen Zug und sahen auf den See hinaus.

»Schön hier«, sagte Koch.

»Ja«, knurrte Schlemmer. »Sicher.«

Der Alte wandte ihm sein Gesicht zu. Es war rot und aufgedunsen.

»Was wolltest du mich eigentlich fragen?«

Schlemmer wischte sich mit dem Handrücken den Mund ab und ließ die Beifahrertür aufschwingen. Warme Sommerluft drang herein.

»Ich wollte dich fragen, was du mit dem Geld gemacht hast.«

»Ach ja.« Koch lächelte. »Versteckt. Hab ich das nicht erzählt?«

»Doch! Hast du! Und das weißt du verdammt gut.«

Mühsam gelang es Schlemmer, sich aus dem Sitz zu wuchten. Mit schleppenden Schritten ging er bis zum Ufer, was ein paar Enten veranlaßte, sich diskret zurückzuziehen. Er fühlte sich hundeelend, aber das kam nicht allein vom Whiskey. Es kam vom Geld und vom Mißerfolg und von der Ungerechtigkeit der Welt.

Hinter sich hörte er den Kies unter Kochs Schuhen knirschen, als der Alte ihm nachkam.

»Hab's verstaut«, sagte Koch. »So, daß es mir keiner wegnehmen konnte. Ich war mit Sicherheit ein bißchen wahnsinnig damals. Einsam und bitter, aber eben auch verrückt. Wie sonst wäre es zu erklären, daß ich in meiner Besessenheit sogar mir selber den Zugriff unmöglich machte, bloß damit's kein anderer in die Finger kriegte?«

»Der Fluch gelung'ner Taten«, brummte Schlemmer.

»Ja.«

»Ich will dir mal was sagen, Koch. Es ist schäbig, daß du Geld rumliegen läßt.«

»Geld ist Papier«, konstatierte Koch. »Aber du hast natürlich recht.«

Wieder trank er, nahm gleich mehrere Schlucke. Sein Adamsapfel, eingebettet in pergamentene Falten und hervortretende Sehnenstränge, zuckte auf und nieder. Luftbläschen wirbelten dem himmelwärts gerichteten Flaschenboden zu. Schlemmer fragte sich, wo der Alte den ganzen Whiskey hintat. Ein Wunder, daß er überhaupt noch stehen konnte.

39

»Weißt du«, sagte Koch, nachdem er einen langanhaltenden Rülpser in die friedvolle Stille entlassen hatte, »als der Arzt den Krebs fand, war's mir, als ob mich einer rüttelt und mir zuflüstert: Hey, Koch, aufwachen. Du hast schlecht geträumt. Sieh, was aus dir geworden ist. Und ich sah. Mein Gott, ich sah! Ich hatte mir zehn Millionen aufgespart für ein besseres Leben, und plötzlich war das Leben zu Ende. Ich kam mir so töricht vor, ein solcher Idiot war ich gewesen! Diese absurden Verstecke, all die schäbigen Tricks. Jahre verpfuscht. Und was hatte mir der ganze Zirkus eingebracht? Nichts! Weniger als nichts. Nur, daß ich zum Eigenbrötler und Misanthropen verkommen war, der Unglücklichste von allen.« Er seufzte. »Die letzten zwei Monate habe ich damit verbracht, mir den Krebs zum Freund zu machen. Hab mich gefragt, ob es denn wirklich so schrecklich ist, sterben zu müssen.«

»Und? Zu welchem Schluß bist du gelangt?«

»Daß Sterben nichts Schlimmes ist.« Koch blickte zum Himmel hinauf. »Wenn man gelebt hat. Und ich will endlich wieder leben! Ich habe beschlossen, meine Millionen – auch wenn es ja eigentlich gar nicht meine sind – auszugeben.«

Schlemmer fühlte einen Stich. Der elende alte Mistkerl!

»Du hast aber doch gesagt, du kannst nicht ran«, sagte er bitter.

»Ach was.« Koch grinste. »Ich hab mir einen kleinen Gag ausgedacht, der es mir erschwert. Dran käme ich schon, aber es wäre mit mächtig viel Aufwand verbunden. Etwa so, als ob du die Zigaretten hinter die Schrankwand wirfst, um dir das Rauchen abzugewöhnen. Du müßtest schon die ganze Wand abbauen, was absurd wäre. Aber ich war halt ein absurder Mensch. Lieber dafür Sorge tragen, daß kein anderer drankann, als selber dranzukommen.« Der Alte lachte trocken. Mit einemal schien er fröhlich und ausgeglichen. »Ich habe das Scheißgeld regelrecht in Absurdität verpackt. Aber damit ist jetzt Schluß. Morgen werde ich dem ganzen Spuk ein Ende bereiten. Oder schon heute. Verdammt, ein neuer Tag. Ich darf einen neuen Tag erleben! Ich bin das erste Mal seit Jahren wieder glücklich!«

Schlemmer versuchte, sich dieses phänomenale Versteck vorzustellen. Hatte Koch seine Millionen auf den Mond geschossen?

Seine Mundwinkel zuckten. Er nahm Koch die Flasche aus der Hand und zog den Korken raus. Kaum, daß er noch was von dem Whiskey schmeckte. Alles in ihm war wie abgestorben. Schlemmer, der große Schlemmer – ein Nichts.

»Weißt du was, Koch?«

»Nein.«

»Ich brauch das Geld.«

Koch sah ihn lange an.

»Mir ist schon klar, daß du es brauchst, Junge. Die ganze Zeit über war mir das klar.«

»Dann gib mir was davon. Du wirst nicht alles brauchen in der Zeit, die dir noch . . . «

Er brach ab und preßte die Kiefer aufeinander.

»Die ich noch zu leben habe? Hm.«

Koch beobachtete ihn weiter. Dann zuckte er die Achseln. Leicht schwankend, mit der Vorsicht eines Seiltänzers, ging er bis an den Rand des Wassers und beugte sich vor. »Ich kann mich sehen, hey! Ich existiere. Freut mich, Herr Koch. Guten Morgen, Herr Koch! Wie lange noch, Herr Koch?«

Schlemmer fühlte, wie die Wut in ihm zu brodeln begann.

»Koch, verdammt noch mal!«

Der Alte drehte sich um und sah Schlemmer mitleidig an.

»Hast du eigentlich gelernt, bitte zu sagen?«

»Komm mir jetzt nicht mit dem Scheiß! Ich hab andere Probleme.«

»Wichtigere, vermute ich, als bitte zu sagen.«

»Ja. Lebenswichtig.«

Koch nickte. »Lebenswichtig. Machst du dir eine Vorstellung davon, was dieses Wort für mich bedeutet? Ich will leben, Schlemmer! Richtig leben! Nach all den Jahren. Wie lange es auch dauern mag, aber jeden Pfennig, jede Mark, jeden Tausender, alles, was ich habe, werde ich investieren, wenn ich dafür nur eine einzige Minute mehr bekomme.«

Die Augen des Alten loderten. Schlemmer suchte nach einer Erwiderung. Er sah zur Seite.

»Tut mir leid, Schlemmer.«

»Warum hast du mir den ganzen Quatsch dann überhaupt

erzählt?« fuhr Schlemmer ihn an. »Ich stecke so tief in der Schei-ße, daß die Fliegen auf mir landen, und du reibst mir deine blöden Millionen unter die Nase.«

Koch erbleichte.

»Schlemmer«, sagte er leise, »ich hab's dir erzählt, weil ich jemanden brauchte, dem ich es erzählen konnte. Weil ich es ein-fach nicht mehr aushielt. Ich hab die Sache viel zu lange mit mir rumgeschleppt. Das Geld ist doch völlig unwichtig, mir ging's nur darum, daß ich endlich meine Geschichte erzählen durfte.« Er machte eine Pause und starrte Schlemmer ins Gesicht, als sähe er ihn zum ersten Mal. »Wie seltsam. Hab ich doch tatsächlich ange-nommen, du wärst mein Freund.«

»Bin ich ja auch«, gab Schlemmer mühsam beherrscht zurück. »Ich bin dein Freund, und deinem Freund geht's dreckig.«

»Das tut mir leid.«

»Offenbar nicht.«

»Doch. Du tust mir leid. Ein bißchen schade, ich war immer der Meinung, du wärst um so vieles größer als ich.«

»Ich brauche ja nicht viel«, bettelte Schlemmer. Seine Gedan-ken rasten. »Gib mir fünfzigtausend. Du bekommst sie zurück, ich schwör's dir.«

»Ach, Schlemmer.« Koch schüttelte traurig den Kopf. »Wie schade. Es wäre so schön gewesen, meine Geschichte jemandem zu erzählen, der sie wirklich hören will. Aber Schlemmer sieht nur Schlemmer. Tja. Trotzdem danke für deine Zeit. Wir sollten zu-rückfahren.«

»Koch!« heulte Schlemmer.

Der Alte beachtete ihn nicht. Er drehte sich um und ging die Böschung hinauf zum Wagen.

Schlemmer erbebte.

»Heil dir«, hörte er eine Stimme flüstern; es war seine. »Heil!«

Koch ging weiter.

Wozu wollte der Bastard leben? Er war verbraucht. Alt. Am Ende. Wertlos.

Was für eine Infamie, wie bodenlos! Dieses fleckige, zerknitter-te Klappergestell würde sein verpfuschtes Leben weiterleben, vielleicht nur Tage oder Wochen. Zehn Millionen verschwendet

42

für einen krebszerfressenen alten Nichtsnutz, der nicht abtreten wollte. Und dafür Schlemmer geopfert, Schlemmer, der sich in dieser Sekunde endgültig als das erkannte, was er war: ein Selbstbetrüger, aufdringlich und ungeliebt, zur Mittelmäßigkeit verdammt, ebenso einsam wie Koch, aber viel weniger stark.

Haß brach aus ihm hervor. Seine Gedanken verklumpten zu einer schwarzen Masse. Mit wenigen Schritten war er hinter Koch.

Verbirg dich, Sternenlicht!

Schau meine schwarzen, tiefen Wünsche nicht!

Sieh, Auge, nicht die Hand; doch laß geschehen,

was, wenn's geschah, das Auge scheut zu sehen.

≈≈≈

Es dauerte eine ganze Weile, bis Schlemmer begriff, warum er nur noch den abgebrochenen Flaschenhals in der Hand hielt.

Koch lag ausgestreckt vor ihm. Sein Hinterkopf war eine blutige Masse. Drumherum Glassplitter, wo man hinsah.

Geistesabwesend starrte Schlemmer auf die Leiche. Dann begann er zu zittern und fiel neben dem Körper des Alten auf die Knie.

»Das wollte ich nicht«, wimmerte er.

Er versuchte zu weinen, aber die Tränen blieben aus. Warum nur war er so verkümmert, so erbärmlich? Kniete neben einem Mann, dem er gerade den Schädel zertrümmert hatte, und dachte ... Was eigentlich?

Das Geld!

Hastig sah er sich um. Offenbar hatte niemand den Mord beobachtet. Sogar die Enten hatten sich verzogen.

Wo hatte Koch das Geld versteckt?

Der Alte war tot. Er konnte nichts mehr anfangen mit seinen Millionen, Schlemmer dafür um so mehr. So lagen nun mal die Dinge.

Schlemmer, der Oberflächenbewohner, den die Tiefe nicht interessierte, rieb sich die Augen. Nach dem ersten Schock rastete sein Verstand wieder ein und gebot ihm, vor allem die Leiche wegzuschaffen.

Auf allen vieren kroch er zum See und hielt den Kopf unter

43

Wasser, bis er wieder klarer denken konnte. Sein Blick fiel auf den Wagen. Augenblicklich die einzige Möglichkeit. Also ran.

Er durchwühlte Kochs Kleidung, entnahm ihr Haus- und Autoschlüssel, öffnete den Kofferraum und wuchtete den Leichnam hinein. Der Kopf des Alten fiel nach hinten, richtete einen Moment lang glasige Augen auf den Mörder, kippte dann zur Seite weg. Unter Stöhnen bugsierte Schlemmer den Toten ins Reich der Warndreiecke und Verbandskästen, stellte sicher, daß nichts heraushing, und knallte den Kofferraumdeckel zu. Koch war verstaut.

Nachdenken!

Schlemmer setzte sich in den Wagen, förderte aus seiner Jacke ein Päckchen Marlboro zutage und entnahm ihm eine Zigarette. Kalt klebte sie an seiner Unterlippe. Er lehnte den Kopf gegen die Nackenstütze und versuchte sich zu konzentrieren. Seine Schläfen pochten, die Augäpfel brannten, als schwämmen sie in Säure. Dafür arbeitete sein Verdrängungsmechanismus mit gewohnter Präzision, beseitigte jeden Rest von Schuldgefühl und hinterließ ein blankgeputztes Gewissen.

Letzten Endes hatte er Koch erlöst, so mußte man das mal sehen. Wie hätte der Alte zu leiden gehabt im Endstadium seiner Krankheit! Wenn Schlemmer auch bereit war, sich die Zweifelhaftigkeit seines Tuns einzugestehen, hatte er dem Mann doch eine Menge erspart. Man würde über ein unkonventionelles Begräbnis nachzudenken haben, sicher. In aller Stille. Irgendwo. Vielleicht an unterschiedlichen Stellen, wenn's nicht anders ging. Dann den Wucherer ausbezahlen und die verbleibenden neuneinhalb Millionen so verwenden, daß der Zustand seines Nasenbeins fortan nie wieder in Frage gestellt würde.

Schlemmer, der Mörder, entmaterialisierte sich zugunsten Schlemmers, des Räubers, einer ebenso flüchtigen Erscheinung, sobald das Geld gefunden wäre.

Es sei denn . . .

Nein. Koch hatte viel zu viel Angst gehabt um seine geliebten Millionen, um sie anderswo zu verstecken als im Bereich der eigenen vier Wände. Das Geld hatte ihn vergiftet, eben weil es ständig in seiner unmittelbaren Nähe gewesen war, zum Greifen nahe und doch unerreichbar kraft welch abstruser Schutzmaßnahmen auch immer.

Was hatte der Alte noch gleich gesagt? Ich käme schon dran, aber es wäre mit mächtig viel Aufwand verbunden.

Also mit Arbeit. Nicht unbedingt Schlemmers Sache. Womöglich müßte man den halben Fußboden abtragen oder die Tapeten von den Wänden reißen. Oder Koch hatte die Einbände von Büchern aufgeschnitten und die Scheine einzeln versteckt. Alles war möglich. Hatte ja reichlich Zeit gehabt in seiner Einsamkeit, der Alte.

Besser wär's, durch Nachdenken draufzukommen, als die komplette Wohnung umzupflügen. Schlemmer hatte nur einen kleinen Teil davon gesehen. Allein die Diele war zum Haareausraufen lang. War das Geld unter dem Teppichboden? Unter dem Deckenputz? Oder lag es irgendwo so offen herum, daß man es glatt übersah? Halt, nein, dann wäre es ja kein Problem gewesen, dranzukommen. Koch mußte einen anderen Weg gefunden haben.

Im Sofa eingenäht? Zu blöde. Der Alte hatte sicher nicht über die Phantasie eines Schlemmer verfügt, aber doch wohl über einen gewissen Einfallsreichtum. Sofa und Matratze schieden aus. Zuckerdose ebenfalls. Es gab keine Zuckerdosen, um zehn Millionen in Tausendern darin unterzubringen.

Wo dann?

Schlemmer kniff die Augen zusammen. Etwas blendete ihn. Verblüfft registrierte er, daß sich vor ihm ein glutroter Ball aus den Baumwipfeln erhob.

Sonnenaufgang. Höchste Zeit, wegzukommen, bevor ihn jemand hier in Kochs altem Wagen sah, mit einer nicht angezündeten Zigarette im Mundwinkel.

Erst beim dritten Mal sprang der Mercedes an. Schlemmer fühlte sich mittlerweile weniger betrunken, als er vermutlich war. Während er zurückfuhr, ging er noch mal fieberhaft die Möglichkeiten durch, die eine Wohnung bot. Welches Versteck hätte er selber gewählt? Den Knick im Toilettenrohr? Mußte man durch die Scheiße, um reich zu werden, so wie meistens?

Er gab Gas. Zuviel Gas.

Kurz vor der Brüsseler Straße überholte ihn ein Polizeifahrzeug. Schlemmers Nerven wickelten sich umeinander. Er rumpelte beim Abbiegen über den Bordstein, daß es krachte, und der Mercedes blieb mit einem Ruck stehen. Die Streife fuhr weiter. Zitternd wartete er, bis sie jenseits des Holiday Inn verschwunden war, riß die Tür auf und rang verzweifelt nach Luft. Es dauerte eine Weile, bis das Gefühl, ersticken zu müssen, von ihm gewichen war. Immer noch heftig atmend und mit einem Preßlufthammer unterm Brustbein ließ er den Wagen wieder anfahren. Eine weitere weißgrüne Begegnung würde er nicht überleben, soviel stand fest.

Wenn er nur schon das Geld hätte! Wenn er nur schon die Leiche losgeworden wäre!

Wenn er nur irgendwann in seinem Leben klüger gewesen wäre!

Nicht drüber nachdenken! Überflüssig.

Fast direkt vor Kochs Haustür fand Schlemmer einen Parkplatz. Inzwischen waren mehr Leute in den Straßen unterwegs. Jemand verteilte Wurfsendungen. Schlemmer wartete einen Moment, dann eilte er mit langen Schritten durch die Toreinfahrt, Kochs Schlüsselbund schwer in der Rechten, verschaffte sich Einlaß ins Haus, hastete die Treppen hinauf und blieb vor der geschlossenen Wohnungstür stehen.

Seine Hände zitterten. Nacheinander versuchte er alle Schlüssel, ohne Erfolg.

Unmöglich!

Koch hatte nur den einen Bund bei sich gehabt. Der Schlüssel mußte dabeisein.

Da war sie wieder, die Panik.

Es dauerte eine längere Weile, bis Schlemmer sich soweit beruhigt hatte, daß er es noch einmal versuchte. Diesmal hatte er Glück. Die schwere Tür mit den Schnitzereien und dem gelblich angelaufenen Riffelglasfenster schwang leise knarrend auf. Schlemmer huschte ins Innere, schlug sie hinter sich zu und lehnte sich dagegen.

Verdammt, der Wagen! Hatte er auf die Schilder geguckt? Uneingeschränktes Halteverbot und so?

Wenn sie kamen, um ihn abzuschleppen!

Nein, nein, nein! Mann, Schlemmer! Doch nicht um fünf Uhr morgens.

Ruhig. Ganz ruhig. Bist doch der Schlemmer mit dem großen Glück. Konzentrier dich lieber auf die Zukunft mit ihren sieben fetten runden Nullen und der stolz geschnäbelten Eins davor.

Gaaaaaaaaaaanz ruhig.

Es klappte. Ganz ruhig mit drei Dutzend a wurde er zwar nicht, aber wenigstens hörte das Zittern auf. Schlemmer huschte die Diele entlang, betrat das Zimmer, in dem sie gesessen hatten, würdigte es weiter keines Blickes und ging ins Nebenzimmer.

Riesig, war sein erster Eindruck.

Dann schrak er zusammen. Aus dem Halbdunkel starrte ihn jemand aus kugelrunden, tellergroßen Augen an. Diesmal setzte sein Herzschlag tatsächlich aus, was ihm einen Vorgeschmack auf den Tag X vermittelte. Er würde also hier sterben, vor lauter Schreck. Nicht ganz Sinn der Sache. Zumal das Monstrum mit den Kulleraugen, wie er jetzt erkannte, nur eine weitere Puppe war, eine mindestens zwei Meter große Adaption der kleinen Stockfiguren, die er so gut kannte.

Der Urheber seines panischen Schreckens war niemand geringerer als das Hänneschen persönlich.

Immerhin. Die Hauptfigur.

Schlemmer wischte seine nassen Handflächen an der Hose ab und ließ den Blick kreisen. Nach und nach schälten sich auch hier die abenteuerlichsten Gestalten aus dem Zwielicht. Obschon es draußen mittlerweile hell und sonnig war, fiel wenig Licht durch die hohen, schmalen Fenster. Die Wirklichkeit wich der Wahrscheinlichkeit, und Kochs seltsame Mitbewohner erwachten zu reglosem Leben. Schlemmer fragte sich angstvoll, wie er inmitten dieser Hundertschaften je das Versteck finden sollte. Kein Fleck, den die Puppen nicht verbargen, kein Weg, den sie nicht verstellten, kein Platz, den sie nicht in Anspruch nahmen. Auch die übrigen Räume, darunter ein düsteres, zum Hof gelegenes Eßzimmer, eine Bibliothek, in deren Regalen kein weiteres Buch mehr Platz gefunden hätte, sowie das schimmelig riechende Schlafzimmer dienten Legionen von Puppen als Refugium. Winzig war die Küche, das Bad nicht mehr als eine nachträglich eingebaute Dusche

47

in unmittelbarer Nachbarschaft zum Klosett, das bei fast vier Metern Deckenhöhe am Grunde eines Schachts zu stehen schien. Aber selbst in diesen Zellen hatte Koch noch Platz für seine bizarren Lieblinge gefunden. Ihre Hände und Händchen, Klauen, Pranken, Tatzen und Krallen, schienen sich unter leisem Knacken zu bewegen, wenn Schlemmer nicht direkt hinsah. Jedes Geräusch entfachte in ihm die Vorstellung, daß sich eine der hölzernen Gestalten langsam von ihrem Platz herunterließ, um sich ihm auf Zwergenfüßen zu nähern. Die geschnitzten, modellierten, gegossenen und genähten Gesichter verzogen sich zu Fratzen grausiger Lustigkeit, es raschelte, wisperte, zuckte und krabbelte, bis Schlemmer es nicht mehr aushielt und zurück in die Diele floh, den einzigen puppenfreien Ort in dieser ganzen verwunschenen Wohnung, die Kochs Gruft zu Lebzeiten geworden war, zum Hort seines Wahnsinns.

Kein Wunder, daß der Alte nicht mehr unter die Menschen gefunden hatte.

Moment mal.

Schlemmer runzelte die Stirn. Langsam ging er die Diele einmal auf und ab, durchdrungen von der unerklärlichen Gewißheit, hier die Antwort auf die Frage nach dem Geldversteck zu finden. Oder bereits gefunden und noch nicht erkannt zu haben. Betrachtete prüfend jeden Quadratzentimeter, strich mit der Hand über die Rauhfaser, untersuchte eingehend das Regal und dessen Inhalt, riß schließlich an dem Teppichboden, bis er ein Stück davon zurückklappen und daruntersehen konnte.

Hölzerne Bohlen, gescheckt von Resten eines uralten Anstrichs, kamen zum Vorschein. Sonst nichts.

Und wenn schon! Die Diele hielt des Rätsels Lösung bereit. Schlemmer war sich jetzt so sicher, daß er sein Herz darauf verwettet hätte. Irgend etwas Offensichtliches.

Etwas, das mit den Wänden zusammenhing.

Wieder machte er sich an die Untersuchung, begann Streifen von der Tapete zu lösen. Das ging leichter, als er dachte. Wie es schien, wurde die Rauhfaser nur noch durch Farbe zusammengehalten. Alles hier war alt und morsch. Die Kölner Version vom House of Usher. Beinahe erwartete Schlemmer, den Riß zu sehen, der sich durch Poes verfluchtes Gemäuer gezogen hatte, und der wohl auch den Untergang dieser unheimlichen Puppenwelt einleiten würde. Aber hinter der Rauhfaser zeigte sich nur eine noch ältere Tapete mit verschlungenem Muster. Weder lepröses Mauerwerk noch freundliche Tausender.

Ratlos sah Schlemmer zur Decke.

Was, zum Teufel, war mit der Scheißdiele los? Was lag so offen vor seinen Augen, daß er blind dafür war? Er wußte, daß der Flur die Antwort barg in all seiner Kargheit, aber wo sollte er noch suchen?

Kargheit?

Die Erkenntnis traf ihn wie der Blitz.

Es war nicht die Diele.

Es war das, was in der Diele fehlte.

Mit einem überschnappenden Schrei rannte er zurück in das Zimmer, in dem sie begonnen hatten, Whiskey zu trinken, packte die nächstbeste kleine Gestalt, einen chinesischen Clown aus Porzellan, schmetterte ihn zu Boden und wühlte in den Scherben. Nichts. Gut, dann in der nächsten. Die war aus massivem Holz, die übernächste auch. Aber da, gleich über ihm ein Löwe, zusammengeflickt aus Fellstücken. Schlemmer zerfetzte ihn mit gekrümmten Fingern – kein Geld. Er zertrümmerte und zerstörte, was ihm in die Finger kam, riß Bäuche auf, förderte Eingeweide aus Schaumstoff zutage, köpfte, schlitzte und verstümmelte, wütete unter den hilflosen Wesen wie Macbeth unter Norwegens Horden, nicht weniger vom Irrsinn ergriffen als der unselige Fürst selbst. Seine Suche steigerte sich zum Gemetzel, begleitet von seinem eigenen Knurren und Schreien.

Umsonst. Nirgendwo auch nur ein Pfennig.

Vor Enttäuschung aufheulend fiel Schlemmer zwischen die Überreste, schweißnaß. Das Geld mußte in den Puppen sein. Mußte. Mußte!

Keuchend startete er einen neuerlichen Anlauf und nahm sich das riesige Zimmer nebenan vor.

Die Hänneschenpuppe heftete ihren anklagenden Blick auf ihn, als er eintrat.

Schlemmer starrte zurück.

49

Zehn Millionen in Tausendern.

Ein Riesenbatzen. Großer Gott, das war's! Wenn Koch die Beute nicht auf viele Puppen verteilt hatte, konnte sie nur in einer stecken. In der größten.

Plötzlich hatte er keine Eile mehr. Die Gewißheit siegte. Beinahe gemächlich näherte er sich dem übermannsgroßen Ding und nahm es von der Wand.

»Hallo, mein Alter«, sagte er mit dem breitesten Grinsen, das Gesichtsmuskeln zu erzeugen imstande sind. Behutsam legte er die Puppe auf den Fußboden und betrachtete sie liebevoll.

Er würde reich sein. Stinkreich.

Bei dem Gedanken vermochte er sich nicht mehr zu beherrschen. Seine Finger fuhren herab und rissen das Wams auseinander, dann die Bauchdecke. Der Stoff leistete Widerstand, genauer gesagt das Garn, mit dem er zusammengenäht war. Schlemmer zog und zerrte. Dann plötzlich ging es ganz leicht, und der Torso platzte der Länge nach auf.

Schlemmer entfuhr ein Geräusch zwischen Schluchzen und Lachen. Er preßte die Handknöchel gegen den Mund und glukste, gurrte, kicherte. Zögernd nahm er den obersten Packen und fächerte ihn mit dem Daumen auf. Griff nach dem nächsten, bewunderte und bestaunte ihn, ergriffen von der Schönheit des Geldes.

Armer, seniler Koch. Wenn das alles war an Sicherheitsvorkehrungen! Schwer zugänglich, was für ein Unsinn! Was hätte Koch denn groß anstellen müssen, um an die Beute zu gelangen? Eine Puppe aufschlitzen, die man hundertmal wieder zunähen kann. Das also war Kochs großer Coup, sein As im Ärmel. Eine Puppe.

Schlemmer lachte aus vollem Hals und räumte den Bauch des Opfers aus, dessen Augen immer noch bedrohlich glotzten. Ein Bündel nach dem anderen flog auf den Teppich. Langsam leerte sich das Versteck, aber immer noch war kein Ende abzusehen, und Schlemmer fühlte sich mit jeder Sekunde glücklicher werden, bis er glaubte, vor Glück explodieren zu müssen.

Dann war die Puppe leer und Hänneschens Bauch nur noch eine dunkle Höhle, an deren Grund etwas blinkte.

50

Schlemmer rieb sich die Augen.

Es blinkte weiter.

12

11

10

Zahlen.

Da war ein Zählwerk.

9

8

7

Schlemmer beugte sich ungläubig vor. Das Ding war auf einer Platte befestigt, nein, einem Klumpen von annähernder Rechteckform, der ihn an Knetgummi erinnerte.

6

Knetgummi?

5

Atemlos riß er die Puppe hoch und starrte auf die zerfetzten Stoffränder der Bauchdecke. Jetzt konnte er sehen, daß es keine Garnfäden waren, die er durchgerissen hatte, sondern haarfeine, feste Drähte.

4

Ich habe mir einen kleinen Gag ausgedacht, der es mir erschwert.

3

Dran käme ich schon, aber es wäre mit mächtig viel Aufwand verbunden.

2

Etwa so, als ob du Zigaretten hinter die Schrankwand wirfst, um dir das Rauchen abzugewöhnen.

1

Du müßtest schon die ganze Wand abbauen, was absurd wäre. Aber ich war ein absurder Mensch. Lieber dafür sorgen, daß kein anderer drankann, als selber dranzukommen.

0

Keine Angst

Leer, die Straße. Mitternachtswind.

Andy zieht den Kragen seiner Fliegerjacke hoch und drückt sich tiefer in den Hauseingang. Der Schatten umgibt ihn wie eine zweite Haut. Er wartet.

Die Tierhandlung auf der anderen Seite ist immer noch hell erleuchtet. Die gab's schon, als Andy noch ein Knirps war, eben groß genug, um mit der Nase den unteren Rand des Schaufensters zu verschmieren. Hamster, Streifenhörnchen, Schildkröten, und Andys sehnsuchtsvolle Augen. In Ermangelung spendierfreudiger Eltern hatte er sich damit begnügt, den Krabblern Namen zu geben, insbesondere den Streifenhörnchen. Die konnte er am Fell auseinanderhalten, was bei den Mäusen und Hamstern schon schwieriger war, von den Schildkröten ganz zu schweigen. Die Hörnchen hatte er wirklich geliebt. Wann immer eins verkauft war, heulte er Rotz und Wasser, bekam eine geknallt und wurde weitergezerrt. Jedesmal dasselbe Theater. Gingen seine Eltern vorsorglich auf der anderen Straßenseite, plärrte er noch lauter, der kleine, arme Andy, und wieder flog die große klatschende Hand heran. Immer und immer wieder, bis er endlich still war.

Andy schnaubt verächtlich. Das war früher. Nicht gut, so viele Erinnerungen. Jetzt ist jetzt.

Drüben im Laden klappt der Zoohändler ein großes Buch zu. Dann kontrolliert er die Käfige. Aus einem nimmt er was raus, ein kleines Tier, könnte ein Hamster sein oder ein Hörnchen. Es wuselt in seiner Handfläche, und er krault ihm den Nacken. So genau kann Andy das nicht erkennen von der anderen Straßenseite. Einen Moment lang fragt er sich, ob wohl alles anders geworden wäre, wenn seine Eltern ihm so ein Tierchen geschenkt hätten, an dem man seine Liebe auslassen kann.

Aber das Thema ist durch. Andy will keine Tierchen mehr. Heute nacht will Andy was ganz anderes.

≈≈≈

»Bambi, du bist eben eine Dame«, sagt Flint zu dem Tier in seiner Handfläche. Seine Finger streicheln den braunen Pelz mit den schwarzen Streifen. »Eine richtige Dame bist du.«

Bambis kleine Krallen pieksen ihn ein bißchen. Mittlerweile ist das Tier so zutraulich, daß er es schon mehrfach mit nach Hause genommen hat. Ohne Käfig, einfach so. In die Hand genommen, die andere schützend drüber. Bambi hat sich reingekuschelt in die warme Muschel und ist brav sitzengeblieben, bis sie in der Wohnung waren.

Während Bambi vor Behagen die Glieder streckt, geht Flint noch einmal die Käfige ab. Mehrere Streifenhörnchen geben zu verstehen, sie seien nicht sattgeworden. Flint grinst und schneidet ihnen Grimassen. Er ist so müde, daß es beim Gähnen gefährlich knackt. Buchführung ist öde. Darum erledigt er den Zahlenkram immer nach Geschäftsschluß im Laden. Das Gepiepe und Geschnattere ringsum hält ihn wach. Alles seine Freunde. Seine Familie.

Besonders Bambi.

Ob Bambi intelligent ist? Wahrscheinlich sentimentaler Quatsch. Der Durchschnitts-IQ seiner Ware hält sich in kümmerlichen Grenzen. Aber manchmal denkt er schon, daß hinter Bambis schwarzen Augen mehr steckt als der beschränkte Verstand eines Hamsters oder Kaninchens. Ist halt schwer zu sagen. Im Grunde auch nicht wichtig. Trotzdem. Auf ein Prachtexemplar wie Bambi will Flint stolz sein, und dazu gehört eben auch der Glaube an ein bißchen Grips.

Grün beleuchtet von den Aquarien machen Flint und Bambi ihre letzte Runde. Lauter kleine heile Welten. Flint gähnt wie ein Scheunentor. Bambi tapst seinen Ärmel hoch und läßt sich widerwillig zurück in die Handfläche schieben.

»Willst wohl noch Mäuse fangen, was?« Flint lacht. »Nichts da. Wir gehen nach Hause.«

Nacheinander löscht er die Lichter, tritt aus dem Laden in die kühle Dezemberluft, schließt ab und legt schützend seine Hand über das Fell. Alles in Ordnung.

Zu spät bemerkt er, daß überhaupt nichts in Ordnung ist.

≈≈≈

Andy ist mit einem Satz über die Straße. Der Mann hat das Vieh mit rausgenommen. Gut so! Da kann er sich nicht wehren, wenn er nicht riskieren will, daß es abhaut. Bestens.

Dem Zoohändler bleibt nicht mal Zeit, sich umzudrehen. Er wird von hinten gepackt und gegen die Scheibe seines Geschäfts gepreßt.

Andy läßt sein Messer aufschnappen und hält ihm die Klinge an die Halsschlagader. Das Gefühl, Macht zu haben, ist beinahe unbeschreiblich! Ihn jetzt töten zu können. Es vielleicht sogar zu tun. Geil!

Der Zoohändler stöhnt auf. Er hat das Tier tatsächlich nicht losgelassen, der Schwachkopf. Hält es vor den Bauch gepreßt. Was muß die Liebe schön sein!

»Dein Geld«, drängt Andy. »Mach schon.«

Der Zoohändler wimmert. Andy verstärkt den Druck der Messerspitze.

»Wo ist die Kohle, Alter? Soll ich dich aufschlitzen oder was? Oder deinen kleinen Liebling vielleicht? Zeig doch mal her, was hast du denn da Feines?«

»Nein, bitte . . . «

»Was? Was hast du gesagt?«

»B. . . bitte nicht. Sie dürfen Bambi nichts tun, bitte. Ich mach ja alles, was Sie wollen, ich . . . «

»Bambi!« Andy prustet los. Das wird ja immer schöner. Bambi!

»Die Kohle«, zischelt er.

»In meiner Manteltasche.« Der Zoohändler ist kaum zu verstehen, so sehr zittert seine Stimme. Andy bohrt ihm das Messer noch ein bißchen tiefer ins Fleisch und fingert nach dem Portemonnaie. Dick und fett schmiegt es sich in seine Hand. Vollgefressen mit Geld. Andy schiebt es in die Innentasche seiner Fliegerjacke und überlegt, wie man noch ein bißchen Spaß haben könnte.

»Soll ich mal zustechen?«

Der Zoohändler schüttelt schwach den Kopf. Seine Hände schließen sich wie im Krampf um das Tier.

»He, keine Angst«, gluckst Andy. »Ich mein das wörtlich. Ich tu Leuten nur was, wenn ich merke, daß sie Angst vor mir haben. Verstehst du?« Er grinst. »Am besten, du hast einfach keine Angst.«

Der Körper des Zoohändlers zuckt. Der Mann hat dermaßen die Hosen voll, daß es stinkt.

Andy bringt seinen Mund so nah an das Ohr seines Opfers, daß die Lippen den Knorpel berühren.

»Angst ist ganz schlecht. Du hast aber welche. Du Scheißer! Ich werd dich jetzt in Stücke schneiden, Scheißer. Soll ich?«

Der Zoohändler keucht ein paar heisere Worte. Andy wird wütend, weil der Typ sich nicht klar ausdrückt. Ein erster Tropfen Blut läuft dünn den Hals hinunter.

»Du sollst keine Angst haben«, flüstert er. »Oder ich mach dich alle. Hörst du?«

»Sie . . . «

»Was? Was willst du, Scheißer?«

»Sie können Bambi haben.«

Bambi? Ach ja! Ganz neuer Aspekt.

»Was soll ich mit deinem Viehzeug, Alter?«

»Bitte. Lassen Sie mich gehen. Bambi ist wertvoll, Sie werden sehen. Jede Zoohandlung wird Ihnen dafür viel bezahlen, jeder Zoo, ich bitte Sie!«

Andy hätte große Lust, zuzustechen. Aber irgendwie beginnt ihn der Gedanke an das Tier in der Hand des Zoohändlers zu erregen. Im Inneren seiner muskelbepackten Einsneunzig reckt ein kleiner Junge mit glänzenden Augen den Kopf und versucht, über den Rand einer Schaufensterscheibe zu sehen.

»Hätten Sie denn nicht gerne ein Tier?« fragt der Zoohändler leise. Seine Stimme ist ein einziges Beben.

Ein Tier . . .

»Dreh dich um«, herrscht Andy ihn an.

Er zieht das Messer ein Stück weg, so daß der Mann Bewegungsfreiheit hat. Der Zoohändler wendet ihm sein schweißnasses

55

Gesicht zu. Zwischen den Händen sieht Andy ein Stückchen Felliges.

Er denkt an die Streifenhörnchen, und wie er ihnen Namen gegeben hat. Damals, in einem anderen Leben. Als er noch nicht so war.

Immerhin, das Vieh scheint eine ziemliche Kostbarkeit zu sein. Obendrein zahm. Jedes andere Tier hätte bei dem Überfall Reiß-aus genommen, ob festgehalten oder nicht. Das da ist geblieben. Für ihn, für den kleinen, armen Andy. Ein Tierchen. Er kann's behalten, kann's verkaufen. Beides möglich.

Andy überlegt. Warum eigentlich nicht?

»Okay.« Er fuchtelt dem Zoohändler drohend mit der Klinge unter der Nase rum. »Aber keinen Scheiß machen, hörst du? Oder ich stech dich ab.«

»Schon klar«, versichert der Mann hastig. »Keinen Scheiß.«

»Dann gib schon her. Bleibt das Biest auch sitzen?«

Der andere scheint seine Fassung wiedergewonnen zu haben. Fast kommt es Andy vor, als husche ein stolzes, hochmütiges Lächeln über seine Züge.

»Bambi ist abgerichtet«, sagt er würdevoll. »Sie wird nicht fliehen. Ich verspreche es.«

Andy kneift mißtrauisch die Augen zusammen. Kann ihm bei dem Deal was passieren? Wird der Typ versuchen, ihn anzugrei-fen? Nein, das wäre Wahnsinn. Nicht gegen einen Baum wie ihn, der noch dazu ein Messer vor sich herträgt.

Andy streckt dem Zoohändler seine offene Linke entgegen.

»Gib schon her!«

Jetzt lächelt der Zoohändler wirklich. Was muß der Kerl er-leichtert sein. Wird wahrscheinlich sofort losrennen. Soll er doch. Andy hat das Geld, das Tier und Spaß gehabt. Soll der Arsch am Leben bleiben.

Die Muschel aus Händen nähert sich.

≈≈≈

Obwohl sein Gesicht lächelt, muß Flint innerlich weinen, wäh-rend er Bambi behutsam in die Handfläche des Gangsters gleiten läßt. Die Trennung tut weh. Aber sie ist notwendig. Flint hängt an

Bambi, aber an seinem Leben hängt er verdammt noch mal mehr. Dann schließt er innerlich mit der Sache ab. Passiert ist passiert. Er zieht die schützende Rechte weg, als Bambi Platz genommen hat, und sieht dem Gangster ruhig in die Augen.

»Nicht bewegen«, sagt er tonlos.

Sein Gegenüber wirft einen kurzen Blick auf das Tier, das jetzt bewegungslos in seiner Handfläche ruht. Die andere Hand mit dem Messer beginnt zu zittern. Flint nimmt ihm das Ding aus den Fingern und steckt es ein. Gelassen tritt er einen Schritt näher und greift dem Burschen unter die Jacke.

»Sie erlauben?« Bloß nicht Böses mit Bösem vergelten. Immer schön höflich bleiben, wie bei den Kunden. Flint ertastet seine Brieftasche, zieht sie hervor und steckt sie wieder in seine Manteltasche.

Der Gangster hat sich keinen Millimeter bewegt. Seine Augen spiegeln nackte Panik.

»Tja ...« Flint zuckt die Achseln. »Dann will ich mal. Spät geworden. Wie gesagt, Sie sollten sich nicht bewegen. Ich bin der einzige, dem Bambi nichts tut. Ansonsten wird sie bei der geringsten Bewegung zubeißen. Adios.«

Flint geht ein paar Schritte, bleibt dann stehen und dreht sich zu dem erstarrten Gangster um.

»Noch was. Wenn Bambi merkt, daß jemand Angst vor ihr hat, beißt sie erst recht. Wollt's Ihnen nur sagen.« Er zwinkert dem anderen freundlich zu. »Am besten, Sie haben einfach keine Angst.«

≈≈≈

Andy antwortet nicht. Er wagt nicht mal zu atmen. Fassungslos starrt er auf seine Hand.

Schwarze Augen. Acht.

Beine. Acht.

Dichter, schwarzbrauner Pelz.

Andy steht mit einer sechzehn Zentimeter langen Vogelspinne auf der Ehrenstraße und überlegt fieberhaft, was man gegen Todesangst tun kann. Ihm fällt nichts ein.

Kein Mensch zu sehen. Mitternachtswind.

Ein Zeichen der Liebe

»Wissen Sie, daß ich Ihren Laden hasse?«

Ich konnte mir das Grinsen nicht verkneifen. Natürlich war mir klar, daß sie meinen Laden haßte. Jeder haßt Krankenhäuser. Weil er nun mal krank ist, wenn er reinkommt. Aber kaum einer brachte es so drastisch zum Ausdruck wie die hübsche Psychologin, die stirnrunzelnd vor mir saß und soeben dabei war, ganz erbärmlich zu verlieren.

Ich spreizte meinen kleinen Finger ab und setzte ihrer Dame den Turm vor die Nase.

»Schachmatt«, sagte ich so beiläufig wie möglich, wohlwissend, daß der Tonfall sie ärgern würde.

Sie starrte auf das Brett und ließ die Schultern hängen.

»Mann«, knurrte sie, »bin ich blöde!«

»Naja.«

»Was heißt, naja? Sie sollen widersprechen: Nein, Sie sind nicht blöde, Sie sind eine charmante und intelligente Frau, und so weiter und so fort. Revanche?«

Ich erhob mich.

»Jederzeit gern. Aber nicht mehr heute.«

»Feiger Hund!«

»Machen Sie sich nichts draus«, feixte ich. »Wenn Sie mein Krankenhaus verlassen, können Sie die Bauern wenigstens von den Läufern unterscheiden.«

»Wenn Ihre Metzgermannschaft einen Tropf von einer Flasche Grappa unterscheiden könnte, wär ich längst schon wieder draußen.«

»Sie sind ungerecht«, sagte ich streng. »Wir tun, was wir können.«

»Das ist es ja, was mich so beunruhigt«, grinste sie. »Also,

58

kriege ich nun meine Revanche? Oder haben Sie Schiß zu verlieren?«

»Du lieber Himmel! So schlecht könnte ich gar nicht spielen.«

»Ich werd Sie von der Platte putzen! Warten Sie's ab!«

»Es ist spät. Putzen Sie sich die Zähne.«

»Ach, der Onkel Doktor muß ins Bett«, kicherte sie. »Verstehe. Nicht mehr der Jüngste, was? Dann mal flott, Alterchen. Und nicht ausrutschen auf der Treppe.«

»Rotzgöre. Nehmen Sie Ihre Medikamente!«

»Nehmen Sie Ihre Medikamente«, äffte sie mich nach und lachte mich zur Tür hinaus.

Gretchen Baselitz und ihre große Klappe.

≈≈≈

Als ärztlicher Direktor eines der großen Kölner Krankenhäuser kümmert man sich um alles mögliche, nur nicht mehr um das, was man eigentlich mal studiert hat. Bisweilen kam ich mir vor wie ein Verwaltungstrottel. Mir fehlte der Kontakt zur Basis. Im Gegensatz zu meinen Vorgängern hatte ich jedoch beschlossen, den Olymp so oft wie möglich zu verlassen und in die Welt der Sterblichen zu steigen. Also Abteilungen kontrollieren, auch mal nachts. Patienten aufsuchen, mit ihnen reden, ihre Probleme anhören, um einen Eindruck zu gewinnen, wie die einzelnen Sektionen geführt wurden. Dabei machte ich keine Unterschiede, schnüffelte in der Kardiologischen ebenso rum wie in den Neurologien und in der Chirurgie und besuchte Patienten nach dem aleatorischen Prinzip. Einige der Chefärzte begrüßten das, anderen ging ich damit wohl gründlich auf die Nerven. Mir war's gleich. Es war mein Krankenhaus, auch wenn mir hier nichts gehörte. Aber ich hatte meinen Stil, und sie hatten mich immerhin für vier Jahre gewählt.

Selber schuld.

So lernte ich Gretchen kennen, kurz nachdem sie bei uns Quartier bezogen hatte.

Sie litt an einer Hypertonie, ungewöhnlich für jemanden ihres Alters. Bluthochdruck ist eher eine Krankheit der Betagteren. Aber Gretchen Baselitz – die halsstarrig darauf bestand, mit ihrem

59

Vornamen angeredet zu werden – war eben mal sechsunddreißig Jahre alt, hatte das Temperament einer Chilischote und leider einen viel zu hohen Wert. Wir gaben ihr Medikamente, die sie natürlich auch zu Hause hätte nehmen können, aber sie hatte eine stationäre Behandlung aus eigenem Ermessen vorgezogen. Was einerseits auf Dr. Grabowski, ihren Hausarzt und zugleich Chef unserer Abteilung für Anästhesie, zurückzuführen war, andererseits auf ihre Klugheit. Auch wenn sie sich einen galligen Spaß daraus machte, mich und das ganze Krankenhaus in Grund und Boden zu verfluchen, weil wir sie von ihrer Arbeit abhielten, war es letzten Endes ihre eigene Entscheidung gewesen, Grabowskis Rat anzunehmen und hierherzukommen.

Jetzt bewohnte sie also ein geräumiges Einzelzimmer, das sie sofort in ein Büro umfunktioniert hatte. Bei meinem ersten Besuch fand ich sie am PC arbeitend vor, umgeben von Kisten mit Disketten und CD-ROMs, einer wahren Enzyklopädie des psychologischen Wissens inklusive sämtlicher Grenz- und Präzedenzfälle, unordentlich im Raum verteilt. Von Zeit zu Zeit kam jemand und brachte Nachschub. Mir war schleierhaft, wozu sie den ganzen Kram benötigte. Ich zog sie damit auf, und sie spottete zurück, daß ja wenigstens einer arbeiten müsse, um die Ärzte satt zu kriegen. Womit sie nicht unbedingt unrecht hatte.

Ich mochte sie. Ihre Art machte mir Spaß, und so kam alles ins Rollen.

Worüber ich nicht verfügte, war Zeit. Dennoch hatte sie es einigemale geschafft, mich zum Schach zu überreden, worin sie allerdings lausig war. Das wunderte mich. In Psychologenkreisen, hatte ich mir sagen lassen, genoß sie den Ruf einer ausgezeichneten Analytikerin. Mir schien denn auch, daß ihre mangelnde Begabung eher einer inneren Unruhe entsprang, der Unfähigkeit, still zu sitzen und lange auf einen Punkt zu sehen, ohne ein Wort zu sagen. Nicht, daß sie sich nicht konzentrieren konnte. Aber Schach ist Stoik gepaart mit der Befähigung zu deduktiver Logik, und Gretchen war weder stoisch noch logisch. Pausenlos mußte sie sich selber dazwischenreden. Hatte ständig tausend Sachen im Kopf, die alle irgendwie wichtig waren. Wenn sie verlor, dann, weil Schachfiguren keine Menschen waren, die sie nämlich weit mehr interessierten als ein auf abstrakter Logik fußendes System. Ihre Welt waren die Randbereiche der Prognostizierbarkeit, wie ich später erfahren sollte, wo Ordnung sich im Chaos verzweigt. Was anderen formlos schien, erkannte sie als strukturiert. Sie beschritt Freudsche Labyrinthe und fand Wege ins Innenleben, die zuckten und sich wanden und ihre Richtung änderten, Serpentinen der Seele, je verschlungener, desto lieber.

Aber ich greife vor.

Eigentlich will ich nur sagen, es war logisch, daß sie auf der starren Oberfläche eines Schachbretts scheitern mußte. Und das tat sie dann ja auch. Zu meinem unbedingten Vergnügen.

≈≈≈

Diese letzte Schachpartie leitete eine Phase extrem streßreicher Tage für mich ein. Gretchen sah ich lange nicht. Als ich sie endlich wieder besuchte, kam sie mir verändert vor. Ihr Gesundheitszustand war, soweit ich wußte, stabil mit Anzeichen der Besserung, daran konnte es also nicht liegen. Ich fragte sie, ob irgend etwas nicht in Ordnung sei.

»Vielleicht«, sagte sie kurz angebunden.

»Nanu«, wunderte ich mich. »Schlecht geschlafen?«

»Nein.«

»Was dann? Kommen Sie, Gretchen, lassen Sie mich nicht vor Neugierde sterben. Sind Sie beleidigt? Hab ich Sie zu oft im Schach geschlagen?«

Sie ging nicht darauf ein. Ihr Blick war nach innen gekehrt. Dann fragte sie unvermittelt:

»Liegen hier irgendwo rothaarige Frauen?«

Einen Moment lang glaubte ich, in einen Film geraten zu sein. Ich starrte sie an.

»Du lieber Himmel, was Sie für Fragen stellen!«

»Ende vierzig, schlank, gut gebaut, attraktiv.«

»Keine Ahnung. Wirklich nicht.« Ich zog mir einen Stuhl heran und nahm ihr gegenüber Platz. »Warum wollen Sie das wissen?«

Sie zögerte. Plötzlich schien sie es sich anders überlegt zu haben.

»Ach, Unsinn«, murmelte sie. »Vergessen Sie's.«

Ich beugte mich vor.

»Wenn es irgend etwas gibt, das Sie bedrückt, sollten Sie es mir vielleicht sagen.«

»Schon gut.« Ihr Mund verzog sich zu einem flüchtigen Lächeln, aber ihre Pupillen zuckten hin und her.

»Na schön«, sagte ich. »Wie Sie meinen.«

Ihr Lächeln wurde eine Spur freundlicher.

»Und Sie? Wie geht's Ihrem Krankenhaus heute?«

»Lausig«, gab ich zurück. »Es ist voller Kranker. Tut mir leid, aber wenn Sie nichts mehr auf dem Herzen haben, müßte ich mal wieder an den Schreibtisch.«

Erneut trat Unruhe in ihren Blick.

»Natürlich«, sagte sie.

Das kam mir erst recht seltsam vor. Es war so gar nicht ihre Art, folgsam auf Wiedersehen zu sagen. Im allgemeinen schickte sie mir irgendeine Frechheit hinterher, jetzt schien sie über Nacht handzahm geworden zu sein.

»Ist wirklich alles im grünen Bereich?« hakte ich vorsichtig nach.

»Ja doch. Mir geht's prächtig! Husch, an die Arbeit.«

Na, wenigstens das.

Ich versprach ihr, bald wiederzukommen und ging, nicht ohne Sorge.

≈≈≈

Auch die nächsten Tage waren hektisch. Ein Termin jagte den anderen, und so maß ich der merkwürdigen Unterhaltung fast schon keine Bedeutung mehr bei, als sie mir ausrichten ließ, mich dringend sprechen zu müssen.

Ich will nicht sagen, daß ich alles stehen und liegen ließ. Aber ich beeilte mich.

»Und?« stellte ich die pluralische Frage, die wir Ärzte nun mal nicht lassen können. »Wie geht's uns heute?«

Sie klappte ihren Laptop zu.

»Wie's Ihnen geht, weiß ich nicht. Mir geht's durchwachsen. Haben Sie fünf Minuten Zeit?«

»Auch zehn.«

»Gut. In Ihrem Krankenhaus läuft ein Killer herum.«

Man gewöhnt sich an alles. Sie ahnen nicht, auf was für Ideen Patienten kommen, wenn sie hysterisch werden oder einfach nur Langeweile haben. Ich nahm es also gelassen, setzte mich und schlug die Beine übereinander.

»Interessant. Hat er schon jemanden umgebracht?«

Sie funkelte mich an.

»Sonst wäre er ja wohl kein Killer, oder?«

»Verstehe. Lassen Sie mich raten. Rothaarige Frauen Ende vierzig, attraktiv und gut gebaut.«

»Verdammt richtig.«

»Oh, Bingo! Wieviele?«

»Fünf. Bis heute.«

»So, bis heute. Hm.« Ich legte den Finger an die Unterlippe und versuchte dreinzuschauen wie Columbo. »Das heißt, Sie glauben, er wird weitermorden?«

»Ich glaube im Moment nur, er ist hier.«

»Und wissen Sie auch – oder glauben Sie zu wissen – wer es ist?«

»Jedenfalls kein Patient.«

»Also einer von uns?«

»Ja.«

Ich schwieg. Wie ich es mir gedacht hatte, wurde sie zappelig, schwang die Beine aus dem Bett und ließ sie baumeln.

»Was ist?« herrschte sie mich an. »Wollen Sie nicht was unternehmen?«

»Das bliebe abzuwarten«, sagte ich vorsichtig. »Ich könnte einen befreundeten Psychiater anrufen, da Sie es ja offensichtlich vorgezogen haben, die Seite zu wechseln.«

»Was soll das heißen?«

»Gretchen, im Ernst, ich fürchte, daß ich Ihnen nicht ganz folgen kann. Ehrlich gesagt war ich bis eben noch der festen Überzeugung, daß Sie mich einfach nur auf den Arm nehmen wollen.«

»Warum sollte ich das tun?«

»Weiß nicht. Vor drei Tagen machten Sie dunkle Andeutungen und blieben im Ganzen kryptisch. Jetzt überfallen Sie mich mit Schauermärchen. Möglich, daß wir hier ein paar Rothaarige versammelt haben, aber wir sind weit davon entfernt, sie abzumurksen.«

»Das sind keine Märchen, verdammt noch mal!«

Ich überlegte, was ich von der Sache halten sollte. Hin und wieder kommt es vor, daß sich Patienten unter dem Einfluß starker Schmerzmittel oder Psychopharmaka einen handfesten Verfolgungswahn zulegen oder glauben, grüne Männchen durch die Flure schleichen zu sehen.

Aber Gretchen bekam keine solchen Medikamente. Und sie sah kaum aus wie jemand, der phantasiert. Es konnte nicht schaden, sie vorübergehend ernstzunehmen.

»Gut«, sagte ich. »Klären Sie mich auf.«

»Wir müssen ein paar Jahre zurückgehen. Das Thema meiner Doktorarbeit waren Serienmörder, das heißt, es ging weniger um die Morde als um den zugrundeliegenden seelischen Defekt. Wie Sie sich denken können, hatte ich einiges zu recherchieren. Seltsame Erfahrung übrigens. Nach einer Weile beginnt man sich an die Scheußlichkeiten zu gewöhnen, mehr noch, man wird regelrecht süchtig nach immer exorbitanteren Entgleisungen der menschlichen Natur.«

»Gretchen, mir graut vor dir!«

»Naja, soviel perfider Ideenreichtum, da stellt sich eine beinahe sinnliche Lust ein, dem Wie das Warum hinzuzufügen. Sie möchten eintauchen in die Persönlichkeit des Psychopathen, dieses fremdartige, organische Kontinuum, dessen Natur darauf ausgerichtet scheint, sich selbst und andere mit aller zur Verfügung stehenden Raffinesse zu täuschen. Psychopathen sind meistens intelligent, und wir Analytiker versuchen halt, noch ein bißchen intelligenter zu sein ...«

»Ihr seid eitel, das ist alles.«

»Mag sein. Um es kurz zu machen, eines Tages wurde ein höchst ungewöhnlicher Fall publik. Da war eine Frau ermordet worden ...«

»Rote Haare?«

»Richtig. Arbeitete im Sekretariat der Kölner Uni. Niemand von Bedeutung, weder reich noch sonst in irgendeiner Weise wichtig. Die Putzkolonne fand sie im großen Hörsaal, ausgestreckt hinter dem Katheder. Man hatte sie erdrosselt. Aber das war nicht das eigentlich Bemerkenswerte.«

»Was dann?«

»Ihre Hände ...«

»Ja?«

»Sie fehlten.«

»Fehlten?«

»Sie waren nicht mehr da. Abgesägt. Muß ein ordentliches Stück Arbeit gewesen sein. Hände rupfen Sie nicht einfach mal so eben vom Gelenk.«

Ich zuckte die Achseln. »Kommt drauf an, wer's macht. Mancher Profi wird Ihnen die Hände schneller amputieren, als Sie ›bitte nicht!‹ sagen können.«

»Das ist aber noch nicht alles. Der Mörder – oder die Mörderin – hatte ihr einen Teil des Gesichts abgeschnitten. Ihre Lippen waren entfernt worden.«

»Grundgütiger! Warum erzählen Sie mir das?«

»Moment noch. Die Frau lag also hinter dem Katheder, mit entblößtem Oberkörper, aber ungeschändet. Nicht mal die Spur eines Versuchs. Auf ihrem Bauch war ein Zeichen gemalt, mit Blut übrigens, ihrem eigenen.«

Sie griff nach Block und Stift, malte etwas auf und präsentierte mir mit theatralischer Geste das Blatt.

»Zwei konzentrische Ringe, ein Kreis im Kreis.«

Ich gab ihr das Blatt zurück. »Sieht aus wie ein Fall für Semiotiker.«

Sie hob die Brauen.

»Verstehen Sie was davon?«

»Wenig. Als Studenten haben wir aus Jux und Dollerei kabbalistische Zeichen entschlüsselt. Was hatten die Kreise zu bedeuten?«

»Auf den ersten Blick nichts. Es gab also zwei Möglichkeiten. Entweder waren sie der Phantasie des Mörders entsprungen, dann würde mich die Semiotik nicht weiterbringen. Oder aber das Zeichen existierte, dann mußte es irgendwo schon mal aufgetaucht sein.«

»Zwei Kreise könnten alles mögliche bedeuten.«

»Dazu kommen wir später«, sagte sie im Tonfall einer Volksschullehrerin. »Vorerst machte ich mir nicht die Mühe, es herauszufinden. So wichtig schien mir der Fall denn doch nicht. Aber dann, zwei Jahre später erfuhr ich über Polizeikontakte, in einem Kölner Krankenhaus« – sie nannte mir den Namen – »sei eine Patientin aus dem Leben geschieden. Unfreiwillig. Tod durch Erwürgen, Hände und Lippen abgetrennt. Die Geschichte kam nie in die Zeitungen, man hat's vertuscht. Das Symbol der Kreise fand sich auf ihrer linken Brust, wieder mit Blut gemalt.«

Ich hörte mir das an und schüttelte den Kopf. Inzwischen warteten mindestens zwei Oberärzte darauf, die vereinbarten Termine mit mir wahrnehmen zu können.

»Das ist alles sehr interessant«, sagte ich höflich. »Aber mir ist immer noch nicht klar, worauf Sie eigentlich hinauswollen.«

»Worauf?« Sie sah mich an wie ein Kind, das zu früh ›warum‹ gefragt hat. »Bei den Morden ist es nicht geblieben! Eine Leiche im Stadtgarten. Eine am Rheinufer. Eine in der Altstadt. Und immer dasselbe Bild.«

»Keine Hände, keine Lippen, Kreise.«

»Ja!«

»Wollen Sie nicht allmählich mal zur Sache kommen?«

Sie warf den Kopf in den Nacken und musterte mich düster.

»In der Nacht vor Ihrem letzten Besuch wachte ich auf und konnte ums Verrecken nicht mehr einschlafen. Also lief ich ein bißchen auf dem Flur herum. Ich begegnete keinem Menschen und hatte einen Höllendurst, aber die Nachtschwester war wohl unterwegs, ihr Zimmer war jedenfalls leer. Ich wollte schon umkehren, da sah ich ein Stück weiter, kurz vor dem Durchgang, der zum Treppenhaus führt, langsam eine Tür aufschwingen. Fein, dachte ich, vielleicht ist sie da hinten, und ging rüber, um sie wegen einer Limo anzubetteln oder was. Im Näherkommen konnte ich ein Stückweit hineinsehen in das Zimmer. Da stand ein Vergrößerungsspiegel auf einem Schränkchen . . . «

»Das Zimmer ist ein Waschraum.«

». . . und plötzlich tauchte ein Stück Mensch darin auf!«

»Was, im Waschraum. Ein Stück?«

Sie wischte meine Worte mit einer ungeduldigen Geste fort.

»In dem Spiegel! Ein Stück Schulter vielleicht oder Rücken,

66

schwer zu sagen. Das ist ein Hohlspiegel, er verzerrt die Proportionen, aber im Focus war etwas deutlich zu erkennen, ein besonderes Merkmal.« Sie zögerte. »Haben Sie schon mal schlecht verheiltes Gewebe gesehen, nachdem eine Tätowierung weggeschliffen wurde? Glatte, glänzende Spuren. Wie straffgezogenes Zellophan. Die Person in dem Raum hatte solche Narben. Zwei konzentrische Kreise.«

Sie schwieg.

Ich schwieg zurück.

»Gretchen«, sagte ich schließlich mild, »ich leite dieses Krankenhaus seit fast zwei Jahren. Diverse Chefärzte sind meine Freunde, andere vielleicht erbitterte Widersacher. Aber keiner von denen ist ein Killer. Mir sind die Vitae sämtlicher Oberärzte, Assistenzärzte, AIPs und PJs hinreichend bekannt. Mit dem Leitenden Verwaltungsdirektor verbindet mich die Liebe zur Oper, der Stellvertretende geht mit, weil er denkt, das muß so sein. Ansonsten ist mir die komplette Verwaltung, ob Einkauf, Personal, Hygiene und so weiter, schon dermaßen auf die Nerven gegangen, daß ich nicht umhin kam, jeden einzelnen persönlich kennenzulernen. Das sind alles anständige Leute. Niemand, dem ich auch nur ansatzweise eine psychopathische Vergangenheit zutraue.«

»Wenn schon.«

»Wollen Sie ernsthaft behaupten, einen Mörder gesehen zu haben, nur weil Ihnen im Vergrößerungsspiegel irgendwelche Narben erschienen sind?«

»Die Kreise waren deutlich zu sehen«, beharrte sie. »Natürlich habe ich es vorgezogen, die Flucht zu ergreifen, weshalb ich über die Person ansonsten nicht viel sagen kann. Männlich, weiblich, keine Ahnung. Hab ja nur die Spiegelung gesehen, das kleine bißchen.«

»Gut«, räumte ich ein. »Nehmen wir an, das Symbol existiert. Exemplarisch als verbindendes Element innerhalb einer Gruppierung, sagen wir einer Sekte. In diesem Fall kämen Tausende von Menschen in Frage, die es tragen oder getragen haben, ob als Schmuck oder Tätowierung oder was auch immer. Ich meine, würden Sie jemanden für einen Killer halten, bloß weil er ein Kreuz um den Hals trägt?«

67

»Doktorchen, Sie sind verstockt. Ich bezweifle überdies, daß der Verbreitungsgrad jener Kreise dem des Kreuzes auch nur annähernd gleichkommt. Aber die Diskussion taugt eh nichts. Ich weiß nämlich mittlerweile, was die Kreise bedeuten.«

»Heraus damit!«

»Nach meinem nächtlichen Erlebnis habe ich Himmel und Hölle in Bewegung gesetzt. Es gibt da eine Bande von Studenten, die mir zuarbeiten.«

»Die Burschen, die Ihnen ständig Unterlagen bringen?«

»Richtig. Einer ist fündig geworden.«

»Machen Sie's nicht so spannend.«

»Schon mal was von der Kirche der immanenten Liebe gehört?«

»Du lieber Himmel! Nein.«

In ihren Augen loderte der Triumph.

»Eine Abspaltung der christlichen Religion, aber ganz schön durchgeknallt. Die Immanenten bilden eine kleine Gemeinschaft. Anders als die Zeugen Jehova gehen sie nicht auf die Straße und versuchen Schäfchen zu rekrutieren. Ihr Symbol ist auch nicht das Kreuz, weil sie Christus für einen Betrüger halten. Seltsamerweise, obwohl sie sich auf viele Passagen des Alten Testament berufen, haftet ihrer Religion etwas Pantheistisches an. Sie glauben an eine universelle Weltliebe – das Göttliche – und betrachten sich selber als in diese Liebe hineingeboren. Der innere Kreis kann aber auch für ein Kind stehen, das in die Liebe der Mutter hineingeboren wird. Dieser innere Kreis ist zeitlebens dem äußeren unterworfen. Er muß Liebe nach außen geben, damit der äußere sie wiederum nach innen abstrahlen kann.«

»Was für ein Unsinn.«

»Eine gegenseitige Speisung. Den Teufel gibt's natürlich auch, der den Doppelkreis solange nicht durchbrechen kann, wie ihn die Liebe intakt hält. Die Immanenten schwören darauf, daß sie mit dieser Liebe die Welt bewegen können. Sie sehen sich als großes energetisches Zentrum.«

»Die üblichen Auserwählten. Klingt nicht sonderlich originell. Die Amish People leben abgeschottet ohne Strom und Autos. Da ist wenigstens noch handfeste Dorfromantik hinter.«

»Naja, die Philosophie der immanenten Liebe ist nicht ganz so simpel gestrickt, wie ich es dargestellt habe. Aber halt schon eine Sekte, und eine kleine obendrein. Die Chance, einem Immanenten zu begegnen, ist demnach verschwindend gering.«

»Sind die alle tätowiert?« fragte ich.

»Keine Ahnung. Es gibt kaum greifbare Unterlagen, Morel Shlomskys *Enzyklopädie der Religionen* ist die einzige, und der weiß nichts von Tattoos. Aber es ist nicht auszuschließen. Die einen brennen sich was auf den Pelz, die anderen ritzen sich was ein, warum nicht auch tätowieren?«

»Klingt einleuchtend«, gab ich zu. »Aber wie ist das nun zu verstehen? Ich meine, er – oder sie – sägt den Opfern die Hände ab und schneidet ihnen die Lippen aus dem Gesicht, nachdem er sie zuvor erdrosselt hat. Und dann versieht er sie mit einem ... «

Sie lächelte. Das erste Mal seit Beginn unseres Gesprächs lächelte sie wieder.

»Ja«, sagte sie. »Mit einem Zeichen der Liebe.«

≈≈≈

Ich versicherte sie meiner absoluten Skepsis. Ihre Geschichte sei abstrus, die angeblichen Narben auf einen Verzerrungseffekt des Spiegels zurückzuführen, und im übrigen gehörten solche Geschichten nicht ins Krankenhaus, weil sich sonst die Leute, deren Gesundung uns oblag, zu Tode ängstigen würden.

Sie blieb dabei.

Ich hatte nichts anderes erwartet. Gretchen war nun mal der beharrliche Typ. So schnell würde sie sich die Sache nicht aus dem Kopf schlagen.

Im folgenden war es einer dieser Tage, der einen nicht aus dem Büro entläßt. Als ich schließlich auf die Uhr sah, war es Mitternacht durch. Ich schnappte mir den Dienstplan und ging die Nachtschichten durch. Auf Gretchens Station tat dieselbe Schwester Dienst, die auch dort gewesen sein mußte, als Gretchen durch die Gänge geistert war.

Ich beschloß, sie aufzusuchen.

Der Flur lag erleuchtet vor mir, als ich die Station betrat. Als erstes warf ich einen Blick in den Waschraum und betrachtete

mein Gesicht in dem Vergrößerungsspiegel. Eine Kraterland-
schaft. Ging ich einen Schritt nach hinten, verzerrte er meine Züge
zur Unkenntlichkeit. Gretchen hatte im Flur gestanden. Ich fragte
mich, wie sie auf die Entfernung etwas gesehen haben wollte.

Und dennoch ...

Von irgendwoher drangen leise, klappernde Geräusche. Ich
rieb mir die Bartstoppeln und ging weiter bis zum Schwesternzim-
mer.

Die Nachtschwester blätterte in Zeitschriften und trank Tee.
Als ich den Kopf zur Tür reinsteckte, zuckte sie zusammen, setzte
eine schuldbewußte Miene auf und sagte »Oh!«

Zum Teufel mit diesem devoten Oh. Ich hasse es. Oh, ein Vor-
gesetzter! Oh, der liebe Gott! Sie konnte meinethalben lesen,
soviel sie wollte. Hauptsache, sie schlief nicht ein.

Ich fragte sie, ob ihr in der besagten Nacht etwas Ungewöhnliches aufgefallen sei, und sie verneinte. Gretchen Baselitz? Die
habe sie nicht angetroffen. Im Waschraum sei auch keiner gewesen, außer vielleicht, als sie gerade mal austreten mußte oder ihren
Rundgang machte, das könne sie natürlich nicht sagen, aber während der Dauer ihrer Anwesenheit – nein, gar nichts sei da gewesen, überhaupt nichts.

Ich verließ sie einigermaßen beruhigt.

Aber die Geschichte ließ mich einfach nicht los.

Nachdenklich fuhr ich nach Hause, ging zu Bett und überlegte,
wie ich in der Sache weiter verfahren sollte. Die Vorstellung miß-
fiel mir, daß Gretchen am Ende noch Gott und alle Menschen
verrückt machte. Gerüchte vom Krankenhauskiller waren das
letzte, was ich hier brauchen konnte. Eigentlich hatte ich das
Thema nicht mehr ansprechen wollen, aber bevor sie den halben
Laden in Panik versetzte, war es wohl besser, sie auf den Boden
der Tatsachen zurückzuholen.

≈≈≈

»Ihre Ignoranz ist beispiellos«, rief sie aufgebracht. »Sie scheinen
tatsächlich zu glauben, daß ich spinne.«

»Ein Vorschlag zur Güte«, sagte ich konziliant. »Sie erzählen
niemandem, was Sie mir erzählt haben. Dafür bin ich bereit, Ihnen

70

zuzuhören, wann immer . . . « Eine bange Ahnung beschlich mich.

»Oder haben Sie es schon breitgetreten?«

»Nein, hab ich nicht«, erwiderte sie mürrisch.

»Na gut.«

»Hab's Ihnen anvertraut und basta, aber Sie haben ja keinen Mumm.«

Ich setzte mich auf ihre Bettkante und versuchte, sehr freundlich und geduldig auszusehen.

»Es ist nun mal schlecht für das Renommee eines Krankenhauses«, erklärte ich, »wenn die Patienten und ihre Angehörigen zu dem Schluß gelangen, einer der Ärzte sei geisteskrank und würde ihnen die Hände abschnippeln und all so was. Noch dazu, wenn zweifelhaft ist, ob es sich überhaupt so verhält.«

»Ich bin aber davon überzeugt!« beharrte sie trotzig.

»Ich nicht. Schauen Sie, die Leute haben ohnehin viel zuviel Angst. Alle Tage steht was in der Zeitung von betrügerischen Krankenschwestern oder kleinen Halbgöttern, die ihr eigenes Euthanasieprogramm durchziehen. Ich will hier keinen Ärger haben.«

»Sie müssen doch zumindest die Möglichkeit in Betracht ziehen, daß ich eventuell und vielleicht und unter Umständen nicht ganz falsch liege.«

»Dann ist es erst recht von Wichtigkeit, daß Sie den Mund halten. Vorausgesetzt, Sie haben recht, kann das gefährlich für Sie werden.«

»Schon klar.«

»Gut. Mein Vorschlag ist, vergessen Sie's, Miss Holmes. Falls aber nicht, lassen Sie mich unbedingt teilhaben an Ihren Erwägungen, Rückschlüssen und Enthüllungen, bevor Sie Pressekonferenzen geben.« Ich machte eine Pause. »Und wenn mal gerade kein Killer durch Ihre sehr verehrten Hirnwindungen rutscht, würde ich mich freuen, wenn wir noch mal Schach spielen.«

Sie grinste und schnitt mir ein Gesicht.

»Ich werde Ihnen beweisen, daß ich recht habe. Zu guter Letzt werden Sie reagieren müssen.«

»Ja«, seufzte ich. »Das werde ich wohl.«

≈≈≈

Naiverweise ging ich davon aus, der Fall sei erledigt. Weit gefehlt.

Ich saß keine fünf Minuten am Schreibtisch, als das Telefon schellte. Das Vorzimmer teilte mir mit, Gretchen sei am Apparat. Ergeben nahm ich das Gespräch an.

»Ich bin's«, sagte sie.

»Gretchen, wie schön«, log ich. »Muß es jetzt sein?«

»Ich würde gerne den Spiegeltest mit Ihnen machen. Damit Sie mir endlich glauben.«

»Spiegeltest?«

»Im Waschraum.«

»Ach so. Gut, daß Sie es erwähnen, das hatte ich vorhin vergessen. Ich bin mittlerweile auch ein bißchen schlauer. Diese Art Spiegel taugt nur was, wenn man ganz dicht davorsteht. Vom Flur aus können Sie gar nichts gesehen haben.«

Am anderen Ende der Leitung entstand eine gefährliche Pause.

»Wollen Sie andeuten, ich lüge?«

»Nein«, sagte ich begütigend. »Natürlich nicht. Aber Sie haben sich täuschen lassen. Ich bin sogar sicher, daß Sie der festen Überzeugung sind, zwei ringförmige Narben gesehen zu haben, aber das geschah infolge einer optischen Verzerrung, nicht, weil sie tatsächlich da waren.«

»Ich kann beweisen, daß sie da waren.«

Wie ein Klette!

»Entschuldigen Sie, Gretchen, aber ich stehe wirklich unter Zeitdruck. Sollen wir nicht lieber einen Termin zum Schachspielen ausmachen?«

»Schach hat sich erst mal erledigt«, sagte sie kühl.

Ich verdrehte die Augen.

»Gretchen ... «

»Doc! Liebster Doktor. Geben Sie mir fünf Minuten. Bitte! Mehr verlange ich doch gar nicht. Fünf lausige Minuten! Wenn Sie dann nicht überzeugt sind, gebe ich klitzeklein bei. Dann werde ich für alle Zeiten die Klappe halten. Auch, wenn's schwerfällt.«

Es gibt keinen Killer, wollte ich klarstellen. Wir vergeuden unsere Zeit. Das hier ist ein stinknormales städtisches Kranken-

72

haus und kein Abenteuerspielplatz. All das hätte ich ihr erzählen sollen.

Statt dessen hörte ich mich sagen: »Also meinetwegen. Morgen abend.«

»Warum erst dann?« kam es enttäuscht.

»Weil ich der ärztliche Direktor eines Krankenhauses mit 1150 Betten und dreizehn Abteilungen bin. Können Sie sich meinen Arbeitstag vorstellen? Im allgemeinen spiele ich nicht mal Käsekästchen mit unseren Patienten, geschweige denn Schach, und schon gar nicht Detektiv. Morgen abend, letztes Angebot. Sagen Sie ja, oder wir lassen es bleiben.«

»Ja«, sagte sie brav.

Mir schien fast, daß sie das Ganze als Spiel auffaßte. Allein die Tatsache, daß sie sich an mich gewandt hatte und nicht an die Polizei, ließ vermuten, daß der Jagdinstinkt des Analytikers in ihr geweckt war. Es ging ihr nicht allein darum, daß die Gerechtigkeit ihren Lauf nahm. Hinweise aus der Bevölkerung, dafür war sie sich zu schade. Sie wollte diejenige sein, die das Biest zur Strecke brachte.

Ich meinerseits wollte keine Miß Marple in meinem Krankenhaus. Auch nicht, wenn sie so hübsch war wie Gretchen Baselitz.

Aber versprochen war versprochen.

»Um halb acht«, sagte ich und legte auf.

≈≈≈

Um zwanzig vor acht wußte ich erstaunliche Dinge über Vergrößerungsspiegel und dafür immer weniger, wo das alles noch hinführen sollte.

Gretchen hatte sich ein Blatt an die Schulter geheftet und zwei Kreise darauf gemalt, den inneren fünfmarkstückgroß, den äußeren vom Durchmesser eines Kölschglases. Sie hatte das Symbol so dünn mit Bleistift aufschraffiert, daß es kaum zu erkennen war. Ich mußte mich auf den Flur stellen, wo sie gestanden hatte, und den Spiegel im Auge behalten, während sie im Waschraum verschwand.

Und plötzlich, als sie selber meinem Blickfeld schon entschwunden war, sah ich die Kreise.

Tatsächlich war das Resultat abhängig von der Konstellation. Je nachdem, wo sich die Personen befanden und in welchem Winkel sie zu dem Spiegel standen, zeigte er sehr wohl ein klares Bild. Im Zentrum der Linse erschien Gretchens Schulter, stark vergrößert, so daß man nur einen kleinen Ausschnitt erkannte. Aber er reichte, um die Kreise deutlich zu erkennen.

Ich bewegte mich einen Schritt nach vorne. Sofort verschwamm das Bild.

»Bravo«, rief ich und klatschte in die Hände.

Sie nahm meinen Applaus gelassen.

»Ich wußte, daß ich recht hatte.«

»Was trotzdem noch nicht viel besagt«, gab ich zurück. »Ich bin keineswegs der Meinung, daß Sie deswegen gleich einen Serienmörder herbeiphantasieren müssen.«

»Nennen Sie es Intuition«, sagte sie. »Ich spüre ganz einfach, daß er es ist.«

»Ach, Gretchen. Hören Sie mir auf mit weiblicher Intuition.«

»Ich meine nicht diesen Blödsinn, von wegen eine Frau spürt das, Frauen sind anders als Männer, und so. Ich rede von der Fähigkeit, Zusammenhänge intuitiv zu erfassen, weil man sich irgendwann die Mühe gemacht hat, die Ursachen zu verstehen.«

»Solange Sie Ihren ominösen Killer nicht kennen, können Sie auch die Ursachen nicht kennen. Ich kann keine Krankheit diagnostizieren ohne Patient.«

»Doch, wenn Sie die Symptome kennen.«

»Auch dann nur auf allgemeiner Basis. Individuelle Aussagen kann ich erst nach eingehender Untersuchung treffen.«

»In der Psychoanalyse gibt es Muster. Allein so ein Spiegel hat schon was von der Persönlichkeit eines Psychopathen. Mal vollkommen klar, dann wieder verzerrt. Man muß sich auf Ideen bringen lassen.«

»Welch passendes Bild«, sagte ich spöttisch.

»Vor allem ein berechenbares Bild! Erinnern Sie sich, selbst dieser komische Spiegel ist berechenbar. Alles eine Frage von Distanz und Winkel.« Sie ließ ihren Zeigefinger an der Schläfe kreisen. »Anfälle von Geistesgestörtheit vollziehen sich in Zyklen. Man kann Verbrechen, die von Geisteskranken begangen werden, prognostizieren, wenn man sich um Verständnis ihrer Denkweise bemüht. Und die ist eben nicht linear, sondern folgt beispielsweise Gesetzen, wie sie uns die Chaosforschung lehrt.«

»Mhm, schon klar. Langanhaltende Zustände der Ordnung kollabieren urplötzlich und ohne ersichtlichen Grund.«

»Oder auch umgekehrt. Chaotische Zustände synchronisieren sich zu ordentlichen Strukturen.«

»Sie arbeiten mit Chaostheorie?«

»Ja. Sagt Ihnen der Begriff Mandelbrotmenge was?«

Ich überlegte. »Das ist irgendwas mit linearen Gleichungen, oder?«

»So ungefähr«, nickte sie. »Die Summe aller linearen Zahlen, sichtbar gemacht am Computer von Benoit Mandelbrot als Grafik. Die Mandelbrotmenge ist wie ein schwarzes Land. Manche sehen darin auch ein dickes Männchen, aber ich fand immer, daß sie mehr einer symmetrischen Insel gleicht. Alles innerhalb der Mandelbrotmenge ist linear, also endlich, und berechenbar. Jenseits der Menge liegt die endlose Ebene der nichtlinearen Zahlen, also das vollkommene Chaos. Rechnet man nun eine lineare Zahl aus der Menge mit einer nichtlinearen aus der Ebene hoch, bildet das schwarze Land Ausläufer, die sich im Chaos verzweigen. Man kann so gut wie nicht vorhersagen, wie und wohin sich diese Ausläufer entwickeln werden. Hochspannend. Da entstehen Strukturen, die ebenso schön sind wie verwirrend, psychedelische Muster von filigraner Faszination. Eisblumen am Fenster kommen dem sehr nahe. Der Betrachter findet auf den ersten Blick keine Ordnung. Vergrößert man allerdings Ausschnitte einer solchen scheinbar zufälligen Verzweigung, stellt man fest, daß sie selber viele Verzweigungen bildet, die der großen ähneln. Und würde man eine der kleinen Verzweigungen untersuchen, wäre auch sie zusammengesetzt aus selbstähnlichen Strukturen.«

»Der fraktale Aufbau der Welt, ich weiß. Ein Wolkenberg besteht aus vielen kleinen Wolkenbergen, die ähnlich aussehen wie der große, jeder der kleinen aus noch kleineren, und so weiter. Aber das ist Mathematik.«

»Das ist die Beschreibung des Universums. Was ich sagen will, ist, daß auch der Geist eines Wahnsinnigen, dessen Verzeigungen im Chaos nicht berechenbar erscheinen, nach Ordnungsprinzipien funktioniert. Wenn Sie die bunten Ausläufer an den Rändern der Mandelbrotmenge, des schwarzen Reichs der Ordnung, betrachten, scheinen sie sich in immer neue, unvorhersagbare Richtungen zu entwickeln. Aber bei millionenfacher Vergrößerung entdecken sie plötzlich winzige schwarze Punkte darin, Abbilder der Mandelbrotmenge, perfekte Ordnung, die jeder noch so chaotischen Struktur zugrundeliegt. Hinsichtlich des Psychopathen kann die Ordnung die Melodie sein oder eine Mondphase oder ein Duft. Verstehen Sie? Jack the Ripper, Stalin, Hitler, Charles Manson, jede ihrer Taten basierte letzten Endes auf Ordnung. Wir hätten sie berechnen können.«

»Aber ein menschliches Hirn«, wandte ich ein, »ist kein Computer. Dieser Grenzbereich der Mandelbrotmenge, diese fraktalen Ausläufer entstehen meines Wissens nur im Rechner.«

»Der Rechner ist ein Medium, um universelle Prinzipien darzustellen. Er zeigt Idealzustände. Es gibt im wirklichen Leben keine reine Linearität, keine perfekte Ordnung. Aber eben auch kein völliges Chaos. Endlose Reihen von Zufällen bergen Inseln der Prognostizierbarkeit. Bloß, die Menschen wollen immer im vorhinein alles hübsch ordentlich erklärt haben, und was sie nicht verstehen, versuchen sie gemäß ihres starren Ordnungsverständnisses zu lösen, was natürlich danebengeht.«

»Mal am Rande gefragt, wie bringt uns das jetzt weiter?«

Sie sah mich überrascht an, dann lachte sie.

»Tut mir leid, das war wohl ein bißchen viel. Ich wollte klarmachen, warum wir Analytiker jede Kleinigkeit so sehr sezieren. Allen noch so bizarren Verbrechen liegt eine ganz simple und für jeden verständliche Erklärung zugrunde. Die Verwirrungen im Kopf des Psychopathen entstehen aus ganz einfachen Ursachen. Es mag schwerfallen, Mitleid zu empfinden mit einem Charles Manson oder gar einem Marc Dutroux. Aber wir sollten uns dennoch mehr mit ihnen befassen, um die Taten anderer im Vorfeld zu verhindern. Unsere Gesellschaft hat nur gelernt, zu verurteilen, was nicht ins Schema paßt. Nicht aber, das Schema zu verlassen, um das Andersartige, im neutralen Sinne Abartige, um den wahnsinnigen und verbrecherischen Geist, zu verstehen.

Diese Ignoranz hat fatale Folgen. Man hätte Jack the Ripper fassen können.«

»Ist das Ihr Ehrgeiz?« fragte ich.

»Ja. Der Mann, der die Hände abschneidet, ist wahnsinnig. Ich will die Insel der Ordnung in dem Wahnsinn finden. Nur von dort aus kann man ihn stoppen.«

»Pardon, aber das ist das Einmaleins der Psychoanalyse. Das ist doch nichts Neues.«

»Nein. Und doch. Wir halten uns für geistig gesund, darum tun wir uns so schwer mit den Verrückten. Dabei ist jeder ein bißchen irre. Ein bißchen wahnsinnig. Ein bißchen psychopathisch. Würden wir das erkennen und die Erkenntnis nutzen, kämen wir den Verrückten und Verdrehten auf die Spur, bevor sie anfangen, Mist zu bauen.«

»Sie wissen, was das nach sich ziehen würde? Verurteilungen ohne Beweise. Wollen Sie jemanden aufgrund der Vermutung einsperren, er könne jemanden töten?«

»Wenn es sein muß.« Sie machte einen Augenblick Pause, wie um die Wirkung ihrer Worte abzuschmecken. »Nein, natürlich nicht. Ich weiß, daß das falsch wäre.«

»Es wäre fatal.«

»Fatal ist aber auch, daß hierzulande erst das Schlimmste passieren muß, bevor man etwas unternimmt. Unser Verfolgungssystem, unsere Justiz, nein, unser ganzes Denken ist darauf ausgerichtet, den Mörder seinen Mord begehen zu lassen. Sie können offen ankündigen, jemanden töten zu wollen, und niemand wird etwas gegen Sie unternehmen. Der Bedrohte kann noch so oft zur Polizei gehen, er hat keine Chance. Er muß sich erst ermorden lassen, damit man ihm beisteht, was ja wohl paradox ist. Finden Sie das richtig? Sie als Arzt?«

Ich wußte, worauf sie hinauswollte.

»Wenn Ihr Krankenhaus die Gesellschaft repräsentiert«, fuhr sie erwartungsgemäß fort, »dann sehen Sie auch, woran die Gesellschaft krankt. Wir beginnen, etwas für die Gesundheit zu tun, wenn wir krank werden. Wenn es zu spät ist, reiben wir uns die Augen und zeigen uns verwundert, daß überhaupt was passieren konnte. Als Folge versuchen wir auszumerzen, was uns krank macht. Erst verhalten wir uns reaktiv, dann aggressiv. Warum heißt das hier Krankenhaus und nicht Gesundheitshaus? Warum verurteilen wir Verbrecher, anstatt ihre Verbrechen zu verhindern?«

»Weil Rache vor Verständnis kommt«, sagte ich. Unterschwellig spürte ich, daß sie die ganze Diskussion vom Zaun gebrochen hatte, um mich auf ihre Seite zu ziehen. »Sehen Sie, ich zweifle ein bißchen an der Lauterkeit Ihrer Absichten. Sie wollen, daß ich die Notwendigkeit kapiere, eine Treibjagd vom Zaun zu brechen aufgrund einer vagen Beobachtung. Meines Erachtens wollen Sie Beute machen. Sie wollen Ihre Brillanz als Analytikerin unter Beweis stellen.«

Ich hatte damit gerechnet, daß sie es empört abstreiten würde. Statt dessen sah sie mich ruhig an und sagte:

»Stimmt. Ich bin eitel.«

Ich schwieg.

»Ich glaube aber auch, in besonderer Weise befähigt zu sein, Zusammenhänge zu erkennen. Wenn mein Gefühl mir sagt, daß der Mörder hier ist, dann ist er hier.«

»Warum gehen Sie dann nicht zur Polizei?«

»Erstens liege ich hier auf Eis. Zweitens gehe ich erst zur Polizei, wenn ich Beweise habe. Ich meine, konkrete Beweise, weil die nämlich genauso reagieren würden wie Sie.«

»Mir ist nur nicht klar, was Sie überhaupt von mir erwarten? Was haben Sie eigentlich vor?«

»Dem Mörder eine Falle stellen. Das habe ich vor.«

Ich schüttelte den Kopf.

»Gretchen, warum machen Sie das alles? Angenommen, Sie haben recht, warum begeben Sie sich dann in Gefahr? Sie sind weder rothaarig noch Ende vierzig. Sie haben doch gar nichts von ihm zu befürchten. Lassen Sie ihn zufrieden, dann wird er auch Sie zufrieden lassen. Unterdessen tun wir hier was gegen Ihren Hochdruck, und Sie werden hundert Jahre alt. Einverstanden?«

Ein spöttisches Lächeln umspielte ihre Lippen.

»Um es noch einmal zu wiederholen, ich bin eitel. Es macht mir Spaß, solche Nüsse zu knacken. Wenn bei alledem noch was Gutes dabei rauskommt – um so besser.«

78

Mir fiel nichts ein, was ich dagegenhalten sollte.

»Sie wühlen in den Menschen rum, ich wühle in den Menschen rum«, sagte sie. »Sie wollen nur das Beste, ich will nur das Beste. Mittlerweile sind Sie ärztlicher Direktor, verdienen mit Sicherheit ein Schweinegeld und küssen jeden Tag ihr Spiegelbild. Tja . . . « Sie legte den Kopf in den Nacken, streckte sich und gähnte herzhaft. »Wie sagt man in Köln? Vun nix kütt nix.«

≈≈≈

Ihr Plan war denkbar einfach.

»Wir werden in zwei Schritten vorgehen«, erläuterte sie mit vor Eifer geröteten Wangen. »Wenn wir ihn . . . «

»Oder sie«, ergänzte ich der Ordnung halber.

Sie grinste.

». . . oder sie aus der Reserve locken wollen, haben wir nur eine Möglichkeit. Den Mörder mit dem Symbol der immanenten Liebe zu ködern.«

»Immanente Liebe, so ein Blödsinn«, brummte ich. »Übrigens haben Sie mir bis jetzt lediglich gesagt, *daß* Sie die Person im Waschraum für den Killer halten. Mich würde interessieren, *warum*. Und warum einer aus dem Krankenhaus und kein Patient?«

»Das ist doch wohl klar.«

»Mir nicht.«

»Erst einmal: unser Unbekannter hat sich der schmerzlichen Prozedur unterzogen, das Symbol entfernen zu lassen. Was zwei Gründe haben kann.«

»Er hat sich von den Immanenten losgesagt.«

»Oder aber aus Angst vor Entdeckung gehandelt. Was immer ihn zwanghaft dazu verleitet, die Kreise auf die Körper seiner Opfer zu malen, er begibt sich damit in Gefahr. Er kann sich in keinem Freibad sehen lassen, nirgendwo darf er sich unbekleidet zeigen. Also läßt er das Symbol entfernen. Wenn er sich den Immanenten nach wie vor zugehörig fühlt, wird er ihre Lehren eben in seinem Herzen tragen.«

»Wie romantisch«, höhnte ich.

»Und wenn nicht«, fuhr sie unbeeindruckt fort, »Stellt es erst recht kein Problem für ihn dar. Seltsamerweise tendiere ich zu der

Vermutung, daß die Kreise mittlerweile etwas anderes für ihn bedeuten, gar nicht so sehr den Glauben an die Sekte als vielmehr eine Erinnerung, eine Reminiszenz, einen Fetisch, irgendwas in dieser Richtung.«

»Warum glauben Sie das?«

»Weiß ich noch nicht. So, zweitens: Die erste Leiche wurde an der Uni gefunden, wo man Medizin studieren kann.«

»Oder auch was anderes.«

»Richtig. Aber der zweite Mord geschah in einem Krankenhaus. Ich habe mir in den letzten Tagen noch mal sämtliche Informationen kommen lassen, die ich im Laufe der Jahre über den Fall gesammelt habe. Die Amputationen geschahen stets mit großem Können. Sehr sauber ausgeführt, wahrscheinlich auch, wie Sie selber schon sagten, sehr schnell. Gleiches gilt für die Lippen. Ich will's ja nicht beschwören, aber der Mörder hat sein Werk fast ... liebevoll verrichtet.«

»Mhm.«

»Finden Sie nicht, daß das auf einen Arzt hindeutet?«

Sie hatte natürlich recht.

»Doch«, gab ich zu.

»Des weiteren wird es kaum ein Neurologe oder theoretischer Forscher gewesen sein. Fazit: Was läge näher als die Chirurgie?«

»Also ein Chirurg?«

»Ja. Wieviele Chirurgen arbeiten hier?«

»Einige. Eine Menge, und darüber hinaus viele, die zwar keine Chirurgen sind, aber so was mal gelernt haben.«

»Das grenzt den Kreis trotzdem ein.«

»Glauben Sie nicht, daß die Polizei zu ähnlichen Schlüssen gelangt ist?«

»Wahrscheinlich«, nickte sie. »Aber die haben ihn trotzdem nicht gefaßt.«

»Wissen Sie das genau? Der letzte Mord liegt doch schon eine ganze Weile zurück?«

Sie sah mich mitleidsvoll an.

»Ich habe mich natürlich erkundigt«, sagte sie von oben herab.

»Natürlich«, seufzte ich.

»Wem steht eigentlich der Waschraum zur Verfügung?«

80

»Allen.«

»Auch Patienten?«

»Man merkt, daß Sie ein Zimmer mit Bad und WC bewohnen. Ja, allen.«

»Hm.« Sie überlegte einen Moment. »Trotzdem spricht einiges dafür, daß es sich um einen Chirurgen handelt.«

»Erzählen Sie mir endlich, was Sie vorhaben«, drängte ich.

»Ach richtig!« Ihre Augen blitzten vor Unternehmungslust. »Die wesentliche Frage ist, wie können wir mit dem Mörder in Kontakt treten?«

»Über das Symbol«, sagte ich.

»Treffer! Wir locken ihn zu einem Rendezvous. Und da lauern wir ihm auf.«

»Wir?«

»Sie und ich.«

»Augenblick!« Ich hob die Hände und schüttelte energisch den Kopf. »Ich lauere überhaupt niemandem auf, damit das schon mal klar ist. Sie können meinetwegen machen, was Sie wollen, aber ich bin nicht Kalle Blomquist. Ich habe ein Krankenhaus zu leiten und . . . «

»He, Doc! Jetzt machen Sie sich mal locker. Ich verlange ja gar nicht, daß wir uns mit Indianergeheul auf ihn stürzen.«

»Was dann?«

»Nun, morgen früh werden die Faxgeräte sämtlicher Abteilungen die gleiche Botschaft ausspucken. Ein Blatt mit zwei konzentrischen Kreisen. Ohne jeden Kommentar.«

»Unsere Faxgeräte sind für wichtigere Sachen da.«

»Ein Blatt, ich bitte Sie!«

»Und wer soll das losschicken?«

Sie schenkte mir ein Honiglächeln.

»Sie. Ist ja Ihr Krankenhaus.«

»Meine Güte. Ich sollte Ihnen den Arsch versohlen und jedes weitere Wort verbieten.«

»Stellen Sie sich nicht so an! Was ist schon dabei. Niemand außer unserem Kandidaten wird damit was anfangen können, also wird es in den Papierkörben landen. Aber den Mörder haben wir verunsichert.«

81

»Und dann? Ist er verunsichert. Glückwunsch.«

»Dann werden wir ein weiteres Blatt an der Tür des Waschraums befestigen und eine Kleinigkeit dazuschreiben.«

»Die da wäre?«

»*Ich kenne dich. Null Uhr. Heute.*«

»Und Sie meinen, er wird kommen?«

»Ich glaube, er wird versuchen, seinerseits mit uns in Kontakt zu treten.«

»Das ist doch Mumpitz. Das ist der größte Amateurquatsch, der mir jemals untergekommen ist.«

»Wieso? Wir müssen nichts weiter tun, als den Waschraum zu beobachten.«

»Da gehen viele rein, auch Ärzte«, sagte ich. »Eine Menge Personal arbeitet bis zum Morgen.«

»Diesmal wird aber einer um Schlag Mitternacht kommen, und der . . .«

»Aber kein Chirurg«, unterbrach ich sie. »Wenn Ihre kleine Theorie stimmt, und wir haben es mit einem aus der Chirurgie zu tun, wüßte ich nicht, warum er diesen Waschraum hätte benutzen sollen. Die Chirurgie ist ganz woanders.«

Sie sah mich unsicher an. »Gibt's nicht Chirurgen mit Zweitjob? Sie riechen ja auch in alle Abteilungen rein und rennen ständig durch das ganze Krankenhaus.«

»Ich leite das Krankenhaus, und daß ich ständig überall gleichzeitig bin, ist meine persönliche Marotte. Genausogut könnte ich den Großteil meines Jobs vom Schreibtisch aus erledigen.«

»Ach, verdammt. Dann ist er eben ein Chirurg mit einem besonderen Grund, sich hier zu waschen. Was weiß denn ich? Oder meinetwegen kein Chirurg. Aber er ist ein Killer, und er wird kommen.«

»Wird er nicht.« Ihre Beharrlichkeit begann mich zornig zu machen. »Er wäre schön blöde, in so eine dämliche Falle zu laufen.«

»Ich weiß selber, daß es eine dämliche Falle ist«, gab sie unwirsch zurück. »Aber er weiß es nicht. Was hat er denn für eine Alternative? Kommt er nicht, muß er damit rechnen, daß die Person, die ihn laut eigener Aussage kennt, sauer reagiert und ihn verpfeift. So oder so ist seine Situation äußerst prekär. Er wird kommen, so blöde die Falle auch ist.«

Die einfachsten Ideen sind oft die wirkungsvollsten. Sie schien schon wieder recht zu haben.

»Und dann?« fragte ich mutlos, weil sie ja doch auf alles eine Antwort hatte.

»Dann haben wir jemanden gesehen und können uns die nächsten Schritte überlegen«, verkündete sie mit Siegermiene.

»Mhm. Hm.«

Sie reichte mir ein Blatt herüber.

»Hier. Ich habe die Vorlage schon gemalt. Das müssen Sie faxen. Um die Tür zum Waschraum kümmere ich mich selber.«

»Und wenn er morgen gar nicht erst an dieser Tür vorbeikommt? Angenommen, er arbeitet tatsächlich in der Chirurgie, werden Sie ihn hier nicht zu sehen kriegen. Und er nicht Ihre Botschaft.«

»Hm.« Gretchen runzelte die Stirn. »Sie haben recht. Aber auch das ist kein Problem.«

Sie nahm einen Filzstift und schrieb auf die Faxvorlage:

Waschraum

»Fein«, sagte ich. »Morgen tummelt sich dann alles im Waschraum.«

»Nur er weiß, welcher gemeint ist«, sagte sie. »Und was damit gemeint ist.«

»Ach richtig.«

»Tja, an alles gedacht.« Sie grinste. »Also, Doc, schreiben wir Kriminalgeschichte.«

»Ich hoffe nicht. Sind Sie eigentlich immer so hartnäckig?«

»Klar.«

»Na schön.« Ich ließ mich in meinem Ledersessel zurücksinken und verschränkte die Arme hinterm Kopf. Wir hatten eine geschlagene halbe Stunde in meinem Büro gesessen und Pläne geschmiedet. Nie zuvor hatte ich soviel Zeit in einen Patienten investiert, ohne dabei so wenig für seine Gesundheit zu tun. Aber es war eben unvermeidlich.

»Seien Sie mir nicht böse«, sagte ich. »Aber ich schmeiße Sie jetzt raus. Hier liegt noch ein Haufen Arbeit.«

Gretchen erhob sich.

»Sie verschicken das Fax?« Es klang mehr wie eine Feststellung als eine Frage.

Ich nickte feierlich.

»Ja«, sagte ich. »Ich verschicke das Fax.«

≈≈≈

Am Abend des folgenden Tages präsentierte ich ihr einen Stapel Ausdrucke, was sie in pures Entzücken versetzte.

»Wir haben ihn«, rief sie und klatschte in die Hände.

»Nichts haben wir«, versuchte ich ihre Begeisterung zu dämpfen. »Und wenn die Nummer heute nacht gelaufen ist, ohne daß einer um zwölf am Waschraum war, will ich nie wieder ein Wort von der Geschichte hören. Ist das klar? Nie wieder!«

»Ist ja gut. Sagen Sie mir lieber, wo wir Posten beziehen, damit er uns nicht sieht.«

»Ich dachte, darüber hätten Sie sich Gedanken gemacht, Frau Knatterton.«

»Wieso? Es ist Ihr Krankenhaus.«

Ich überlegte.

Mir würde nichts anderes übrigbleiben, als die Sache mit ihr durchzuziehen.

»Am Flurende befindet sich eine Kammer für Putzzeug«, sagte ich. »Besen, Schrubber und der ganzen Kram. Von dort bis zum Waschraum dürften es gut und gerne vierzig Meter sein. Die Tür hat ein Fensterchen. Wir hocken uns ins Dunkle und beobachten den Flur, bis uns Stielaugen wachsen.«

»Sie sind der Boss«, sagte sie mit demütigem Augenaufschlag.

»Allerdings«, knurrte ich. »Und der Boss geht jetzt was essen.«

»Ich meine schon, wir sollten uns ein Viertelstündchen vorher auf die Lauer legen«, meinte sie. »Unser Freund könnte ebenfalls auf die Idee kommen, sich früher einzufinden und irgendwo in Stellung zu gehen.«

»Niemand wird kommen«, grummelte ich. »Aber wenn's denn sein muß.«

Nach allem stand mir der Sinn, nur nicht nach dieser Aktion. Was blieb, war die schwache Hoffnung, daß danach endlich Ruhe sein würde. Wenn keiner kam, verlor sie vielleicht das Interesse am Detektivspielen.

Wütend ging ich essen, mein Magen ein einziger Knoten.

≈≈≈

Immerhin ließ es sich aushalten in dem Putzraum. Wir hatten einen ausrangierten Schreibtisch, dessen Fächer jetzt diversen Lappen und Bürsten als Ablage dienten, nahe an das kleine Fenster herangezogen, um wenigstens sitzen zu können. Gretchens Schulter berührte meinen Oberarm. Kein unangenehmes Gefühl. Sie mochte verrückt sein, das aber auf sehr attraktive Weise.

Die Zeiger der Uhr über der Tür am gegenüberliegenden Ende des Flurs gingen gegen zwölf.

»Er wird kommen«, flüsterte sie.

»Wird er nicht«, gab ich gedämpft zurück.

»Ihnen fehlt der Glaube.«

»Wir haben immer noch die Chance, den Blödsinn zu vergessen und jeder in sein Bett zu gehen.«

»Auf keinen Fall. Sie werden doch jetzt keine kalten Füße kriegen?«

»Ich komme mir vor wie ein kompletter Idiot. Ich leite ein Krankenhaus und bin ein angesehener Mann. Was tue ich eigentlich mit einer durchgedrehten Psychologin nachts um zwölf in einer Besenkammer?«

»Die Welt vom Tyrannen befreien«, deklamierte sie.

Jetzt schlug sie mir auch noch den alten Schiller um die Ohren. Angespannt sah sie nach draußen.

»Es wird komisch sein, sich plötzlich einem Menschen gegenüber zu sehen, der fünf Frauen die Hände abgeschnitten hat«, sagte sie.

»So was sollten Sie sich nicht mal wünschen.«

Sie lächelte.

»Wissen ist Macht. Und ich weiß inzwischen mehr über den Mann, als er je vermuten würde.«

Ich horchte auf.

»Wieso Mann?«

»Was?«

»Sie haben Mann gesagt. Es könnte ebensogut eine Frau sein. Abgesehen davon, daß es eh niemand ist.«

»Glaub ich nicht mehr. Ich hab viel nachgedacht die letzten Stunden.«

»Und? Was haben Sie rausgefunden?«

»Ich schätze, das meiste.«

In ihrer Stimme schwang ein leichtes Zittern mit. Sie ließ langsam und hörbar den Atem entweichen.

Plötzlich begriff ich, daß sie Angst hatte.

Das war gut. Vielleicht würde die Angst schaffen, was mir nicht gelungen war, und sie von ihrem unheilvollen Jagdfieber heilen.

»Erzählen sie.«

»Ich habe mich noch mal näher mit der Kirche der immanenten Liebe beschäftigt«, raunte sie. »Mit Schwerpunkt auf immanent. Was soviel heißt, als daß dieses Liebesgetue nicht auf freiwilliger Basis abläuft. Die Immanenten sagen, ein Kind kommt auf die Welt und trägt die Liebe in sich, sie ist ihm vermöge des göttlichen Plans eingegeben. Es ist seine Pflicht, sie an den äußeren Kreis, also die Mutter, die Familie und die Gemeinschaft, weiterzugeben, um im Gegenzug welche zu empfangen. Unter Liebe verstehen die allerdings Sklaverei. Tut das Kind nicht, was die Eltern sagen, wirft man ihm vor, die Eltern – und Gott – nicht zu lieben. Wenn es keine Liebe gibt, bekommt es ergo auch keine zurück. Der einfachste Weg, einem Kind das Rückgrat zu brechen, ist Liebesentzug. Ich glaube, diese Kirche der immanenten Liebe ist eine Kirche der immanenten Verzweiflung, des Psychoterrors und der kollektiven Gleichschaltung. Jede individuelle Regung kann als Egoismus ausgelegt werden, und Egoismus heißt, Liebe für sich zu behalten. Unter den Immanenten gibt es übrigens durchaus angesehene und erfolgreiche Leute. Das kommt ganz auf die jeweilige Familie und Gemeinschaft an. Eltern, die es gerne sähen, wenn ihre Sprößlinge Karriere machten, werden Liebe dementsprechend definieren, daß die Kinder ihre Erwartungen einlösen.«

»Was heißt das für unseren Mörder?«

»Ich denke, er ist so einer, den man zur Karriere getrieben hat. Wieviele hochrangige, oder sagen wir bedeutende Chirurgen arbeiten hier?«

Ich rechnete nach.

»Fünf: Ein Chefarzt und vier Oberärzte.«

»Mhm.«

»Gretchen, vergessen Sie's. Ich kenne die alle ziemlich gut. Wenn die einem was abschneiden, ist das offiziell.«

Ich spürte, wie sich ihre Hand auf meinen Unterarm legte. Sie wandte mir ihr Gesicht zu und lächelte in der Dunkelheit. Ihre Augen glänzten vom hereinfallenden Licht der Neonbeleuchtung im Flur.

»Sie machen immer noch einen elementaren Fehler, Doc. Sie denken, man merkt dem Psychopathen seinen Wahnsinn an. Das Gegenteil ist der Fall. Erinnern Sie sich, am Grunde der chaotischen Strukturen findet sich immer wieder das Abbild der Ordnung. Bei sogenannten normalen Menschen zeigen sich beide Komponenten ausbalanciert und reduziert auf einen gemäßigten Mittelwert. Anders, wenn jemand an einer endogenen Psychose leidet, im häufigsten Fall an Schizophrenie. Facetten der Persönlichkeit entwickeln sich voneinander weg. Die Grenze zwischen Ich und Außenwelt verschwimmt. Eigene Körperteile, Gedanken und Gefühle erscheinen fremd, als steuere sie eine fremde Macht. Man hört Stimmen! Zerfahrenheit, Sprunghaftigkeit, plötzlicher Abbruch gedanklicher Prozesse, Überbewertung von Nebensächlichkeiten, das sind die typischen Symptome. Harmlose Kleinigkeiten wachsen sich im Hirn des paranoiden Schizophrenen zu Bedrohungen aus, deren Bekämpfung nur möglich wird durch die Erschaffung einer zweiten Persönlichkeit. Und so weiter und so fort. Wenn man das alles hört, sollte man glauben, einen geifernden Irren vor sich zu haben. Seltsamerweise ist das nicht so. Paranoiker wie die Romanfigur Hannibal Lecter sind, wenn sie nicht gerade schlachten und verstümmeln, die Kultiviertheit in Person. Chaos und Ordnung sind in gleicher Weise übersteigert vorhanden. Vertrauen Sie also nicht zu sehr auf ihre Menschenkenntnis. Manche dieser Psychos sind Meister der Verstellung. Der Händeabschneider könnte ein freundlicher Mensch von hoher Bildung sein, der vernünftige Ansichten vertritt und über ein ausgeprägtes Gerechtigkeitsempfinden verfügt. Er hat sich perfekt unter Kontrolle. Bis er innerlich umkippt. Unbedeutende Signale genügen.«

Sie wandte ihren Blick wieder hinaus auf den Flur.

»Könnten das rote Haare sein?« fragte ich.

»Zwölf Uhr«, murmelte sie.

Der Flur blieb leer. Natürlich blieb er leer.

»Es sind rote Haare«, bemerkte sie. »Es gibt einen bestimmten Typus Frau, den er sich auserkoren hat, weil dieser Typus ihn auserkoren hat, nämlich, um geboren zu werden.«

Ich starrte sie an.

»Sie meinen, er ermordet seine Mutter?«

»Immer wieder aufs Neue. Ja. Genau.«

»Aber warum? Und wozu die Verstümmelungen?«

»Ich schätze, sie verweigerte ihm ihre Liebe. Nehmen wir an, sie hat ihm das Gefühl vermittelt, ein mißratenes Stück Scheiße zu sein, irgend etwas in der Art. Der Junge hat sich unablässig um ihre Liebe bemüht, aber es hagelte Verwünschungen und Schläge. Warum tust du nicht, was Mama sagt? Mama hat dich nicht mehr lieb. Gott hat dich nicht mehr lieb. Versager! Mißgeburt! Gefühlloses Ungeheuer! Wissen Sie, was das in einem Kind auslösen kann?«

Ich schwieg und sah hinaus auf den Flur.

»Er will ja nichts anderes als die Liebe der Mutter«, fuhr sie fort. »Je mehr sie ihn quält und demütigt, desto größer wird der Wunsch, es ihr recht zu machen. Ist sie versöhnlich gestimmt, tut der Junge alles, um diesen Zustand zu erhalten, aber leider hält er nie sehr lange. Wissen Sie, es gibt da eine interessante Passage in Orwells *1984*. Der Folterer nimmt das Opfer in den Arm, und der Gefolterte empfindet in diesem Moment für seinen Peiniger echte Liebe.«

»Ich erinnere mich an die Stelle.«

»Um sich nicht einzugestehen, daß die Mutter ihn nicht liebt, reduziert das Kind die Schläge und die Beschimpfungen auf Hände und Mund. Die Mutter ist gut. Nur ihre Hände und ihr Mund sind schlecht. Die Hände schlagen, der Mund schimpft. Ohne Mund und Hände würde funktionieren, was die Kirche der immanenten Liebe impliziert, und die Prophezeiung des Zeichens würde sich erfüllen.«

»Weiter.«

»Interessiert es Sie wirklich?«

»Ich bin ... verblüfft. Ganz ehrlich.«

»Also gut. Wir nehmen an, unser Mörder war dieses Kind. Der Vater spielte entweder keine große Rolle oder war gar nicht präsent. Hineingeboren in die Kirche der immanenten Liebe, vertreten durch eine fanatische, alles überstrahlende Mutter, wird ihm das Zeichen auf den Oberkörper tätowiert, Schulter oder Rücken, denke ich. Der Junge erlebt dieses Symbol als ständige Verpflichtung und zugleich Verheißung, die aber nicht eintritt. Ein Widerspruch, den er zu lösen versucht, indem er mit allen Mitteln um Anerkennung ringt, um der Mutter zu gefallen. Je mehr sie ihn demütigt und von sich stößt, desto größer werden seine Bemühungen. Der Junge leidet Höllenqualen unter dieser Ablehnung, er zermartert sich das Hirn darüber, was er tun kann, um endlich geliebt zu werden.« Sie machte eine Pause. »Er entwickelt sich zum Musterschüler, bemüht sich um einen Studienplatz, will Arzt werden, ein berühmter Chirurg meinetwegen. Aber dann, bevor er das Ruder herumreißen und die Mutter für sich einnehmen kann, stirbt sie. Eine rothaarige Frau Ende vierzig, schlank und gutaussehend, woran auch immer. Sie ist tot, ohne daß die Geschichte zu einem glücklichen Abschluß gekommen wäre. Unser Student macht Karriere, aber tief im Innern quälen ihn die Demütigungen weiter, und er ...«

»... beginnt Frauen umzubringen, die seine Mutter sein könnten«, ergänzte ich. »Nicht, weil er sie haßt, sondern weil er sie verändern will. Ohne Hände und Lippen ist Mama wieder lieb. Das Zeichen der Liebe macht also Sinn.«

»Ja«, sagte sie. »Genau so.«

»Hm. Interessante Theorie.« Ich schüttelte den Kopf und deutete hinaus auf den Flur. »Aber ich fürchte, es wird eine Theorie bleiben. Schauen Sie auf die Uhr.«

Mittlerweile war es viertel nach zwölf.

»Warten wir noch«, sagte Gretchen, aber die Enttäuschung in ihrer Stimme war nicht zu überhören.

Ich gewährte ihr weitere zehn Minuten, dann bestand ich auf Abbruch des Manövers.

Sie machte keinen Hehl aus ihrer Verwirrung.

»Er hätte kommen müssen«, sagte sie, als wir zu ihrem Zimmer rübergingen. »Ich weiß, daß er hier ist.«

»Mein Gott, Gretchen! Geben Sie denn niemals auf?«

Sie öffnete die Tür und sah mich an.

»Nein«, sagte sie. »Nie.«

Ich erkannte in ihren Augen, was auch den kleinen Jungen in ihrer Geschichte geprägt hatte: das verzweifelte Verlangen nach Anerkennung. Was mochte Gretchen Baselitz widerfahren sein, daß sie so geworden war? Welches war ihr Schicksal?

Die Frage hatte keine Bedeutung mehr. Ich wußte jetzt, sie würde nicht aufgeben. Gretchen würde weiterjagen, bis sie gewonnen hätte. Und gewinnen würde sie.

»Kommen Sie«, sagte ich und nahm sie sanft beim Arm. »Legen Sie sich hin. Ich gebe Ihnen Ihre Medikamente.«

»Scheißmedikamente«, murrte sie und kroch unter die Bettdecke.

»Ende der Vorstellung.« Ich lächelte. »Jetzt geht's nur noch darum, daß Sie möglichst schnell gesund werden.«

Sie murrte weiter, nahm aber die Tabletten, die ich ihr gab, und vergrub ihr Gesicht im Kopfkissen.

Ich konnte nicht anders. Ich beugte mich zu ihr herab und gab ihr einen Kuß auf die Wange.

»Schlafen Sie gut«, sagte ich leise.

Sie nickte und schloß die Augen.

Ich betrachtete sie.

Es half alles nichts. Sie hatte schon viel zuviel herausgefunden. Ich mußte handeln, bevor sie die ganze Wahrheit begriff und die Polizei verständigte.

Ihr war nicht aufgefallen, daß es andere Medikamente waren als sonst. Placebos, die keinerlei Wirkung taten. In wenigen Stunden, noch vor sechs Uhr früh, wenn die Tagschwestern zum Bettenmachen kämen, würde ich noch einmal ihr Zimmer betreten und ihr Kalium in die Vene injizieren. Das Ergebnis ist sofortiger Herzstillstand. Jeder Versuch einer Reanimation würde scheitern. Kalium wirkt kardiotoxisch. Ganz gleich, welches Medikament man ihr geben würde, es würde nichts nützen. Tragisch, aber so kann's gehen.

Auf dem Computertisch neben ihrem Bett stapelten sich die falschen Faxe, die ich angefertigt hatte. Wie sehr hatte sie sich darüber gefreut, ohne zu ahnen, daß keines von den Dingern wirklich rausgegangen war.

Sie würde es nie erfahren. Nie herausfinden, daß ich die Chirurgie jenes Krankenhauses geleitet hatte, in dem der zweite Mord passiert war, bevor man mir den Posten hier angeboten hatte. Und wer tatsächlich im Waschraum gewesen war, um sich in der heißen Sommernacht ein bißchen frisch zu machen auf seinem Kontrollgang durch die Flure.

Gretchen Baselitz ...

In stummer Bewunderung fragte ich mich, wie es ihr gelungen war, in so kurzer Zeit so viel über mich herauszufinden, um mir am Ende mein Leben zu erzählen, als sei sie selbst dabeigewesen.

Ich würde sie vermissen.

Die Narben an meiner Schulter begannen zu jucken.

Schulfreundinnen

Gesetzt den Fall, ein Leben ohne Liebe. Was täten Sie, Frau Stone?

Sharon Stone schlägt vor, Tabletten zu nehmen. So viele, daß es reicht. Andererseits, in einer Pfütze von Erbrochenem gefunden zu werden, schlecht für's Image. Erhängen? Großer Gott, bloß nicht erhängen, dann vielleicht doch lieber die Nummer mit den Tabletten.

Leicht angewidert blättert Cora weiter. Kevin Costner vom Leben enttäuscht. Dann plötzlich Romy Schneider, ein kurzes Dasein voller Sehnsucht. Eva Jaeggi, Professorin für Psychologie, elaboriert über das Romy-Syndrom. Cora wird schlecht. Sie klappt die Cosmopolitan zu und wirft sie auf den Haufen Zeitschriften, die unordentlich über den Glastisch verteilt liegen. Sie will überhaupt nichts mehr lesen. Sie will nur endlich drankommen.

Das Wartezimmer ist inzwischen leer, sie ist die letzte. In ihrem Kiefer wummert der Schmerz. Sie weiß, daß der Backenzahn überfällig ist. Und sie weiß, daß sie Angst hat vor dem Zahnarzt und noch mehr Angst vor der Spritze und um ihre Mundwinkel, die noch tagelang wundgescheuert sein werden vom Rumfuhrwerken mit dem Bohrer. Cora liebt ihren Mund. Sie liebt überhaupt jeden Quadratmillimeter ihres Gesichts. Wer will schon ein Model, das sich nicht selber anbetet?

Fahrig kramt sie in ihrer Handtasche nach dem Spiegel und zieht die Lippen zurück. Wunderschöne, ebenmäßige Zähne. Lächeln. Okay, das klappt.

Sie öffnet den Mund ein Stück weiter und verdreht Spiegel und Augen. Wenn der Zahn bloß nicht raus muß! Wird man das Loch sehen, wenn sie lacht? Ihre Schneidezähne glänzen von Speichel, weiß wie Perlen, eingerahmt von dunkelrotem Lippenstift.

Der Schmerz sticht ins Ohr.

Cora beschäftigt sich eine Weile mit Seufzen, bis ihr die Jammerei widerlich wird und sie zurück in pochendes Brüten verfällt. Als sie es schon gar nicht mehr erwartet, kommt sie endlich dran.

Mürrisch folgt sie der Sprechstundenhilfe ins Behandlungszimmer und taxiert mißtrauisch den Folterstuhl: weißes Leder, Chrom, beinahe elegant. Daneben das Terminal der Instrumente. Raubinsekten in Halterungen, ausgestattet mit Zangen, Klammern, Stacheln, Zacken, Bohrern und zuschnappenden Mandibeln. Als Kind, erinnert sich Cora, wartete sie immer sehnsuchtsvoll darauf, ausspucken zu dürfen in das weiße Emaillebecken. Jedes Ausspucken bedeutete einen Atemzug lang Ruhe für den gepeinigten Nerv und die Hoffnung, das definitiv letzte Mal den Mund abzuwischen, um am Händchen nach Hause geführt zu werden, im linken Auge Reste von Tränenwasser, das rechte den soldatisch aufgereihten Schokoladetafeln im Kioskfenster zugewandt, in eindeutigster Absicht!

Inzwischen ist die Schokolade gestrichen. Nicht wegen der Zähne. Wegen der Figur.

»Frau Doktor kommt gleich«, sagt die Hilfe und bugsiert Cora mit sanftem Druck in die Tiefen des Stuhls. Eine der armen Seelen, die nie begriffen haben, daß vor ein *ch* nicht notwendigerweise ein *s* gehört, denkt Cora und freut sich an der Verächtlichkeit dieser minderbemittelten Kreatur mit ihrem Fettarsch unter dem gestärkten Kittel. Eine Brille trägt die vor sich her, daß man dahinter eher selbstgemachte Marmelade vermuten würde als das wässrige Paar Glupschaugen, die beim Rumstieren fast rauszukullern scheinen.

»Isset bequem?«

Cora lächelt freundlich, das hat sie gelernt, während sie sich an der Unvollkommenheit der Person ergötzt. Schön, daß es so was gibt. So was Häßliches, Stinklangweiliges, Mittelmäßiges, und wahrscheinlich sogar noch glücklich dabei. Irgendein schwabbelbäuchiges, tätowiertes Warzenschwein mit Saftnacken wird sie schon drei-, viermal im Monat ficken, sofern besoffen genug. Oder nein, eher einer dieser verklemmten Betriebswirte mit kreisrundem Haarausfall. Direkt doof ist die ja nicht. Immerhin Zahnarzthelferin. Sagen wir mal, bäuerlich schlau, nicht auf den Mund gefallen. Herzlich halt. Liebes Wesen, die gelungenste aller Umschreibungen für so ein durch und durch mißglücktes, nach Zärtlichkeit lechzendes Konglomerat von Fetten und Aminosäuren.

Cora versucht sich zu entspannen. Über ihr hängt die Behandlungsleuchte wie ein feindliches Ufo. Ohne es zu merken, begibt sie sich in Pose, das eine Bein leicht angewinkelt, die Finger gespreizt, die Lippen geöffnet, Augenlider auf Lamelle. Das Ding ähnelt aber auch zu sehr den Studioleuchten, wenn die nächste Titelseite in den Kasten kommt.

Smile!

Im Hintergrund macht die Helferin einen auf Geschäftigkeit. Das Schlurfen ihrer Gesundheitsschuhe ist wie Musik in Coras Ohren. Zum Totlachen! Wie könnte sie sich an diesem Mißgriff der Natur erst delektieren, wenn nicht der verdammte Schmerz in ihrem Kiefer wäre!

Dann gesellt sich ein neuer Schritt hinzu, kurz, energisch. Eine Gestalt tritt in Coras Blickfeld, streckt ihr die Rechte hin. Schlanke Finger, kräftiger Händedruck.

»Eich«, sagt Frau Doktor Eich.

Ihre Stimme ist kühl, aber nicht unfreundlich. Etwas metallisch vielleicht. Auf jeden Fall interessant.

Sofort hat Cora die passende Schublade gefunden, Abteilung Könnte-hübsch-sein. Das Gesicht ebenmäßig geschnitten, die Nase zierlich, die Augen mandelförmig. Straff nach hinten gekämmtes schwarzes Haar, im Nacken zusammengeknotet. Frau Doktor geht ein bißchen lieblos mit sich um. Schade.

Aber dafür scheint sie was zu können. Sagt zumindest David, der Stylist. Der hat sie Cora empfohlen. Und David ist eine verdammte Memme, also muß sie gut sein!

Die Zahnärztin wirft einen Blick auf die Akte in ihrer Hand.

»Sie sind das erste Mal bei uns, Frau . . . « Sie stutzt, runzelt die Brauen und legt einen Finger an die Unterlippe. Kurze Nägel, kein Lack, konstatiert Cora. Fünf Millimeter mehr würden's bringen.

»Lindfors«, sagt Cora mit warmer Stimme und verbreitert ihr Lächeln. »Cora Lindfors. Ja, ich bin das erste Mal in Ihrer Praxis.«

Die Ärztin starrt auf die Akte, als hätte sie nicht zugehört. Dann lächelt auch sie. Als sie Cora wieder ansieht, hat sich ihr Blick verändert.

»Doch nicht *die* Cora Lindfors?«

»Naja.« Cora senkt bescheiden die Lider, mimische Variante Nummer achtundsiebzig, ländliche Bescheidenheit mit freudigem Erröten. »Wenn Sie die letzte Vogue meinen ...«

»Nein. Die meine ich nicht. Ich meine die vierte Klasse in der Genterstraße.«

Genterstraße?

Da ist Cora in die Volksschule gegangen. Gab es da eine Eich?

»Ich war zu der Zeit noch nicht verheiratet.« Frau Doktor gluckst. »Wie auch, mit neun Jahren? Jetzt sag bloß, du erinnerst dich nicht an Susanne Kämper?«

Susanne Kämper? Du lieber Himmel! An wen man sich alles erinnern soll!

»Doch, natürlich«, sagt Cora lahm. Zu dämlich, diese Situationen, auf die man nicht vorbereitet ist.

Die Ärztin droht ihr spielerisch mit dem Finger.

»Du sollst nicht lügen, Cora. Hast du damals immer schon getan.«

»Wir waren so viele«, erwidert Cora mit entschuldigendem Grinsen. Susanne Kämper, Susanne Kämper ...

»Ich hatte eine Puppe, die hing an meinem Ranzen«, sagt Frau Eich, beziehungsweise Kämper, die man also kennen müßte. »Und ...«

Und?

»Haare bis zum Arsch! Ich hatte die längsten Haare in der ganzen Klasse. Weißt du nicht mehr?«

Susanne strahlt. Cora strahlt auch.

»Ja, natürlich!« verkündet sie im Tonfall aufrichtigen Wiedererkennens. »Bis zum Arsch. Wie konnte ich das vergessen, das war einzigartig! Jeder hat dich um die Matte beneidet, und du hast es nicht mal gemerkt.«

Frau Doktor nickt befriedigt.

Bluff gelungen.

Aber jetzt muß Cora small talk machen über die elende Schulzeit. Es interessiert sie nicht. Es gilt ihr nicht das geringste, was aus den pickeligen Hühnern von damals geworden ist. All die langweiligen Geschichten über Ehe, Reihenhaus und Kinderkacke.

»Die Haare sind ab«, stellt sie fest und bedauert im selben Moment, so tief geschürft zu haben. Jetzt wird sie das Schicksal eines jeden einzelnen Haares erdulden müssen. Warum es abgeschnitten wurde, bei welchem Friseur, in welcher Straße und an welchem Tag.

Susanne schweigt eine Weile versonnen.

»Ja«, sagt sie schlicht. »Ab.«

Sie hat eine gute Figur unter dem Kittel, denkt Cora anerkennend. Soll keiner sagen, daß Cora nicht gönnen kann! Sie gönnt jedem, was er hat. Dem Häßlichen seine Häßlichkeit, dem Schönen das Schöne. Ganz besonders sich selber.

Aber Frau Doktor macht eben nichts aus ihren geschätzten Einfünfundsiebzig – pardon, Susanne natürlich. Man muß sich ja plötzlich duzen, bloß weil man seinerzeit dieselbe Schulbank vollgefurzt hat. Allein der Rock, der da unter dem Kittel hervorknittert, sieht zum Fürchten aus. Und erst die Schuhe! Gut, die Arme muß den ganzen Tag stehen. Aber doch nicht auf Entenfüßen!

Was könnte man noch Schickes sagen?

»Tja ... « Cora nimmt innerlich Anlauf. »Nun bist du also Zahnärztin geworden. Das ist ja wirklich eine Überraschung. Guck mal, die Kleine mit den tollen Haaren. Zahnärztin! Hihi!«

»Nicht wahr?« Frau Doktor sieht Cora plötzlich an, als sei sie eine Ware, für die es einen Preis auszuhandeln gäbe. »So kann das gehen. Und was hast du Schönes aus deinem Leben gemacht, liebe Cora?«

»Model.« Cora sagt es auf eine Weise, daß es lapidar klingt. Was ist schon dabei, Model zu werden, wenn man gut aussieht – *wenn* man gut aussieht.

»Aufregender Beruf?« forscht Susanne.

»Geht so. Anstrengend.«

»Ja, sicher.« Mit der Akte in der Hand verschwindet Susanne Eich hinter den Behandlungsstuhl. Cora hört das Rascheln von Papier, dann, wie Schubladen aufgezogen werden, das Klappern

96

von Metall. »Naja, in meiner Praxis bist du noch ein unbeschriebenes Blatt, Cora. Damals in der Schule warst du das nicht. Wir haben dich alle bewundert.«

»Nicht doch!« Natürlich haben alle das. »Warum?«

»Du warst halt was besonderes. Hast immer posiert und so. Hattest du nicht sauschlechte Noten?«

Cora runzelt die Stirn. Eigentlich unverschämt, die Frage. Warum unternimmt die blöde Ziege nicht endlich etwas gegen ihre Zahnschmerzen?

»Ja«, gibt sie mürrisch zurück. »Ich glaube schon.«

»Dachte ich mir. Und du bist dir wirklich sicher, daß du dich an mich erinnerst?«

»Natürlich.«

»Fein. Waren wir Freundinnen?«

»Ich . . . denke schon. Warum fragst du?«

Susanne Eich kommt auf der anderen Seite des Stuhls wieder zum Vorschein.

»Nur so. Weißt du, daß ich immer wie du sein wollte?«

»Nein.«

»Doch. Aber jetzt bist du das Model. Na, war ja irgendwie vorauszusehen!«

»Und du ziehst anderen die Zähne.«

»Richtig. Oder auch nicht richtig.« Einen Augenblick lang lächelt Susanne so warmherzig, daß Cora beinahe schlecht wird. Wo soll das hinführen? Hätte sie bloß nicht auf diesen Schlappschwanz von David gehört! Begegnungen wie diese ziehen mitunter grauenvolle Spätfreundschaften nach sich. Einladungen zu Grillabenden und Diagucken.

»Ich versuche, das Zähneziehen zu vermeiden, wenn's geht«, sagt Susanne.

Cora nickt. »Prima. Könntest du es möglichst auch bei mir vermeiden? Aus alter Freundschaft und so.«

»Tja.«

»Hauptsache, du machst was gegen die Schmerzen.« Cora beginnt zu nuscheln. »Es tut so weh.« Das Nuscheln ist eigentlich unnötig, in seiner dramaturgischen Wirkung jedoch nicht zu unterschätzen.

97

Susanne betrachtet sie mit gekrauster Nase.

»Okay. Du bist nicht hier, um dich von Schulgeschichten langweilen zu lassen. Gehen wir also an die Arbeit.«

»So meinte ich das nicht!« Scheiße, jetzt ist sie beleidigt! Kränke niemals deinen Zahnarzt! »Ich wollte nur sagen ...«

»Nein, schon gut. Das ist doch kein Problem, ich bitte dich. Tut mir leid. Du hast Schmerzen, und ich labere dich voll. Wir können später noch ein bißchen quatschen. Also laß mal sehen, was du da Schlimmes hast.«

Ein Kratzer und ein kleiner Knickspiegel tauchen in Susannes Händen auf. Cora öffnet bereitwillig den Mund und läßt Frau Doktor auf Expedition gehen.

»Hm«, sagt Susanne. »Hhhmmmm.«

Speichel sammelt sich unter Coras Zunge. Zwischen den Brauen der Ärztin entsteht eine steile Falte.

»Oh! Das sieht nicht gut aus. Gar nicht gut.«

Das leise schrrp schrrp des Kratzers treibt Cora den Schweiß auf die Stirn. Aber Frau Doktor ist vorsichtig. Was schmerzt, ist einzig Coras Angst, Frau Doktor könne mit dem Kratzer irgendwo hängenbleiben oder ihr das Ding versehentlich ins Zahnfleisch bohren. Es gibt so viele Idioten und Dilettanten.

Aber nichts Derartiges geschieht. Nur, daß in Susannes Blick eine Veränderung vor sich geht.

»Wie lange warst du eigentlich nicht mehr beim Zahnarzt, Cora?«

Cora gibt unartikulierte Laute von sich. Sie haßt es, wenn Zahnärzte meinen, sich mit ihren Patienten unterhalten zu müssen, und dämliche Fragen stellen, die mit sperrangelweit geöffnetem Mund unmöglich zu beantworten sind.

»Na, wie auch immer.«

Susanne schüttelt mitleidig den Kopf. Sie greift mit zwei Fingern in Coras Mund und bewegt den Zahn vorsichtig hin und her.

»Der ist jedenfalls total vereitert. Wackelt jetzt schon. Hier, trink und spuck aus.«

Unversehens sieht Cora einen kleinen weißen Becher in ihre Linke gedrückt, nimmt einen Mundvoll Flüssigkeit und speit in das Emaillebecken. Sofort läuft aus dem Rand frisches Wasser nach und spült die bläschenwerfende Mischung aus Speichel und winzigen Blutspuren in den Abfluß.

Diesmal kein Anshändchennehmen und Nachhausegehen. Torturen kündigen sich an.

»Der muß aber doch nicht gezogen werden?« fragt Cora kläglich. Die Mitleidstour. Kommt auch immer wieder gut, speziell bei Männern.

Aber Susanne zeigt sich nicht sonderlich beeindruckt. Längere Zeit scheint sie in sich hineinzuhorchen. Dann ruft sie nach hinten:

»Frau Schweiger, haben wir noch Patienten?«

Die Ungestalt der Sprechstundenhilfe nähert sich schlurfend und taucht neben Cora auf.

»Für heute nischt mehr«, verkündet sie. »Wat kann isch tun?«

»Feierabend machen«, sagt Susanne.

»Isch kann aber gerne assistieren!«

»Weiß ich.« Wieder das warmherzige Lächeln. »Trotzdem. Frau Lindfors ist eine alte Schulfreundin. Wenn man sich so lange nicht gesehen hat, gibt's viel zu tratschen. Gehen Sie ruhig.«

»Nä, sowat!« trompetet der Fettarsch. »Is ja 'n Ding!« Es scheint sie regelrecht glücklich zu machen, daß Frau Doktor eine alte Freundin wiedergetroffen hat. Warum bloß, fragt sich Cora entgeistert. Diese Menschen, die sich ständig für andere freuen, gehen ihr furchtbar auf den Wecker! Diese triefende Selbstlosigkeit.

»Na, dann vill Spaß. Dann will isch mal.«

»Schönen Abend.«

»Auch so.«

Frau Schweiger geht und schlägt geräuschvoll die Tür hinter sich zu.

»Und?« fragt Cora.

»Was und?«

»Der Zahn?«

»Oh, tut mir leid.« Susanne zuckt die Achseln. »Den kann ich nur noch ziehen. Kommt ja fast von selber raus.«

Mist!

»Es tut so weeeh!« stöhnt Cora.

»Ach was! Ich geb dir erst mal eine Spritze, dann tut dir nichts mehr weh.«

»Nein. Das tut ja noch mehr weh!«

Susanne starrt sie verwundert an.

»Nein? Ist es dir lieber, wenn ich das Ding nach alter Bartscherertradition rausrupfe? Ohne Betäubung?«

»Auch nicht«, wimmert Cora unglücklich. Vielleicht hätte sie doch woanders hingehen sollen. Irgend jemand hätte sich schon gefunden, der es bei einem Sälbchen und was zu spülen belassen hätte.

»Stell dich nicht so an«, trällert Susanne munter, während sie die Spritze fertigmacht. »Du warst in der Schule auch nicht gerade zimperlich.«

Sie wirft Cora einen langen, schwer zu deutenden Blick zu.

»Das ist doch alles lange her«, murmelt Cora.

»Auch wieder wahr. Mund auf.«

Die Spritze richtet sich in Susannes Händen aus. Eine Waffe! Ein Stechinsekt! Cora zuckt zusammen.

»Hey, Cora, ganz ruhig. Ich hab doch noch gar nicht gepiekst.«

Die Nadel nähert sich. Dann fließt das Betäubungsmittel an verschiedenen Stellen unters Zahnfleisch, und Cora muß zugeben, daß Frau Doktor auch diese Prozedur souverän beherrscht. Der Schmerz ist unwesentlich.

Sie wartet auf das taube Gefühl.

Eine riesige, silberne Klammer schließt sich um ihren Unterkiefer und drückt von innen gegen die obere Gaumenplatte, so daß Cora ihren Mund nicht mehr schließen kann. Nichts davon spürt sie. Die Betäubung hat sich binnen weniger Sekunden über die gesamte untere Gesichtshälfte verteilt.

Eigentlich fühlt sich Cora jetzt ganz wohlig.

Frau Doktor lächelt.

»Schon seltsam«, sagt sie freundlich, »daß du dich nicht an mich erinnerst.«

Cora lallt eine Antwort, aber sie kann ja nicht mehr sprechen. Nacheinander verschwinden weitere Instrumente und Schläuche in ihrem Mund. Sie hört, wie gurgelnd und knisternd der Speichel abgesaugt wird.

»Ich weiß, ich weiß.« Susanne winkt ab. »Du wolltest sagen, daß du dich sehr wohl erinnern kannst. Nett von dir. Sehr diplomatisch. Aber was soll's? Du hattest schon damals immer nur Augen für dich selber. Alle anderen waren dir scheißegal. Ich hatte weder Haare bis zum Arsch noch eine Puppe an meinem Ranzen.«

Was soll das, denkt Cora. Was soll dieser ganze Zirkus? Warum zieht die blöde Kuh nicht endlich den Zahn und gibt Ruhe?

Dann spürt sie etwas Neues.

Müdigkeit. Warum? Sie war nicht müde, als sie kam.

»Dabei müßtest du dich gut erinnern«, fährt Susanne ungerührt fort. »Sehr gut sogar. Du bist ja mit daran schuld, daß ich diesen Beruf ergriffen habe. Ein bißchen zumindest. Sagen wir mal, du hast mich inspiriert.«

Immer noch lächelt sie, aber die Wärme ist aus ihrem Blick verschwunden.

»Vierte Klasse, Sommerferien. Erinnerst du dich an die Blumen auf der Fensterbank in unserem Klassenzimmer? Topfpflanzen. Nichts besonderes. Nicht unbedingt das, was wir uns heute in die Wohnung stellen würden, aber als Kind empfindest du so was natürlich anders. Mit neun Jahren verehrst du jedes Gänseblümchen.« Sie beugt sich vor und zwinkert Cora zu. »Selbst du. Obwohl du immer schon einen auf cool gemacht hast. Aber weißt du noch, am letzten Schultag vor den Ferien, wie es darum ging, wer von uns Bälgern einen Topf mit nach Hause nehmen durfte, um ihn für die Dauer der sechs Wochen zu pflegen? Laß mich mal überlegen – fünf oder sechs Töpfe, glaube ich, bei annähernd dreißig Schülern, von denen jeder ›Hier!‹ schreit – wer soll denn da nun einen abbekommen?«

Plötzlich hält Susanne eine kleine Zange in der Hand. Die Instrumente scheinen ihren Händen zu entwachsen. Die Zange hebt ein kompaktes, weißes Pölsterchen auf und bugsiert es unter Coras Zunge. ›Zigaretten rauchen‹, hat ihr Zahnarzt immer gesagt, als sie noch klein war – diese speichelaufnehmenden Polster waren Zigaretten, und wenn der Bohrer zu schnurren begann, wurde das ›Autofahren‹ genannt.

»Klar, daß du am lautesten geschrien hast. Hast aber keinen abgekriegt. Es waren halt nicht genug da. Vielleicht hat unsere

Lehrerin auch gedacht, daß du eigentlich eh von allem schon zu viel hast. Zu viele Bewunderer, zu viel Schönheit, eine zu große Klappe. Ha, ich kann mich erinnern, wie du getobt hast! Du wolltest ums Verrecken so einen Blumentopf abstauben. Ich glaube, die Blumen waren dir scheißegal, nur, daß du deinen Willen nicht bekommen solltest, das hat dich fast um deinen kleinen, beschränkten Puppenverstand gebracht. Und daß jemand wie ich, das Mauerblümchen, den schönsten und größten mit nach Hause nehmen durfte! Das konntest du nicht fassen. Wo du immer so gerne auf mir rumgehackt hast. Weißt du noch?«

Coras Augenlider werden schwerer. Puppenverstand? Was nimmt die Schlampe sich heraus?

Dann beginnt sich in ihrer Erinnerung etwas zu regen, schwemmt hoch. Die Geschichte mit den Blumentöpfen ...

»Ah! Du erinnerst dich! Ich sehe es in deinen Augen! Fein. Dann wirst du dich auch erinnern, wie ich mit meinem Topf im Arm über den Flur gelaufen bin in den Raum, wo wir immer die Mäntel aufgehängt haben, schräg gegenüber vom Klassenraum. Erinnerst du dich an den Flur? Den grünen Linoleumboden, auf dem die Putzfrauen immer so komisches grünes Pulver verteilten, um es dann wieder zusammenzukehren? Na, egal. Du kamst mir hinterher. Ich hatte so meine Probleme, in den Mantel zu finden mit dem Topf im Arm, also habe ich ihn auf der Fensterbank abgestellt. Weißt du noch?«

Ja, denkt Cora. Ja! Um Himmel willen, *die* war das also.

»Und da gehst du doch tatsächlich hin und schnappst dir den Topf!« Frau Doktor schüttelt nachsichtig den Kopf. »Das war gar nicht nett, liebste Cora. Das war der Moment, der fällig war, daß ich mich nämlich endlich mal zur Wehr setzte. Ich hatte es einfach satt, mir deine kleinen Schäbigkeiten gefallen zu lassen. Es stand mir bis hier! Weißt du noch, wie ich versucht habe, den Topf aus deinen gierigen Klauen zu reißen? Ich hatte eine Sauwut, ich dachte, Cora, du Stück Scheiße, das kannst du mit mir nicht machen. Fast hätte ich ihn gehabt.«

Ihre Züge verfinstern sich. Cora schließt die Augen. Sie muß die Augen schließen, weil die Müdigkeit immer schlimmer wird.

»Aber dann«, hört sie Susannes Stimme weitersprechen, »bin

ich irgendwie gestolpert und hab loslassen müssen. Du hattest ihn. Verdammt, du hättest ihn einfach mitnehmen können. Ich hatte ja mal wieder aufgegeben.«

Sie macht eine Pause. Cora weiß, was kommt. Sie erinnert sich an jede Einzelheit.

»Statt dessen hast du ihn mit beiden Händen gepackt und ausgeholt.«

Cora sieht die Szene vor sich. Sie hört Susanne wie durch Watte weitersprechen.

»Weißt du, erst dachte ich, ich hätte Stücke von dem Übertopf im Mund. Der Aufprall war so heftig. Ich dachte, der muß kaputtgegangen sein, so, wie du zugeschlagen hast. Ich hab die Stücke ausgespuckt, aber sie waren weiß und der Übertopf nicht. Es waren meine Zähne. Du hattest mir die Zähne ausgeschlagen. Einem neunjährigen Mädchen. Hinterher hast du behauptet, es sei ein Unfall gewesen, und alle haben dir geglaubt. Ich hätte den Topf vor mir hergetragen, hast du behauptet, wir wären zusammengestoßen, und dabei hätte ich mir das Ding selber reingerammt.«

Susanne lacht. Es ist ein böses Lachen.

»Du hast dann, glaube ich, die Schule gewechselt. Oder bist du sitzengeblieben? Jedenfalls, plötzlich warst du nicht mehr greifbar, und ich fand mich auf dem Gymnasium Kreuzgasse wieder. Mit guten Noten, aber ohne Schneidezähne. Der Hohn und Spott aller Jungen. Mit denen ging's damals zur Sache, aber mir konnten sie ja keine Prothese verpassen, weil ich im Wachstum war. Scheint die Jungs nicht animiert zu haben. Es gab da so Spottnamen. Irgendwann hatte ich einen Freund, aber der lief dann auch wieder weg, weil ihn nun die anderen verspotteten, und das wollte er nicht auf sich sitzen lassen. Das war keine schöne Zeit, Cora. Überhaupt nicht. Verdammt, was hätte ich darum gegeben, eine Niete zu sein mit einem Zeugnis voller Fünfen und einem Arsch voller Prügel. Wenn ich nur die Jungs mal richtig hätte anstrahlen können.«

Cora ist kurz davor, einzuschlafen.

»Du kannst dir nicht vorstellen, wie oft ich mir gewünscht habe, dich wiederzutreffen. Ich hab mir überlegt, was ich dann tue. Nette Sachen. Und als ich schon gar nicht mehr dran glaube, kommst du hier hereinspaziert. Findest du das nicht auch bemerkenswert, Cora? Eine Fügung des Schicksals? Daß ich jetzt die Möglichkeit habe, mich um die Gesundheit deiner Zähne zu kümmern, während du mir meine damals kaputtgeschlagen hast?«

Aus Coras Brustkorb dringt ein Seufzen. Mehr bringt sie nicht zustande.

»Ja, ich weiß, die Droge ist stark. Aber unschädlich, keine Angst. Ganz harmlos. Ich will ja nur, daß du nicht zu zappeln beginnst, wenn ich mich um dein Wohl bemühe.«

Schwach formt sich in Cora der Wunsch nach Flucht.

»Arme, arme Cora. Na schön. Ziehen wir dir also diesen Zahn. Nein, warte, laß mich noch mal schauen. Hm, hm, hm. Oh, au backe! Der daneben sieht auch nicht gut aus! Und vorne die ganze Reihe, überhaupt, alle deine Zähne – na, sag mal! Ob wir die drinlassen können, Cora? Ich meine, du bist Model. Du mußt gut aussehen.«

Frau Doktor kichert, und Cora dämmert weg.

»Brauchst dich auch gar nicht zu bedanken«, hört sie noch, bevor sie endgültig das Bewußtsein verliert. »Mach ich gerne.«

Der Teppich

Stark sitzt in der Küche und säbelt an einer Salami rum. Es sind sechsunddreißig Grad im Schatten, und er hat gerade seine Frau umgebracht.

Ächzend stemmt er sich vom Küchentisch hoch und schlurft zum Fenster. Drüben auf der anderen Seite der Friesenstraße sind die Fenster blind vom reflektierenden Sonnenlicht. Stark blinzelt, während ihm der Schweiß in den Augen brennt. Ob einer was gesehen hat? Ach, Quatsch.

Das Radio plärrt Nachrichten. Es heißt, die Ozonwerte lägen im roten Bereich. Vor Anstrengungen wird gewarnt. Stark grinst. Dreimal hat er mit der Gußeisernen draufgehauen, bis sich der Pfannenboden wölbte. Hätte wohl warten sollen, bis es kühler wird.

Aber was mußte sie auch rumkeifen, bloß wegen dem blöden Meerschweinchen. Er hat's kaputtgedrückt, na und? Sie wußte doch genau, er will das Vieh nicht in der Küche haben, widerlich! Latscht überall rum, kackt überall hin, Haare im Abendessen, hat er ihr tausendmal gesagt. Zum Kotzen!

Da hat Stark die Sache eben in die Hand genommen. Und die andere gleich mit. Wurde auch Zeit.

Er holt den Schrubber und macht das Blut weg. Muß richtig rumrutschen darin. Na, entschuldigt. Sie kann ja schlecht ihr eigenes Gehirn vom Boden wischen, die Gute. Seine Hand stößt gegen das Meerschweinchen, klein, pelzig, irgendwie schmierig. Stark kickt es weg, der Körper fliegt durch die offene Küchentür in den Flur. Er hat keine Zeit zu verlieren. Muß die Leiche verschwinden lassen, schnell.

Da liegt sie und glotzt die Decke an. Stark läßt ein Bier in sich hineinlaufen, noch eins, denkt nach. Wohin mit ihr? Am besten versenken, da, wo der Rhein hübsch einsam ist. Steine an die Füße, ab zu den Fischen. Nein, besser noch, seine Hanteln. Damit bleibt sie unten wie ein Wrack. Gute Idee.

Das heißt, halt! – er muß sie erst mal aus der Wohnung schaffen.

Aber Stark ist ja nicht dumm. Ihm wird schon was einfallen. Sicherheitshalber trinkt er noch ein Bier – und schlägt sich plötzlich an die Stirn. Klar, wie einfach. Der Dielenteppich! Er haßt das Ding sowieso. Hat elend viel Geld gekostet, aber sie mußte ihn ja unbedingt haben, den Renommierlappen. Jetzt würde sie sogar drin eingewickelt werden. Welch ein Gedanke!

Stark ist sehr zufrieden. Als er die Hanteln und Stricke zu seinem Caravan bringt, ist die Friesenstraße beinahe menschenleer. Bei der Hitze sind die Leute faul. In Hochstimmung kehrt er in die Wohnung zurück, zerrt die Leiche auf den Teppich und rollt sie ein, stopft noch zwei kleine Kissen in die Öffnungen der Röhre, nur zur Sicherheit. Wie werden ihn die Leute bemitleiden, armer Mann, der bei solchen Temperaturen einen dicken Teppich schleppen muß. Stark lacht leise in sich hinein und beginnt, die gutgefüllte Rolle raus ins Treppenhaus zu schleifen.

Im nächsten Moment bemitleidet er sich selber. Das ist kaum zu schaffen. Stark macht seinem Namen für gewöhnlich alle Ehre, aber die vereinte Last von Teppich und Passagier zwingt ihn bedenklich in die Knie. Das kann dauern!

Es sei denn . . .

Ha, ein neuer Gedanke, prachtvoll! Jemand muß ihm helfen. Irgendein netter Zeitgenosse, Sevenig am besten. Wohnt gleich nebenan, der Hurensohn, den er schon lange im Verdacht hat, daß er ihr schöne Augen macht und sie begrapscht, wenn Stark aus dem Haus ist. Der soll sie mit ihm runtertragen, ahnungsloser Schwachkopf. Was für ein Spaß!

Stark schellt und jammert Sevenig die Ohren voll. Sevenig ist wenig begeistert, aber Stark macht eine Menge Aufhebens von seiner Bandscheibe und den drei Etagen. Er bekommt seinen Willen. Gemeinsam wuchten sie die Teppichrolle über Stufen und Geländer nach unten und raus auf die Straße. Sevenig stöhnt, sagt, so ein schweres Biest hätte er sein Lebtag nicht getragen. Sein

106

Atem geht keuchend, sein Gesicht glänzt wie eine Schwarte. Stark muß sich auf die Lippen beißen, um nicht lauthals loszulachen.

Und plötzlich packt ihn der Übermut, als sie fast schon am Wagen sind, und er ruft, na, Teppich, hast du gehört, der hat dich schweres Biest genannt!

Ja, wimmert der Teppich. Dünn, keifend, hoch.

Ihre Stimme.

Stark bleibt stehen, fühlt, wie etwas eiskalt an sein Herz greift. Aber sie ist doch tot! Er weiß, daß sie tot ist, so tot, wie nur irgend jemand sein kann! Er weiß es genau!

Stark, winselt es aus dem Teppich.

Stark beginnt unkontrolliert zu zittern, kann die Rolle nicht mehr halten, taumelt entsetzt zurück. Der Teppich schlägt auf's Straßenpflaster, rollt sich blitzschnell auf, gibt ihren verkrümmten, toten Körper frei, und Sevenig läßt ein würgendes Geräusch hören.

Über ihren Bauch kriecht quälend langsam und zuckend ein Etwas, zerdrückt, aber noch lebend, und es gibt dünne, spitze Schreie von sich. Jetzt klingen sie gar nicht mehr wie Stark oder Ja, einfach nur nach Schmerzen. Dünn, keifend, hoch.

Das Meerschweinchen. Er hat es versehentlich mit eingerollt.

Das eine Mal war Stark nicht stark genug.

Dampf

7. März 1997

Keiner von denen hält mich wirklich für verrückt!

Sie bescheinigen mir einen streßbedingten Kollaps und geben mir winzige weiße Tabletten zu essen, nach denen man sich fühlt, als wandele man zehn Zentimeter über dem Erdboden. Hin und wieder scheint es ihnen geraten, mir am Beispiel anderer Studenten, die dem Examensdruck nicht standhielten, den kräftigenden Eindruck einer intakten Verwandtschaft aufzuzeigen. Verständige Mediziner sowie diverse Rezeptmengen Frisium 10 – das weiße Zeug! – hinzugezogen, sollen diese Unglucklichen wieder vollständig zu sich selbst zurückgefunden und summa cum laude promoviert haben, um fortan ein glückliches und erfülltes Leben zu führen, frei von jeglichen Paroxysmen.

Ich weiß natürlich, daß sie mir Mut machen wollen. Das ist nobel von ihnen, bleibt aber ohne Resultat. Weder mangelt es mir an Mut noch an der Bereitschaft, ein ordentlicher Jurist zu werden. Was mir fehlt, ist der Boden der Tatsachen.

Ich kann Ihnen diesen Boden sogar beschreiben. Er ist gekachelt. Eine sauber verfugte Fläche. Sie betreten ihn, wenn sie Ihre Schritte in die Dampfsauna der Mauritiustherme lenken, eine urbane Oase mit kathartischen Einflüssen auf Geist und Muskulatur. Inzwischen erfreut sie sich wachsender Popularität. Noch vor einem Jahr konnte es geschehen, daß man die komplette Therme für sich allein hatte, speziell in der Stunde vor Mitternacht. Weil diese letzten sechzig Minuten im Leben eines Tages mehr Personal beschäftigten als Gäste anzutreffen waren, gelangte man allerdings bald zu der Einsicht, Dienstleistung mache keinen Sinn, wenn keiner da sei, um sie zu beanspruchen. Da ist was dran, volkswirtschaftlich gesehen. Heute schließt die Therme also um elf. Hätte sie das damals schon getan, wäre mir möglicherweise das eine oder andere erspart geblieben. Oder auch verborgen, wie man's nimmt.

Das Papier ist alle. Gleich ist Visite. Verzeihen Sie, daß ich mich so schnöde davonstehle, aber man wünscht mich zu konsultieren und in meinen Kopf zu gucken. Neugieriges Ärztepack!

8. März 1997

Jedenfalls, ein Jurastudium ist trocken.

Ich hatte also beschlossen, mich der Erzeugung von Feuchtigkeit zu widmen, mir die ständige Prüfungsangst aus den Poren zu schwitzen und mich auf einen Zustand einzupendeln, den Nichtstudierende als Gelassenheit bezeichnen. Ich sollte erwähnen, daß Studenten nie gelassen sind. Sie tun nur so. In Wirklichkeit grübeln sie unablässig über ihre Zukunft nach, jeder auf seine Weise. Die verkrachten Exemplare, deren Studium einer Endlosschleife zu ähneln beginnt, beklagen die Perspektivlosigkeit ihres Daseins und die sinkenden Fördergelder, treten obskuren politischen Vereinigungen bei und vertilgen größere Kontingente Bier. Die Fleißigen entsagen den geistigen Getränken und berauschen sich statt dessen an der ständigen Sorge betreffs anstehender Klausuren. Studentenpärchen vermeiden zudem jegliche Form von Sex, weil es sich schlecht bumst, wenn man nacheinander über den jeweiligen Standardwerken zusammengebrochen und eingeschlafen ist, was die Hoffnung auf einen ehrbaren Orgasmus gegen Null und die Stromrechnung in astronomische Höhen treibt.

Soviel zur Notwendigkeit eines entspannenden Saunaabends.

Keiner wollte mitgehen.

Studenten kennen Studenten, muß ich dazu anmerken, der circus studiosi ist eine einzige Inzucht, innerhalb derer Scheine nicht nur gemacht werden, sondern vor allem jeder einen hat. Wir delektieren uns an Büchern, die kein lebensfroher Mensch je in die Hand nehmen würde. Wir gehen früh ins Bett, weil am nächsten Tag besagte Klausuren anstehen, wobei es in der Natur der Klausur zu liegen scheint, immer dann akut zu sein, wenn für den

Vorabend Einladungen zu Orgien vorliegen. Wir vermeiden jede Art populärer Vergnügungen, weil wir ja lernen müssen. Getrieben von einem binären Horror – das Studium entweder gar nicht erst zu schaffen oder im Falle unvorhergesehenen Bestehens an der Jobfront abzustinken – mutieren wir zu ameisenhaften Anwärtern auf ein akademisches Utopia, denen nach und nach alle nichtstudierenden Freunde weglaufen. Was bleibt, sind Kommilitonen und ein Lustverlust, der schmerzlich wäre, bliebe genug Zeit, ihn überhaupt zu registrieren, was nicht der Fall ist.

Zerstreuung verheißen die Studentenfeten, zu denen natürlich nur Studenten kommen. Sie finden statt in zu kleinen Wohnungen und in unmittelbarer Nähe überdimensionierter Plastikschüsseln voller in Billigmayonnaise erstickter Kartoffelscheiben und verkochter Nudeln, die sich kalt und glibberig zehn Liter Fassungsvermögen mit drei kleingeschnittenen Fleischwürsten teilen und aufgrund dessen die irrige Bezeichnung Salat für sich in Anspruch nehmen. Man macht sich keine Vorstellung davon, wie aufreibend solche Abende sind. Spätestens, wenn die leeren Fässer mit den vollen gleichziehen und das Wort »Präzedenzfall« zwei s nach dem ä aufweist, gerät das feingesponnene Kolloquium zum Taumel wüst kopulierender Paragraphen und endet fast immer in einer Schlägerei und so gut wie nie im Bett. Studieren und Sex sind, wie schon gesagt, zwei Enden einer Welt ohne Verbindung miteinander. Eher erreicht man den Mars mit der Tram.

Ich erzähle das alles, um Sie mit meinem Dilemma vertraut zu machen. Es bedurfte weniger Minuten in der Dampfsauna, und ich wurde mir der Schemenhaftigkeit meines Daseins bewußt. Wen kannte ich schon? Trat ich vor einen Spiegel, sah ich in die Augen meines einzigen Freundes. Das mag polemisch klingen, aber manche angehende Akademiker glauben tatsächlich, das Leben spiele sich zwischen Einbanddeckeln ab. Nur, daß sie selber unfähig sind, sich eine Rolle reinzuschreiben. Sie kennen es ja gar nicht anders, als daß immer schon vorher alles in den Büchern steht, also auch, wer ihre Freunde sind, wo sie ihren zukünftigen Ehepartner kennenlernen, ob ihre Kinder die statistischen zwokommadrei Meerschweinchen pro Familie quälen oder fünf Sechstel Hund spazierenführen werden, letztendlich, wer sie selber

110

sind und ergo, wie sie enden werden. Im Zweifel als Kurvendiskussion.

Etwa so erschien mir mein Leben. Im Grunde machte es keinen Unterschied, ob ich in diesem partikelreichen Raum saß oder über den Ring spazierte. Die Menschen blieben Umrisse, weil ich selber einer geworden war. Das Lernen war mein Dasein, über dem ich vergaß, das Dasein zu erlernen. Schön gesagt, finden Sie nicht?

Ich saß also da und sah an mir hinunter. Abgesehen von einem leicht leptosomen Körperbau empfand ich mich als durchaus betrachtenswert. Warum sah mich dann niemand an? Zwischen meinen Beinen baumelte ein schlaffes Wurstgebilde, das ich in letzter Zeit ausschließlich zum Pinkeln hervorgezuppelt hatte. Morgens, wenn ich versuchte, den Radiowecker mit dem Kopfkissen zu treffen, drückte es sich hart und pochend gegen meinen Bauch, als wolle es mich daran erinnern, daß es wider die Natur des Mannes sei, ausschließlich die Nase in gelehrte Schriften zu stecken. Spätestens im Bad verschrumpelte es dann wieder zum devoten Wasserspeier. Ich war sechsundzwanzig Jahre alt und huldigte ganz offenbar dem Zölibat.

Dann traf ich Maren.

Seltsam, daß man gerade an den Menschen, die einem später übermäßig viel bedeuten, anfangs vorbeiläuft. Man sieht sie, sagt guten Abend und schließt alles weitere aus. Nicht mangels Phantasie oder Vertrauen in den immanenten Don Juan. Man ist nur hoffnungslos verbrasselt im Kopf. Ich kannte eine angehende Medizinerin, die aus Versehen den Falschen geheiratet hat. Sie konnte sich einfach nicht mehr erinnern, in wen sie sich verliebt hatte. Dafür verfaßte sie eine exzellente Doktorarbeit und widmete sich ihrer Berufung im folgenden mit solcher Inbrunst, daß sie zu Lebzeiten heilig gesprochen wurde und von der Beerdigung des früh verstorbenen Ehemanns erst aus der Zeitung erfuhr.

Sie meinen, das sei gelogen? Ich weiß es nicht. Ich weiß überhaupt nichts mehr. Es wird Zeit für die kleinen weißen Dinger. Sie sollen mir die Tabletten bringen! Die Wände kommen näher!

11. März 1997

Oh, mir geht's gut!

Ich habe zwei Tage lang geschlafen. Das mit der Ärztin war natürlich gelogen. Sie sollten das wissen, um mich hinterher nicht der Unaufrichtigkeit zu bezichtigen, denn alles weitere, was ich berichten werde, ist von abgrundtiefer Wahrheit und Wahrhaftigkeit.

Maren arbeitete in der Therme. Ich bestellte das eine oder andere Wasser bei ihr, woraus Sie ableiten können, daß ich vor der Bar und sie dahinter befindlich war, bekleidet natürlich. Sie war Sportstudentin und verdiente sich ein paar Mark nebenbei, indem sie Salate und Schnitzel an Tische trug, den Flüssigkeitsverlust der Saunagäste ausglich und ansonsten scheu zur Seite blickte, wenn man sie ansah.

Spätestens nach dem zweiten Saunagang hockte ich an besagter Bar und arbeitete jeglicher Entspannung entgegen. Denn natürlich war ich ein verdammter Idiot und brachte Bücher mit. Ich ließ Mineralwasser in mich hineinlaufen und studierte.

Zwischendurch, wenn ich aufblickte, fiel mein Blick auf Maren wie auf ein Formular, das es noch dringend auszufüllen galt, und ich orderte Nachschub und Spaghetti. Dabei lächelte ich freundlich, wie es sich gehört, und Maren lächelte zurück. Der Rest war Schweigen.

Es muß mein vierter oder fünfter Besuch gewesen sein, da ich mich in Ermangelung mitgebrachter, weil vergessener Bücher an der Theke sitzend und in tiefe Betrachtung versunken fand. Faule Studenten gehen darin auf. Fleißige wie ich, also die Bescheuerten, sind ungeübt im Nichtstun. Es dauerte folglich eine Weile, bis mir dämmerte, wem meine Aufmerksamkeit da galt.

Und seltsam – Maren, die scheue Maren, schien nicht das geringste dabei zu finden, daß ich sie anstarrte wie ein Kamel das andere.

Ich durfte sie ungestört studieren, und sie studierte mich.

Ihre Augen waren von ungewöhnlich tiefem Blau und schimmerten wie mit einer hauchdünnen Schicht Perlmutt überzogen. Nie zuvor hatte ich sie so gesehen! Ich wußte aus fern und nebel-

haft zurückliegenden Zeiten, daß geweitete Pupillen und glänzende Augen starker Verliebtheit und sensationell gutem Sex zuzu-
schreiben sind. Im selben Moment wurde mir klar, daß es sich
nicht anders verhielt, daß ich verliebt war, daß – mein Gott! –
Maren verliebt war, und daß wir an dieser Theke jenseits verbaler
oder haptischer Sachzwänge vögelten, was das Zeug hielt!

Keiner von uns regte sich auch nur einen Millimeter von der
Stelle. Wir waren völlig erstarrt, sieht man davon ab, daß der
Wasserspeier so tat, als sei früher Morgen. Zwischen Maren und
mir lagen gut und gerne drei Meter Distanz. Es war ein Spiel, in
dem es darum ging, wer länger durchhielt. Das ganze Geheimnis
bestand darin, nicht wegzusehen. Jeder war Sender und Empfän-
ger. Ich blickte sie an und suggerierte ihr, wie meine Hand an
ihrem Bauch herabglitt und sich mit langsamen, kreisenden Bewegungen

12. März 1997

Es ist eine Unverschämtheit!

Sie werden registriert haben, daß die höchst anschauliche und
prosaisch gelungene Beschreibung jener Vorgänge zwischen Maren und mir abrupt endet. Die behaupten hier allen Ernstes, ich
hätte mittendrin aufgehört zu schreiben. Ich soll auf dem Boden
dieses Raumes, den ich seit kurzem bewohne, gelegen haben,
schlafend! – und da besaßen sie die Frechheit, mein Manuskript zu
lesen! Dabei weiß ich, daß sie mir irgendwas verabreicht haben,
das einen stante pede in den Schlaf befördert, so daß einem der
Stift aus der Hand fällt, die verdammten Spanner!

Sie wollen nämlich auch studieren. Mich!

Aber ich will nicht. Ich will keine kleine weißen Dinger mehr
schlucken. Alles, was ich sage, ist die Wahrheit. Die verfluchte
Scheißwahrheit!!!

Okay, okay. Contenance!

113

13. März 1997

Stimmt schon, ich werde schnell müde. Studenten gehen nun mal früh ins Bett. Die fleißigen, meine ich. Aber was soll's, die freundlich bemühten Leute auf dieser Station werden bei aller Liebenswürdigkeit und Besorgtheit nicht verhindern können, daß ich dieses Tagebuch weiterschreibe, als sei es meine Doktorarbeit, die ich im übrigen auch noch schreiben werde, daß sich da bloß mal keiner vertut! Ich brauche nur ein bißchen Ruhe. Ein paar Tage vielleicht. Mehr nicht.

Kehren wir zurück.

Ich ging nun zweimal die Woche in die Therme, dienstags und donnerstags. Meine Bücher nahm ich nicht mehr mit. Betrat ich die Saunalandschaft, wechselten Maren und ich kaum einen Blick. Sie kümmerte sich um die Gäste, während ich per Handtuch einen Liegestuhl okkupierte und in irgendeiner Sauna verschwand, um ordentlich zu schwitzen. Anschließend vertrat ich mir die Beine, tauchte ins eiskalte Wasser und sah zu, wie der Wasserspeier zu einer Zuckergußgarnitur verschrumpelte. Es folgten Whirlpool und Schwimmbecken, zehn Minuten Pause auf der Liege, durchloht von flüssigem Feuer, ein weiterer Gang, dieselbe Prozedur, bis ich endlich – wie beiläufig – hinüber an die Bar schlenderte.

Maren erwartete mich.

Wochenlang ging das so. Das Spiel nahm immer raffiniertere Formen an. Es gab nichts, was wir einander nicht mitteilten und voneinander abforderten. Ihre feingeschwungenen Lippen blieben geschlossen, während sie mich ansah, und verrichteten in Wirklichkeit das Werk der Lust. Meine Zunge erkundete ihre Brüste, um sich langsam den Spitzen zu nähern, die hart wurden und Widerstand leisteten, so daß die Zungenspitze darüber hinwegschnellte wie ein Skiläufer, der über einen Hügel schießt. Ich sog den Duft ihrer Lenden ein und vergrub mich in dem Wäldchen oberhalb der warmen Schlucht, während sie mich ihrerseits zum Glühen brachte, bis wir nicht mehr konnten und übereinander herfielen.

In Wirklichkeit ...

Nun, ich denke, daß wir unmerklich einen Punkt überschritten, da sich die Imagination verfestigte, während sich der reale Raum aufzulösen begann. Das Geistige übernahm die Kontrolle. Ein höherer Geist, wenn Sie so wollen, das Werden aus dem Wollen kraft göttlicher Inspiration, wie es schon einmal geschehen war in sieben folgenschweren Tagen. Eine durch nichts zu übertreffende Erfahrung.

Und trotzdem.

Was fehlte, war der Höhepunkt.

Den erreichten wir nie.

Immer kam uns irgendwas dazwischen. Ein Typ bestellte ein Bier. Was hätte sie sagen sollen? Entschuldigen Sie, es gibt gerade nichts zu trinken, ich erwarte einen Orgasmus? Oder jemand bat mich um Feuer. Das waren die Momente, da einer von uns aufgeben mußte, und allmählich begann es mich zu fuchsen, daß wir jedesmal so rüde unterbrochen wurden, und ich begann die Spielregeln anzuzweifeln. Als ich wieder mal nach Hause ging, um mir dort endgültige Befriedigung zu verschaffen, nahm ich mir vor, sie das nächste Mal regulär anzusprechen, zum Essen einzuladen, anschließend de facto zu verführen und ganz bodenständig durchzuficken.

Das Spiel war vorbei. Es wurde höchste Zeit, in die Realität zurückzufinden, wenn wir uns nicht in Virtualität verlieren wollten.

In der darauffolgenden Woche hatte ich viel um die Ohren. Klausuren, Verabredungen, eine dieser unsäglichen Studentenfeten, all das. Ich schlabberte den donnerstäglichen Saunabesuch und holte ihn freitags nach. Voller Vorfreude auf Maren packte ich meine Tasche, strich die überfällige Konsultation des Waschsalons, um früher bei ihr sein zu können, zahlte meinen Obulus, pfefferte meine Sachen in den abschließbaren Schrank im Keller und hastete nach oben in Erwartung, sie hinter der Theke stehen zu sehen, scheinbares Desinteresse zur Schau tragend wie immer.

Maren war nicht da.

Einen Augenblick lang fühlte ich mich leer und verwirrt. Dann kehrte die Gelassenheit zurück.

Irgendwo würde sie schon stecken. Schlimmstenfalls hatte sie frei, dann mußte ich halt einen Abend lang auf sie verzichten.

Freitags war ich noch nie in der Therme gewesen. Wie konnte ich überhaupt davon ausgehen, daß sie jeden Abend hier kellnerte, immerhin bewältigte sie ein Studium, wie ich. Wenn ich überhaupt etwas erfahren hatte während der wenigen Male, die wir miteinander gesprochen hatten, dann, daß ihr Studium sie ebensosehr in Anspruch nahm wie mich.

Also ein Abend ohne Maren. Auch gut.

Von wegen!

Nichts war gut.

Ich absolvierte meinen ersten Saunagang und empfand Verlassenheit. Während ich auf der hölzernen Pritsche lag und den verwaschenen Klängen der Meditationsmusik lauschte, wurde mir plötzlich klar, daß ich Maren viel zu sehr liebte, um ohne sie existieren zu können.

Die Therme kam mir vor wie die Hölle. Solange ich mich außerhalb bewegte, lebte ich mein Leben, und es war soweit in Ordnung. Betrat ich hingegen diese Landschaft aus Kacheln, Holz und Wasser, verfiel ich in Abhängigkeit. So sehr wünschte ich mir Maren herbei, daß ich begeistert zugestimmt hätte, den Rest meines Lebens hier zu verbringen, nur um in ihrer Nähe sein zu können. Ich hatte keinerlei Zweifel, daß sie ebenso fühlte. Es war dieser energetische Strang von Bauch zu Bauch, der uns verband und mir anzeigte, daß wir einander auf so schöne, so aufregende, so bacchantische und zugleich abgrundtief traurige Weise liebten, daß diese Hallen der Entspannung zur Stätte der Verdammnis wurden ohne einander. Mehr als je zuvor empfand ich unsere Verbundenheit als etwas Lebendiges, und ich wußte, daß Maren mir nahe war und doch unerträglich fern, solange ich sie nicht anschauen und mit meinem Geist berühren durfte, und ich wurde fast verrückt darüber.

Ich versuchte mich auf der Liege zu entspannen, aber meine Gedanken rasten um die eine einzige Frage nach Marens Verbleib. Spielte sie ein neues Spiel? Ihre Nähe kribbelte auf meiner Haut, sie konnte gar nicht weit sein. Warum blieb sie mir dann verborgen? Was plante sie?

Unmutig stürzte ich mich in den Pool und schwamm ein paar Bahnen, um die Spannung abzubauen.

116

Die Welt war nicht in Ordnung ohne Maren. Nichts war in Ordnung.

Nichts war in Ordnung.

Nichts war in Ordnung.

Nichts ist in Ordnung.

Nichts ist in Ordnung.

Nichts ist.

Nichts.

Nichts.

18. März 1997

Die Ärzte sagen, ich befinde mich auf dem Weg der Besserung.

Pah!

Ich habe sie ins Labyrinth der Listen geführt, um sie meiner Gefügigkeit zu versichern. Sie haben so armselige Vorstellungen von geistiger Gesundheit. Ich frage mich, was für ein Leben solche Menschen führen, kaum, daß ich mich meines Ekels über ihre Unempfänglichkeit zu erwehren weiß. Ihr sensuales Spektrum ist rudimentärer als das einer Schnecke. Sie sind bepanzert mit Ignoranz!

Wußten Sie überhaupt, daß Schnecken zu den sexuell empfänglichsten und höchstsensibilisierten Tieren der Welt gehören? Nur Polypen empfinden noch mehr Spaß beim Bumsen. Ehrlich! Ganz ohne Quatsch! Der Orgasmus einer Krake schlägt alles Dagewesene. Das ist erwiesen. Verdammt, ich muß das wissen. Ich bin Akademiker. Ich muß alles wissen. Ich hatte Zugang zur Metaphysik! Jawoll, meine Herrn, so haben wir es gern!!! I've been beyond the wall of sleep! Ich ...

Pssst.

Nicht zu laut. Sie hören zu. Sie geben mir immer noch weiße Pillen. Ich fletsche brav die Zähne und sage ihnen, daß ich mich weitaus besser fühle. Bald schon werde ich mein Studium wieder aufnehmen können. Sie nicken mit den Köpfen und sehen einander an.

Ich glaube, die haben mich wirklich gern.

Und sie sind weit davon entfernt, mich für verrückt zu halten!

Wo waren wir stehengeblieben?

Ach ja. Beim Schmerz.

Ich konnte sie nicht finden, und das schmerzte! Ich liebte Maren so sehr! So abgrundtief. So schwarz und rot und heiß! So sehr, so sehr.

Sollte ich an der Bar nach ihr fragen? Aber unser Spiel hatte sich immer wortlos vollzogen. Niemand verdiente es, miteinbezogen zu werden. Nicht der leiseste Verdacht sollte auf Maren und mich fallen. Unsere Liebe war hermetisch. Keine Fragen. Nur Antworten.

Ich beschloß, den zweiten Gang in die Dampfsauna zu verlegen. Waren Sie je in einer Dampfsauna? Ein feuchtwarmer Uterus, um sich darin zusammenzukauern, daß nur noch der Daumen im Mund fehlt. Man sieht wenig und erahnt um so mehr. Wäre es dunkler, käme es dem pränatalen Effekt noch mehr zugute, aber auch so ist die Dampfsauna ein Ort ohne Zeit und Ziel, ein einziges Sein. Alles und jedermann gerät zur Phantasmagorie. Die Schwaden schlucken und gebären Andeutungen einer Welt, die a posteriori da sein müßte, aber wer will das beweisen, und viel eher ist man bereit zu akzeptieren, daß man sich selber träumt und alles geschehen kann, was die Vorstellungskraft hergibt.

Es war die Stunde vor Mitternacht.

Außer mir saß niemand in der Sauna. Ich nahm auf einer der Kunststoffbänke Platz, preßte den Rücken gegen die Wand und schloß die Augen.

An der Decke kondensiertes Wasser klatschte in heißen, dicken Tropfen auf mich herunter.

Wenn das Gehirn erwärmt wird, dehnt es sich aus, und die Wahrnehmungsfähigkeit erweitert sich. Das ist natürlich grober Unfug, aber mir gefällt die Idee, also lassen wir sie gelten.

Ich hörte das Rauschen der Tür.

Unwillig öffnete ich die Augen, um zu sehen, wer sich da erdreistete, mich in meiner schmerzvollen Beschaulichkeit zu stören. Ich gewahrte den Umriß einer Frau. Wie gesagt, man erkennt nicht viel, und es kommt auch schon mal vor, daß man Männlein für Weiblein hält, aber hier bestand kein Zweifel. Zudem wurde der Dunst im selben Augenblick durchlässiger, und ich erkannte, wer da eingetreten war.

Aber nicht das war es, was mein Herz packte und einmal herumdrehte.

Es war das Fließen von Energie!

Der Raum lud sich blitzartig auf, als habe jedes Atom um mich herum seine Ladung verdreifacht. Maren kam auf mich zu. Nie zuvor hatte ich sie nackt gesehen, und selbst jetzt, da aus den versteckten Düsen rechts und links neuer heißer Dampf schoß, blieb sie schemenhaft. Aber ich sah ihre Augen brennen in dem weißen Oval des Gesichts, und ihren schwarzroten Mund, bevor sie sich vor mir niederkauerte. Ihre Haare waren wie Lack, ihr Körper von einem ebenso unnatürlichen wie vollendeten Elfenbeinweiß.

Was wir uns viele Male suggeriert hatten, geschah.

Aber diesmal war es real! So wirklich, daß mich einen schrecklichen Moment lang die Angst durchzuckte, den Zauber des Unberührbaren zu zerstören. Dann umfaßte ich ihre Schultern, zog sie zu mir hoch und küßte sie, zuerst zaghaft und behutsam, dann, als ihre Lippen sich öffneten und ich die Hitze dahinter spürte, wild und besitzergreifend. Meine Hände fuhren über ihre Brüste, verteilten heißes Wasser und Schweiß. Marens Atem war schwer und schien den ganzen Raum zu füllen, von allen Seiten zugleich auf mich einzuströmen, wie ein vielstimmiger Gesang.

Ich begann, sie zwischen den Beinen zu streicheln. Noch mehr Hitze! Das Dreieck ihrer Schambehaarung war winzig. Sie stöhnte leise, und ich warf unwillkürlich einen Blick zur Tür.

Es war, als hätte ich ihr einen Stoß versetzt. Sie krümmte sich, und in ihren Augen flackerte Panik auf. Mit beiden Händen packte sie meinen Kopf und zog ihn beinahe gewaltsam zu sich heran. Ich vergaß die Tür und die Möglichkeit, jemand könne hereinkommen, obschon ich wußte, daß noch weitere Gäste in der Therme waren. Maren beruhigte sich, das heißt, sie erregte sich zunehmend, aber die plötzliche, unverständliche Angst schien ebensoschnell von ihr gewichen zu sein, wie sie gekommen war. Sie wand sich aus meiner Umarmung, kehrte mir Rücken und Po entgegen, ließ sich langsam, mit angespannten Oberschenkelmuskeln, auf mir nieder, und ich drang in sie ein. Oder sagen wir ruhig, sie nahm mich in sich auf.

Die Schemenhaftigkeit wich.

Maren schien lebendiger, fleischlicher zu werden. Das Ätherische ihrer Erscheinung wich handfester Sinnlichkeit. Ihre Hände griffen nach hinten und zerwühlten mein Haar. Wir näherten uns dem Moment, der uns bis dahin verwehrt geblieben war, und es gab nichts mehr zu wünschen, sondern nur noch einzulösen, schneller, heftiger, wilder, ungeduldiger!

Jemand zog an der Tür.

Ich wurde langsamer in meinen Bewegungen. Wieder schaute ich herüber, es war einfach ein Reflex, nicht zu vermeiden.

Sie keuchte, aber es war kein Keuchen der Lust. Etwas anderes schwang darin mit, eine solch fürchterliche Angst, daß ich sie, ohne es zu wollen, losließ.

Die Tür öffnete sich einen Spalt.

Wir glitten auseinander.

Wir hatten es wieder nicht geschafft. War das der verdammte Saunawart, der sich da zu schaffen machte?

Na, wenn schon! Wir würden eben später zu mir fahren, wo Ruhe herrschte zwischen den Stapeln von Büchern und niemand sich unangemeldet hereinzukommen traute!

Später.

Maren hatte sich wieder zu mir herumgedreht. Ihre Augen waren Kleckse von stumpfem mattem Schwarz, nicht mehr das Glühen wie noch wenige Minuten zuvor. Eine Verwandlung ging mit ihr vor, die mich zutiefst beunruhigte, ohne daß ich zu sagen vermochte, was da mit ihr geschah. Mehr spürte ich es: einen rapiden Energieabfall um uns herum.

Etwas erlosch.

Ich sah wieder zur Tür, aber da war niemand. Maren entfernte sich, sie wich vor mir zurück. Wieder quoll Dampf aus den Ventilen und entzog sie meinen Blicken.

Diesmal hörte ich die Tür nicht.

Dennoch war sie verschwunden.

19. März 1997

Das Papier ist naß geworden. Es hat sich an einigen Stellen gewellt, und die Tinte ist ausgefranst. Würde man die Striche des Füllers unter dem Mikroskop betrachten, erhielte man so etwas wie die Küste von Norwegen.

Geschwafel. Sie werden verzeihen.

Ich mußte vorübergehend aufhören zu schreiben, da meine Augen stark zu tränen begonnen hatten, vermutlich auf das schlechte Licht in meinem Zimmer und die trockene Luft zurückzuführen. Die könnten hier ruhig öfter mal lüften. Aber die Fenster gehen nicht auf. Nirgendwo in diesem Haus, habe ich mir sagen lassen.

Eine Schutzmaßnahme, erklären sie mir. Wovor?

Ich verließ die Dampfsauna wenige Augenblicke, nachdem Maren so überstürzt verschwunden war, und wartete eben lange genug, daß ich mich draußen blicken lassen konnte, ohne Anstoß zu erregen.

Immerhin! Maren war da.

Gemächlich trat ich zu meiner Liege, warf den Bademantel über und sah mich um. Wenn Maren in der Nähe weilte, entzog sie sich meinen Blicken. Vielleicht saß sie im Whirlpool oder ließ sich im Salzlakebecken treiben. Ich schlenderte durch die gesamte Anlage, spähte, die Augen mit der Hand abschirmend, in jede Sauna, ohne sie jedoch entdecken zu können. Auch an der Bar war sie nicht. Eine andere, ältere Frau trocknete Gläser ab. An einem Tisch saßen zwei müde aussehende Männer.

Sonst niemand.

Ich konnte mir beim besten Willen nicht vorstellen, daß sie die Therme so einfach verlassen hatte. Nicht nach dem, was passiert war. Voller Unruhe lief ich nach unten und inspizierte die Umkleidekabinen. Auch dort niemand. Stille. Leere.

Warum war sie nicht mehr hier?

Im Laufschritt hastete ich wieder nach oben an die Bar, winkte die Frau hinter der Theke heran und fragte, ob sie Maren habe hinausgehen sehen.

Die Frau starrte mich an. Dann sagte sie es mir.

22. März 1997

Sie wollen mich noch hierbehalten.

Die sind verrückt, nicht ich! Wie soll ich eigentlich mein Studium schaffen, zum Teufel? Was machen die sich hier für Vorstellungen?

Sie sagen, es ist wegen dem Besuch.

Stimmt schon, ich bekomme Besuch. Na und? Wo ist das Problem? Was ist denn schlimm daran, Besuch zu bekommen? Kriegen andere doch auch!

Alle hacken sie auf mir rum!

Damit nicht genug. Neuerdings bekomme ich andere Tabletten. Ich weiß wirklich nicht, ob das alles so richtig ist. Was überhaupt richtig ist. Was überhaupt ist und nicht ist seit dem Moment, da ich die Frau hinter der Theke nach Maren fragte und sie mit zitternder Stimme erwiderte, ob ich denn nichts gehört hätte von der schrecklichen Sache, und als ich ungehalten nachfragte, was für eine Sache denn, nein, ich wüßte gar nichts, was denn überhaupt? – da sagte sie: Maren ist vergangenen Dienstag auf dem Nachhauseweg von der Therme niedergeschlagen worden, jemand hat sie mit einer Eisenstange so zugerichtet, daß sie kaum wiederzuerkennen war, nur wegen der paar lumpigen Kröten, die sie in ihrer Handtasche bei sich trug – und weiter, man habe sie ins Krankenhaus gebracht, wo sie im Koma gelegen hätte die letzten drei Tage!

Und wie ich – unfähig, ein Wort hervorzuwürgen – nach hinten zeige, wo die Dampfsauna ist, heult sie los, jetzt gerade, gerade im Moment, als ich von den Umkleidekabinen wieder nach oben gekommen sei, habe sie der Anruf aus dem Krankenhaus erreicht, daß Maren gestorben sei, Maren sei tot.

Tot.

Aber seltsam, Minuten, bevor sie starb, nicht mal eine Viertelstunde her, habe sich ihr Zustand plötzlich stabilisiert, und für kurze Zeit hätte es tatsächlich so ausgesehen, als könne sie es schaffen.

Vor einer Viertelstunde.

Nicht geschafft.

Sie wollen mich hierbehalten. Weil ich Besuch bekomme. Weil ich ihnen sage, daß Maren schon einige Male in meinem Zimmer war.

Sie antworten, das Zimmer werde durch eine Videokamera überwacht. Es sei niemand dagewesen.

Warum schmecken Tränen manchmal salziger als sonst? Gibt es bitteschön ein Buch, um mir das zu erklären?

Bistecca Mafia

»Was ist denn Bistecca Mafia?«

»Ganz normales Rumpsteak, Signore. Aber die Sauce ist was besonderes. Tomaten, Zwiebeln, Kapern und Sardellen, reichlich Peperoni, scharf wie die Mafia!«

»Mhm ... nehme ich.«

»Va bene! Vino?«

»Viertel Weißen.«

»Benissimo!«

≈≈≈

»Sie haben hier ein ... Moment, wo war's? ... ahja, Bistecca Mafia auf der Karte.«

»Si.«

»Womit ist das gemacht?«

»Bistecca Mafia ist unsere Spezialität, Signore. Haben wir als einziger Italiener in Köln.«

»Jaja, schon klar. Und was ist das?«

»Oh, ist ein ganz normales Rumpsteak, aber mit besonderer Sauce. Viel Peperoni, Tomaten, Kapern, Zwiebeln und Sardellen, scharf wie ... «

»Ich mag nichts Scharfes. Bringen Sie mir Spaghetti Vongole und ein Kölsch.«

»Subito.«

≈≈≈

»Bistecca Mafia, klingt ja klasse!«

»Ist unsere Spezialität, Signora. Schönes dickes Rumpsteak mit Tomaten-Peperoni-Sauce, scharf wie die Mafia!«

»Ist gekauft.«

»Was trinken?«

»Wasser.«

»Bene.«

≈≈≈

»Wir müssen das blöde Mafia-Steak teurer machen, Pietro. Verkauft sich, als könnt's sprechen.«

»Wie teuer ist es jetzt?«

»Dreiundzwanzig fünfzig.«

»Ich weiß nicht, Franco, ich weiß nicht. Wenn wir's teurer machen, will's keiner mehr haben.«

»Du hast den Kapitalismus nicht verstanden. Wenn sich was gut verkauft, dann machst du es teurer. Mußt du sogar. Alles wird teurer.«

»Schön, wenn du meinst. Ich bin nur der Koch.«

»Wie denkst du darüber, Alice?«

»Was, ich?«

»Ja.«

»Hast du wirklich mich gefragt?«

»Ja!«

»Das ist ja wohl das Neueste! Seit wann fragst du deine Frau, was sie denkt? Du machst doch eh, was dir paßt.«

»Alice! Mein Gott noch mal! Wenn ich dich frage, ist es verkehrt, wenn nicht, ist es auch verkehrt, okay, okay. Dann frag ich dich halt nicht mehr.«

»Klar.«

»Wie, klar?«

»Klar! War mir klar.«

»Was ist los, he? Willst du streiten? Himmel, mach jetzt keine Zicken. Rühr deine Sauce, sonst brennt sie an.«

»Deine größte Sorge, was? Bloß nichts anbrennen lassen. Seit zehn Jahren in Köln, und immer noch derselbe alte sizilianische Landmacho.«

»Hört endlich auf zu zanken! Ich kann nicht kochen, wenn ihr euch anblökt. Meinetwegen mach's teurer, ist mir doch egal.«

»Mach ich auch.«

»Dann mach.«

≈≈≈

»Bistecca Mafia? Gibt's die etwa in Köln?«

»Die Mafia? Ach wo. Ist nur ein Spaß, Spezialität des Hauses. Ganz normales Rumpsteak, aber mit Supersauce.«

»Klingt spannend.«

»Sind Tomaten drin und ...«

»Ich will's gar nicht wissen, gar nicht wissen! Ich liebe Überraschungen! Nicht wahr, Wolfi?«

»Mhm.«

»Ist es schön scharf?«

»Ah, si, Signora! Scharf wie die Mafia!«

»Ha, das ist gut. Was, Wolfi? Scharf wie die Mafia!«

»Mhm.«

»Muß ich unbedingt probieren. Was ist mit dir, Wolfi? Sag doch mal was!«

»Mhm.«

»Mein Mann ißt dasselbe.«

»Mit Vergnügen, Signora. E da bere?«

»Äh ... da was?«

»Zu trinken?«

»Ach so, natürlich. Was Rotes, denke ich. Chianti oder Barolo oder was Sie da so haben in Italien.«

»Si. Chianti.«

≈≈≈

»Dein Geunke war umsonst, Pietro, alter Stänkerer. Das Bistecca läuft wie dämlich, ich glaube, ich kann den Preis noch mal erhöhen.«

»Du spinnst.«

»Ist ja gut, ich mach's ja nicht. He, was ist das schon wieder? Alice, wo ist der Ricotta?«

»Alle.«

»Wie? Was heißt alle?«

»Bist du taub? Er ist alle. Aus. Fertig. Alle, alle! Fabiano bringt welchen mit, wenn er zum Handelshof fährt.«

»Zum Donnerwetter! Herrgott und alle Heiligen! Das muß

126

hier besser laufen mit der Organisiation. Nicht da gibt's nicht. Was mach ich jetzt, wenn einer Ricotta will?«

»Du machst gar nichts. Wir haben keinen auf der Karte.«

»Wir haben Ravioli auf der Karte, Weib! Da ist welcher drin, wenn du dich bitteschön erinnern möchtest.«

»Wir haben keinen zum so essen, Franco. Das müßte inzwischen sogar dein Spatzenhirn ...«

»Trotzdem!«

»Was willst du? Willst du dich aufspielen? Willst du Eindruck hinterlassen? Hier hast du ein Handtuch. Trockne die Gläser ab, dann machst du Eindruck.«

≈≈≈

»Sagen Sie mal ...«

»Urg!«

»He, junger Freund! Was ist denn?«

»Scusi. Zu Tode erschrocken. Hab Sie nicht reinkommen hören.«

»Sorry. Also sagen Sie, mein Freund, Bistecca Mafia lese ich da auf Ihrer Karte. Was ist denn das Feines?«

»Nun ja, das Fleisch ist ein Rumpsteak, schön saftig, aber halt ein ganz normales Rumpsteak. Hingegen die Sauce ... ein Gedicht ... mhhmmm!«

»Soso, die Sauce. Erzählen Sie doch mal. Nicht so schüchtern.«

»Also, da sind Tomaten drin und Zwiebeln ...«

»Wie außergewöhnlich.«

»... Kapern, Sardellen und mächtig viel Peperoni. Scharf wie die Mafia.«

»Scharf wie die Mafia? Wow! Scheint mir genau das Richtige. Also einmal Bistecca Mafia.«

»Heut leider nicht mehr, Signore. Tut mir leid. Die Küche hat schon zu.«

»Wie, was denn? Jetzt schon?«

»Dottore, ich bitte Sie! Ist mitten in der Nacht! Schauen Sie, alle Gäste sind schon weg.«

»Und ich? Bin ich kein Gast?«

»Doch, aber ...«

127

»Nennen Sie das gastlich? Hab von draußen reingeschaut und dachte, Mannomann, leer wie 'n evangelischer Opferstock. Denen mußt du mal ein bißchen unter die Arme greifen. Aber was ist? Hab nicht mal was zu trinken gekriegt! Und das nennen Sie ...?«

»Entschuldigung, aber ...«

»... nennen Sie gastlich?«

»Entschuldigen Sie wirklich tausendmal, Signore, aber ich kann nichts mehr für Sie tun. Ich kann jetzt nicht extra für Sie den Herd anmachen, alles ist gespült und weggeräumt und der Koch nach Hause gegangen, und ...«

»Ist ja gut, ist ja gut, ist ja gut. Bistecca Mafia. Scharf wie die Mafia. Tja. Jammerschade.«

»Wirklich, Sign...«

»Aber ich werde Ihnen trotzdem helfen, Freund.«

»Helfen? Wobei?«

»Na, Ihr Geschäft zu machen! Ich meine, als erstes könnte ich Ihnen zeigen, wie scharf die Mafia wirklich ist, damit Sie's wissen und nichts verkaufen, dessen wahre Zusammensetzung sich Ihrer Kenntnis entzieht.«

»Ich verstehe nicht. Wenn Sie wollen, können Sie noch schnell was trinken.«

»Ach, du heilige Scheiße, das ist ja großartig! Plötzlich bietest du mir was zu trinken an. Weißt du, was, Arschloch? Ich werde was trinken, wenn's mir paßt. Und dein lächerliches Bistecca Mafia schiebe ich dir in den Arsch, daß dir Flammen aus der Rosette schlagen, hast du mich verstanden?«

»Sie ... Was erlauben Sie sich? Raus hier!«

»So? Guck mal, Arschloch.«

»Ich habe gesagt ... Oh, verdammt. Verdammt.«

»Willst du mich immer noch rausschmeißen? Dann mußt du erst meine Knarre rausschmeißen.«

»Bitte ... ich ... tun Sie das Ding weg, was hab ich Ihnen denn getan, bitte ...«

»Bitte! Bitte! Huhuhuhuhu! Heul doch, du Wichser.«

»...«

»Nanu. So still auf einmal?«

»W... was wollen Sie? Geld?«

»Donnerwetter! Er fragt mich, ob ich Geld will. Der fragt mich allen Ernstes, ob ich Geld will!! Mann, bist du clever! Bist du clever! Scheiße auch! Siehst du, weil du so clever bist, stecke ich die Kanone wieder weg. Fürs erste. Bist du eigentlich allein im Laden?«

»Ja ... äh, nein. Mein Bruder ist hinten und ... «

»Du lügst. Du bist allein.«

»Er ist hinten.«

»Lügner.«

»Bestimmt, er ... nein, lassen Sie die Knarre stecken, ich geb's zu, ich bin allein, verdammt, verd... «

»Mensch!! Ich geb dir den guten Rat, mich nicht zu ärgern!!! Mach mich nicht sauer, hörst du? Das Ding hier könnte losgehen, dann sieht dein Kopf aus wie 'ne aufgeplatzte Pizza Calzone, willst du das?«

»Madonna! Nein!«

»Ich hab das schon tausendmal gesehen. Ist scheußlich! Könnte deinen Gästen glatt den Appetit verderben. Ich meine, Blut sieht aus wie Tomatensauce, aber wenn so Knochenstückchen mit drin sind und Hautfetzen mit Haaren dran, das kommt irgendwie scheiße, darauf stehn die Leute nicht.«

»Madonna mia! Stecken Sie die Knarre wieder weg, ich mach ja alles, was Sie wollen.«

»Tatsächlich? Lügst du auch nicht schon wieder?«

»Bitte! Sagen Sie mir einfach, was Sie wollen.«

»Hm ..... Tja. .... Gute Frage. Was will der Mensch? Wonach strebt die menschliche Natur?«

»Okay, wieviel? Wieviel wollen Sie?«

»Wieviel gibst du mir denn freiwillig?«

»Frei ... ? Naja ... also ... hundert Mark?«

»HUNDERT MARK???«

»Nein, zweihundert, nein, dr... ahhhrrggg! Autsch!«

»Steh auf, du Scheißkerl, du stinkende blöde Itakersau. Versuch nie wieder, mich zu beleidigen!«

»Ich hab doch gar nicht ... Was wollen Sie denn bloß von mir?«

»Ich will Zehntausend. Pro Monat. Schau, Freundchen, dafür

biete ich dir meinen Schutz. Ist nicht das Schlechteste. Auf meinen Schutz hat sich noch jeder verlassen können. Siehst ja, ich weiß zu argumentieren.«

»Schutz? Wogegen?«

»Komm, jetzt erzähl mir keinen. Du weißt doch, wie das läuft. Sieh mal, ich bin ein im Innersten zerrissener Mensch. An sich ein Goldstück. Aber da ist was in mir ... Himmel, Arsch und Zwirn, etwas, das ich kaum zu bändigen weiß! Dieses Etwas will wüten und zerstören. Wüten und zerstören! Fuck!!! Aber ich will das nicht, verstehst du? Ich liebe die Menschen. Ich bin sanftmütig und gut. Verstehst du mich, hast du verstanden? Bloß, was soll ich tun? Immer wieder kämpft es sich durch, dieses Etwas, und macht mich zu seinem willenlosen Sklaven, so daß ich zuschlagen und zerstören muß, wie zum Beispiel hier diese Vase ... «

»Nein! Nicht! Bitte!«

»Oh, kaputt. Wie blöde. Siehst du, das ist mein innerer Konflikt. Ich bin vom Teufel besessen. Und der Leibhaftige will deinen Arsch in seiner Wut! Was tu ich also? Ich tu alles, um den Teufel von dir fernzuhalten. Dich vor ihm zu schützen! Nur, weißt du, das ist schon komisch, man sollte ja eigentlich meinen, den Teufel kriegt man mit Zaubersprüchen, aber der hier, der hat's mehr mit den Mäusen. Was glaubst du, wieviel braucht's wohl, um den Teufel zu besänftigen?«

»Z... zehntausend?«

»Im Monat, sehr richtig. Gut gelernt.«

»Sind Sie von der Mafia?«

»Bin ich von der Mafia? Hu! Die Mafia! Wie gruselig. Kann schon sein, Freund. Kann schon durchaus sein.«

»Und was tut die Mafia, wenn ich nicht zahle?«

»Du solltest die Frage anders stellen, Arschloch. Was tu ich dir, wenn du nicht zahlst? Oder deiner Frau? Oder deinen Kindern oder ... Stehenbleiben, ganz ruhig!!! Nicht nervös werden, Kleiner. Ist ja noch nichts passiert. Ich sag ja nur, es könnte was passieren. Es sei denn ... «

»Sie Scheißkerl.«

»Kein Problem, solange du mich siezt. So, und jetzt mach schön sauber. Ich mag's nicht, wenn zerdepperte Vasen rumliegen.

Oder Hirnklümpchen am Ende. Ist das klar? Fein! Regeln wir kurz die Formalitäten. Kommenden Mittwoch bist du hier, Punkt zwei Uhr früh, verstanden? Wegen der ersten Rate. Und sei allein, das sag ich dir in aller Freundschaft. Ach ja, und daß du keinem was erzählst. Niemandem, hörst du?«

»Ja.«

»Da bin ich aber froh. Na dann – man sieht sich.«

≈≈≈

»Ciao, Franco.«

»Ah, Pietro. Ciao.«

»Was machst du da?«

»Ich ändere die Preise.«

»Was, bist du wahnsinnig? Du hast in den letzten zwei Monaten dreimal die Preise geändert.«

»Nur unmerklich, Pietro.«

»Und das da? Ich seh wohl nicht richtig. Dreiunddreißig fünfzig fürs Bistecca Mafia?«

»Das zahlen die Leute.«

»Die Leute werden dir was scheißen. Ich merk's jedenfalls in der Küche.«

»Was bist du, he? Frühmensch oder Geschäftsmann?«

»Ich bin Koch.«

»Dann red mir nicht in die Finanzen.«

»Ich will dir mal was sagen, Bruderherz, das gefällt mir nicht. Du läufst mit langer Fresse durch die Gegend und änderst ständig die Preise. Was ist los? Haben wir ein Problem?«

»Nein, wir haben kein Problem.«

»Wir werden aber bald eins haben mit deinen Wuchereien.«

»Du bist der Koch. Geh kochen.«

»Das gefällt mir nicht.«

»Geh kochen.«

≈≈≈

»'n Abend. Was ist denn Bistecca Mafia?«

»Unsere Spezialität. Ganz was besonderes.«

»Nämlich?«

131

»Rumpsteak mit einer tollen Sauce. Da sind Tomaten drin und Zwiebeln, Sardellen, Kapern, Peperoni, scharf wie die Mafia! Die ist ...«

»Für Dreiunddreißig fünfzig? Ich hätte Filetsteak erwartet.«

»Ja, aber die Sauce ...«

»Ich nehm 'ne Pizza Margherita.«

»Die Sauce ...«

»Und ein Kölsch.«

»Va bene.«

≈≈≈

»Du verschweigst was.«

»Unsinn.«

»Franco, hör mal zu. Wir können reden. Wir sitzen hier in unserem Restaurant, es ist zwei Uhr morgens, die Tür verrammelt und verriegelt und alle nach Hause außer dir und mir. Wenn wir jetzt nicht reden können, frage ich mich, wann.«

»Es ist alles in Ordnung, Pietro.«

»Nichts ist in Ordnung. Du weißt, ich bin der Koch.«

»Du bist der Koch.«

»Ja. Aber ich bin auch Mitinhaber. Also habe ich kurzfristig unsere Jobs getauscht.«

»Wie bitte?«

»Alice und ich haben die Finanzen überprüft. Gestern. Franco, ich weiß nicht, was hier läuft, und ich hoffe, daß ich mich gewaltig irre, aber irgendwohin sind in den letzten beiden Monaten zwanzigtausend Mark verschwunden.«

»Das ist ... unmöglich.«

»Franco.«

»Wo sollen die denn hin sein? Wir haben nicht ganz so gut verdient in letzter Zeit, aber ...«

»Franco!«

».............«

»Jetzt noch mal von vorne. Ich weiß, daß du dir nicht heimlich die Taschen vollmachst. Du bist mein Bruder. Niemand zweifelt an dir. Aber Tatsache ist, die Zwanzigtausend haben Ciao gesagt. Es fehlen zwanzigtausend Mark, und du erhöhst die Preise.«

»...

...............«

»Willst du's mir nicht erzählen?«

»...

....

......................«

»Franco, bitte.«

»Ich ... ich wollte euch nicht damit belasten.«

»Ah, da wären wir also. Womit wolltest du uns nicht belasten?«

»Mit ... ach, Scheiße!«

»Komm, Bruderherz, ruhig bleiben.«

»Das hat der Scheißkerl auch gesagt. Ruhig bleiben.«

»Welcher Scheißkerl?«

»Der Erpresser. Der Scheißkerl von der Mafia.«

»Der waaas?«

»Ein Mafioso! Herrgott, wir haben die Mafia im Haus. Da sind die Zwanzigtausend hin! Die Mafia hat sie!«

»Augenblick mal. Die Mafia hat zwanzigtausend Mark von dir erpreßt?«

»Von uns. Ja.«

»Die Mafia?«

»Ja!«

»Das ist unmöglich.«

»Ist aber so.«

»Nein, nein, Moment. Gestatte, wenn ich dich korrigiere, aber wir können die Mafia nicht im Haus haben.«

»Erzähl das dem Scheißkerl.«

»Da gibt's nichts zu erzählen. Hör zu, du kennst doch Maurizio.«

»Maurizio?«

»Maurizio ist der Neffe von Carlo Piselli.«

»Ach ja. Und?«

»Carlo ist unser Freund, wie du weißt. Jetzt paß auf. Vor zwei Jahren hat Maurizio eingegriffen, als Don Lucas Schwester Ornella mitten auf der Straße von besoffenen Skinheads angegriffen wurde. Er hat den Skins die Glatze nachpoliert, was Ornella wahrscheinlich das Leben oder wenigstens die Gesundheit gerettet hat.«

»Augenblick, ich komm nicht mehr mit. Don Luca?«

»Opa Manfredo hat mit dem Vater von Don Luca immer Schach gespielt, das war noch in Sizilien, bevor wir alle herkamen.«

»Wer zum Teufel ist Opa Manfredo?«

»Madonna! Was weißt du eigentlich? Opa Manfredo war mit unserem Opa Luigi in der Kommunistischen. Über Opa Manfredo hat unsere Familie so was wie einen Draht zur Familie von Don Luca aufgebaut, was aber anfangs in Köln keine Rolle spielte.«

»Anfangs?«

»Ja. Anfangs.«

»Als wir alle herkamen?«

»Als wir alle herkamen.«

»Ich kapier überhaupt nix mehr.«

»Ist doch ganz einfach! Schau, Maurizio rettet Ornella vor den Glatzen, klar? Und jetzt steht Don Luca bei Maurizio und seiner Familie in der Schuld, genauer gesagt bei Carlo Piselli, der Maurizios Onkel und im übrigen einziger erziehungsberechtigter Anverwandter ist, weil ja die Eltern vor sieben Jahren auf der Straße nach San Marino die Kurve nicht kriegten.«

»Du lieber Himmel.«

»Also bin ich zu Carlo gegangen, nachdem der mir die Geschichte mit Ornella erzählte, weil ich Carlo mal einen Gefallen getan habe, ist schon was her, und Carlo seinerseits in meiner Schuld stand, und hab gesagt, Carlo, geh zu Don Luca und bitte ihn, uns hier in Ruhe zu lassen mit unserem Restaurant. Don Luca ist dir verpflichtet, da wird er sicher nicht nein sagen. Keine achtundvierzig Stunden später berichtet mir Carlo stolz, Don Luca habe ihn an sein Herz gedrückt und Bruder genannt und ähnlichen Quatsch, und das mit uns wär geritzt, auch weil es ja diesen Draht zwischen seiner und unserer Familie gäbe, und dann noch Ornella obendrauf, gar kein Problem. Verstehst du?«

»...
.... Nein.«

134

»Warum nicht?«

»Ich kenne keinen Don Luca.«

»Jeder kennt Don Luca. Aber du bist mein kleiner Bruder. Hm. Ich wollte meinen kleinen Bruder immer schützen vor diesen ganzen schmutzigen Geschichten. Hätte dir vielleicht doch mehr erzählen sollen, damit du die Welt begreifst, so wie du mir jetzt mehr erzählen solltest. Sei's drum. Du verstehst, worauf ich hinaus will?«

»Nein! Wer ist dieser Don?«

»Du kapierst tatsächlich nichts! Don Luca ist die Mafia.«

»Was?«

»Don Luca ist die Personifizierung der Mafia im schönen gemütlichen Köln. Hast du's jetzt begriffen, Schafskopf?«

»Don Luca ist die Mafia?«

»Ja. Und wir stehen unter seinem Schutz. Die Mafia tut uns nichts.«

»Die Mafia tut uns wohl was.«

»Franco, das kann nicht sein! Wenn Don Luca einmal sein Wort gegeben hat, hält er's auch. Das sind nicht die Russen hier oder das Serbenpack oder die Chinesen, wir reden von der ehrenwerten Gesellschaft.«

»Der Scheißkerl war nicht ehrenwert.«

»Die ehrenwerte Gesellschaft ist zum Untergang verurteilt, Brüderchen, eben weil sie's noch ist. Klar wird da geraubt, erpreßt, gefoltert und gemordet, aber das alles folgt einem absurden Ehrenkodex. Den haben die anderen nicht. Die Welt ist voller Gauner, aber einige halten wenigstens ihr Wort. Das sind die Verläßlichen, die leider auf der Strecke bleiben werden. Alte Männer, Franco, mit noch älteren Müttern, denen Heiligenscheine wachsen, während sie Spaghetti kochen, während die anderen, die jungen Banden, nicht mal mehr ihre Kinder lieben. Aber noch ist Don Luca hier der König. Ein Boß, ein richtig altmodischer Gangsterboß.«

»Warum hast du mir nie davon erzählt?«

»Weil ich dich nicht verderben wollte. Als wir eröffnet haben, wollte ich, daß du dich um die Finanzen kümmerst und mit Alice glücklich wirst. War vielleicht ein Fehler. Aber ich kenne Leute,

135

die du nicht kennen solltest. Ich war an Plätzen, wo du hoffentlich nie hinkommst. Ich habe Sachen klargemacht, von denen weder du noch irgend jemand sonst was weiß. Nur darum haben wir hier unsere Ruhe.«

»Hatten wir.«

»Tja. So wie's aussieht.«

»Aber wenn der Typ nicht von der Mafia ist, was dann?«

»Ein Einzelgänger, schätze ich. Einer, der sich das ehrenwerte Mäntelchen umhängt. Davon gibt's einige. Sie können allein nichts ausrichten, also schieben sie eine größere Organisation vor in der Hoffnung, ihren Opfern die nötige Angst zu machen. Ist der Kerl Italiener?«

»Könnte einer sein, dem Aussehen nach. Aber er hat deutsch gesprochen.«

»Akzentfrei?«

»Schwer zu beurteilen. Ich glaube schon.«

»Gut. Ich habe einen Plan.«

»Plan?«

»Ja.«

»Wie soll der aussehen?«

»Ganz einfach. Du gehst jetzt da rüber und holst den 85er Tignanello aus dem Regal. Den trinken wir aus, und du erzählst mir alles hübsch der Reihe nach.«

»Mir ist nicht nach Tignanello.«

»Aber mir. Und laß endlich die Widerworte, kleiner Bruder. Ich bin der Ältere. Ich bestimme, wann getrunken wird. Und jetzt wird getrunken.«

≈≈≈

»Alice.«

». . . . .«

»Alice, schläfst du schon?«

»Was? Oh, Franco, mein Gott. Was ist denn?«

»Ob du schon schläfst?«

»Na, jetzt nicht mehr. Wieviel Uhr ist es?«

»Viertel vor fünf.«

»Schon gut. Ich kann sowieso nicht schlafen.«

»Komm rüber, Alice. Wir haben uns so lange nicht mehr aneinander festgehalten.«

»Mhm . . . . Hast du mit Pietro zusammengesessen?«

»Ja.«

»Ihr habt wieder über diesen Kerl gesprochen, stimmts?«

»Ja.«

»Ihr habt die letzten drei Nächte darüber gesprochen. Ich seh immer nur die leeren Flaschen. Kommt eigentlich auch was dabei raus, wenn ihr so dasitzt und sprecht?«

»Irgendwie schon. Ich glaube, Pietro will diesem angeblichen Mafioso den Krieg erklären.«

»Hat er das gesagt?«

»Er meint, ich soll ihm das nächste Mal einfach kein Geld mehr geben.«

»Und was meinst du?«

»Ich weiß nicht. Wenn man Pietro glauben darf, haben wir mit der Mafia keine Schwierigkeiten. Dann wär der Kerl allein. Aber selbst dann hat er immer noch die Knarre. Ich hab einfach Angst, daß er dir oder den Kleinen was antut.«

»Ich auch.«

»Vielleicht irrt sich Pietro. Vielleicht hat dieser Don Luca dem trotteligen Carlo was geschissen, und der Bursche ist tatsächlich von der Mafia.«

»Dein Bruder hat selten unrecht.«

»Könnte er aber.«

»Ja, könnte. Weißt du's? Willst du dem Mistkerl für den Rest aller Tage unser Geld geben, nur weil irgendwas soundso sein könnte und nicht anders?«

»Aber wenn er uns was tut!«

»Er tut uns ja schon was. Er nimmt unser Geld.«

»Davon stirbt keiner.«

»Doch. Davon stirbt meine Selbstachtung. Ich dulde keine Parasiten. Pietro hat recht. Gib ihm kein Geld mehr.«

». . . . . . «

»Weißt du, eines verstehe ich nicht, Franco. Wenn wir bei Don Luca so einen Stein im Brett haben, warum kann er dann in dieser Sache nicht auch was für uns tun?«

137

»Pietro will das Arrangement wohl nicht überstrapazieren.«

»Hat er das gesagt, oder glaubst du das?«

»Er hat so was in der Richtung geäußert, daß wir besser selber mit der Sache fertig werden.«

»Hm.«

»Was, hm?«

»Hm heißt, daß du mir nicht die Wahrheit sagst.«

»Wie kommst du denn darauf?«

»Wann will dieser Typ seine nächste Rate abholen?«

»Weiß ich noch nicht. Er will sich melden.«

»Was heißt, melden?«

»Er ruft an.«

»Die letzten beiden Male hat er nicht angerufen. Ihr hattet doch was Festes ausgemacht, wenn ich mich recht erinnere.«

»Ja, aber nicht für diesmal.«

»Franco?«

»Ja?«

»Du lügst.«

»Wieso? Wieso zum Teufel lüge ich?«

»Weil du es nun mal tust. Du weißt genau, wann der Kerl wiederkommt.«

»Weiß ich nicht. Er will sich ... «

»Erzähl mir keinen Mist! Du kriegst den allergrößten Ärger mit mir! Wann kommt der Kerl?«

»Alice ... «

»Wann???«

»Übermorgen.«

»Ahja. Und du sollst wieder allein sein, richtig? Wie er's dir gesagt hat. Keinem was erzählen, allein sein, weil er sonst unangenehm wird.«

»Ja. Genau.«

»Er kommt also mit seiner Waffe, du bist ganz allein, und Pietro sagt, du sollst ihm kein Geld mehr geben. Einfach so.«

»Worauf willst du hinaus?«

»Ich will darauf hinaus, daß du übermorgen nicht allein sein wirst, weil Pietro ebenfalls da sein wird. Hab ich recht?«

»Nun ... so direkt hat er das nicht ... «

138

»Vergiß es. Du lügst immer noch. Mir ist klar, was ihr vorhabt, und auch, daß ihr's mir nicht erzählen wollt. Ihr wollt das nach alter Männersitte regeln.«

»Wir wollten dich nicht beunruhigen.«

»Ihr wolltet mich nicht beunruhigen? Du Idiot! Du machst dir offenbar keine Vorstellung davon, wie sehr man jemanden damit beunruhigen kann, wenn man ständig versucht, ihn nicht zu beunruhigen. Jetzt erzähl mir verdammt noch mal, was ihr vorhabt!«

»Nichts besonderes, wir ...«

»Franco! Ich warne dich!«

»Also gut! Ich soll da sein wie vereinbart, Pietro versteckt sich hinter der Theke, und wenn der Scheißkerl reinkommt, bezieht er die Prügel seines Lebens. Pietro meint, danach werden wir wahrscheinlich Ruhe vor ihm haben.«

»Meint Pietro?«

»Ja. Und das ist die Wahrheit.«

»Na, ich weiß nicht.«

»Das haut schon hin, Alice. Wenn der Kerl ein Einzelgänger ist, wird er nicht mehr wiederkommen.«

»Seltsame Logik.«

»Wieso? Er wird Angst bekommen.«

»Wir werden sehen.«

»Alice, das klappt schon. Mach dir keine Sorgen.«

»Ich mach mir aber Sorgen mit euch Kerlen! Sehr überzeugt klingst du im übrigen nicht.«

»Klappt schon.«

»Ich weiß nicht, ich weiß nicht. Ich hab das dumme Gefühl, daß überhaupt nichts klappen wird. Ich wär lieber dabei, wenn er kommt.«

»Was, bist du verrückt? Auf keinen Fall!«

»Aber ...«

»Auf keinen Fall!!! Hörst du, Alice? Auf keinen Fall!«

≈≈≈

»Was ist bitteschön Bistecca Mafia?«

»Rumpsteak, wie man's kennt. Aber die Sauce ist was besonderes, scharf wie die Mafia.«

»Hm. Bißchen teuer. Ich nehm doch lieber die Scallopine in Weißwein.«

»Meinetwegen.«

≈≈≈

»Du hattest recht. Das Bistecca ist zu teuer.«

»Alles ist hier mittlerweile zu teuer. Aber das wird sich ändern. Morgen abend knöpfen wir uns das Arschloch vor.«

»Ja, wir polieren ihm die Fresse.«

»Der kommt nicht wieder.«

»Hoffen wir's. Äh ... Pietro?«

»Hm?«

»Hätten wir nicht vielleicht doch Don Luca um Hilfe bitten sollen.«

»Wir werden schon allein mit dem Burschen fertig.«

»Und wenn nicht? Ich meine, du hast gesagt, wir stehen gewissermaßen unter Don Lucas Schutz.«

»Ich habe gesagt, er läßt uns in Ruhe. Das ist nicht ganz das gleiche wie beschützen.«

»Augenblick mal, das stimmt nicht! Du hast wortwörtlich gesagt, wir stünden unter seinem Schutz.«

»Ja. Nein. Mag sein, daß ich das gesagt habe.«

»Alice meint nämlich auch, wir sollten ihn fragen.«

»Ich hab meine Gründe, es nicht zu tun. Wo ist sie übrigens?«

»Wer?«

»Alice.«

»Paar Sachen einkaufen. Klamotten. Sie wollte am Spätnachmittag wieder da sein.«

»Du solltest sie vielleicht nicht allein ... na egal. Im Augenblick geht der Kerl davon aus, daß er sein Geld bekommt, da wird er keine Dummheiten machen. Und nach dem morgigen Abend erst recht nicht mehr. Da wird er die Hosen so gestrichen voll haben, daß ... «

»Was macht dich eigentlich so sicher?«

»Wie? Was soll das jetzt wieder? Ich dachte, es wäre alles klar.«

»Ja, klar ist alles klar. Aber was macht dich so sicher, daß er sich nicht irgendwie rächen will. Ich meine, wenn mir einer dermaßen was aufs Maul geben würde, würde ich schon versuchen, mich zu revanchieren.«

»Wird er aber nicht. Wir drehen den Spieß nämlich rum und sagen ihm, daß ihn bei der Mafia kein Aas kennt. Und daß er ein toter Mann ist, wenn er sich mit dem Paten anlegt, der übrigens unser Freund ist, und so weiter und so fort.«

»Und darauf fällt der rein?«

»Wieso? Ist doch nicht mal gelogen.«

»Pietro, tut mir leid, aber die Diskussion dreht sich im Kreis. Wenn Don Luca unser Freund ist, frage ich dich ein weiteres Mal, warum du ihn nicht einfach bittest, uns zu helfen?«

»Jetzt reicht's mir aber! Ich hab dir gesagt, wir kriegen das allein hin. Ich habe Gründe!«

»Was für Gründe?«

»Du kennst Don Luca nicht, darum ... «

»Also ist er doch nicht unser Freund!«

»Was ist? Vertraust du mir nicht? Du vertraust mir nicht.«

»Natürlich vertr... Herrgott, Pietro, du bist mein geliebter Bruder, wem soll ich denn vertrauen, wenn nicht dir.«

»Dann laß mich machen.«

»Gut, schon gut. Ich laß dich machen.«

»Er bekommt Prügel und eine Drohung mit auf den Weg, daß er sich nicht mehr traut, vors Loch zu gehen.«

»Gut, gut, gut!«

»Und er muß die Kohle wieder rausrücken. Klar?«

»Klar .... allerdings ... «

»Was noch?«

»Wenn wir nun einfach die Polizei ... «

»Die Polizei, scheiße! Die Polizei kann nichts machen. Die Polizei macht erst was, wenn einer tot ist. Denk doch mal nach! Es gibt keinen Beweis, daß er uns erpreßt hat. Die müßten ihn laufen lassen, und wir könnten ihm nicht mal die Fresse polieren. Nur, Brüderchen, dann ... Dann haben wir ihn richtig am Hals. Dann hat er nämlich keine Angst mehr, sondern bloße Wut.«

»Okay, begriffen. Wenn du es sagst.«

»Das sage ich.«

»Wir machen's also wie besprochen.«

141

»Das will ich meinen!«

»Gut.«

»Hm. Sag mal, Brüderchen . . . Du hast Alice doch nichts von unserem kleinen Plan erzählt, oder?«

»Nein, nein!«

»Sie weiß wirklich nichts? Ahnt nichts?«

»Um Himmels willen, nein! Sie denkt, der Typ ruft in den nächsten Tagen an.«

»Sorg dafür, daß sie sich raushält!«

»Tut sie ja.«

»Versprich's mir!«

»Pietro, sie hält sich raus. Bestimmt. Du siehst ja, sie geht Kleider kaufen. Da kommt sie auf andere Gedanken.«

»Na schön. Dann kann ja nichts mehr schiefgehen.«

»Wird auch nicht.«

»Na schön. Na schön.«

≈≈≈

»Sie wünschen?«

»Ich . . . ich würde gerne Don Luca sprechen.«

»Hatten Sie einen Termin?«

»Nein. Er wohnt doch hier?«

»Ja.«

»Kann ich ihn sprechen?«

»Tut mir leid.«

»Ich muß ihn aber sprechen. Sofort!«

»Don Luca kann man nicht sofort sprechen.«

»Es ist dringend.«

»Alles ist immer dringend. Reden Sie mit mir. Ich bin Don Lucas Sekretär.«

»Das ist sehr freundlich von Ihnen, aber ich würde ihn doch lieber selber sprechen.«

»Wie gesagt, bedaure. Don Luca ist ein außerordentlich beschäftigter Mann.«

»Dann sagen Sie ihm bitte, Alice Salvatore bittet ihn um ein paar Minuten seiner kostbaren Zeit.«

»Don Luca kennt Sie?«

»Wohl kaum. Aber Don Luca kennt Carlo Piselli. Sagen Sie ihm, er möge sich freundlichst daran erinnern, wer damals seiner Schwester beigestanden hat. Und sagen Sie's ihm bitte jetzt!«

»Hm.«

»Oder ist er nicht zu Hause?«

»Doch, aber ...«

»Gehen Sie zu ihm. Bitte!«

»Also gut, Sie sind ja sonst nicht loszuwerden. Warten Sie hier.«

»Danke.«

. . . .
. . . .
. . . .
. . . .

»Und? Kann ich ihn sprechen?«

»Don Luca läßt fragen, ob Sie einen Pietro Salvatore kennen?«

»Pietro ist mein Schwager.«

»In Ordnung. Wenn Sie mir folgen wollen ...«

≈≈≈

»Heute abend machen wir ihn fertig, Franco.«

»Allerdings! Bist du in Form?«

»Könnte nicht besser sein! Wenn ich mir vorstelle, wie ich auf ihm sitze und seinen Arm um dreihundertsechzig Grad drehe ...«

»Wie hast du dir das überhaupt im einzelnen gedacht? Ich meine, sollen wir beide auf ihn los, oder willst du erst mal ... ähm ... allein ...?«

»Wie, allein?«

»Also, ich dachte, daß du ihn dir erst mal greifst, und dann ... mal sehen.«

»Mal sehen???«

»Mal sehen.«

»Hast du sie noch alle, Brüderchen?«

»Okay, okay. Ich woll's nur wissen.«

»Du packst mit an!!!«

»Reg dich nicht auf. Ich wollt's nur wissen.«

≈≈≈

»Pietro, sag mal ... «

»Mhm?«

»Ist heute Vollmond?«

»Wieso?«

»Weil ich mich fühle wie bei Vollmond.«

»Ich glaube eher, du fühlst dich wie einer, der die Hosen voll hat. Was sagt die Uhr?«

»Zehn vor zwei«

»Daß man sich wegen diesem Arsch die Nacht um die Ohren hauen muß! Ich werde ihm seinen verdammten Arm nicht rumdrehen, sondern ausreißen.«

»Augenblick. Wir haben gesagt, verprügeln!«

»Jaaa ... «

»Nicht ernsthaft verletzen. So haben wir das vereinbart.«

»Himmel Herrgott noch mal, Franco, du bist ein altes Weib. Was nützen Prügel, wenn sie nicht wehtun?«

»Wehtun dürfen sie. Ich will nur nicht, daß wir am Ende Ärger kriegen, weil du den Typ in deiner großen Wut zu Matsche haust.«

»Ich hau ihn nicht zu Matsche. Ich hau ihn so, daß er sich lebhaft ausmalen kann, wie es ist, wenn ich ihn wirklich zu Matsche haue.«

»Stell dir vor, du schlägst ihn tot!«

»Mann, Franco! Bin ich ein Killer? Niemand redet von Totschlagen!«

»Versehentlich, meine ich.«

»Auch nicht versehentlich. Das fehlte noch, daß hier seine blöde Leiche rumliegt.«

»Gut. Dann bin ich beruhigt.«

»Du hast keinen Grund, beruhigt zu sein. Er wird in wenigen Minuten hier sein. Ich verschwinde hinter die Bar.«

»Pietro?«

»Was?«

»Irgendwie darf das alles nicht wahr sein!«

»Es könnte schlimmer kommen. Wenigstens haben wir es bis

144

jetzt geschafft, Alice aus der Sache rauszuhalten. Deine Frau neigt dazu, sich einzumischen … Macht mich unruhig … Hand aufs Herz, du hast ihr wirklich nichts gesagt?«

»Zum hundertsten Male, nein! Ich hab ihr natürlich die Geschichte von Carlo Piselli und Don Lucas Schwester erzählt, das war ja wohl in Ordnung.«

»Das meine ich nicht.«

»Von heute abend weiß sie nichts. Gar nichts.«

»Na gut.«

»Mach dich jetzt unsichtbar. Er kann jeden Moment hier aufkreuzen.«

»Bin schon weg.«

»Da, wenn man vom Teufel spricht! Er überquert gerade die Straße. Ja, das ist er. Er kommt rüber.«

»Dann hör auf zu quatschen. Er wird kaum annehmen, daß du dich mit dem Ficus benjamini unterhältst.«

»Madonna! Pietro! Bete, daß alles klappt.«

»Erst schlag ich zu. Dann bete ich.«

»Auch gut.«

≈≈≈

»Mmmhallo?«

»Salvatore hier.«

»Wer? Ich kann Sie nicht verstehen. Reden Sie lauter.«

»Salvatore. Alice Salvatore. Lauter trau ich mich nicht. Ach Gott, Don Luca, entschuldigen Sie die späte Störung, aber … «

»Hier ist nicht Don Luca. Uääähhhhh! Ich bin Don Lucas Sekretär.«

»Ach ja, Entschuldigung. Hab Ihre Stimme nicht sofort erkannt. Am Telefon klingt immer alles so anders.«

»Augenblick mal! Salvatore? Sind sie nicht die Frau, die gestern da war?«

»Ja, Alice Salvatore. Kann ich Don Luca sprechen.«

»Na, Sie haben vielleicht Nerven! Wissen Sie, wie spät es ist? Zwei Uhr morgens! Mitten in der Nacht wollen Sie Don Luca sprechen?«

»Aber es ist dringend!«

145

»Du lieber Gott. Immer ist alles dringend. Was glauben Sie, warum Menschen wie Don Luca in einem personalgeführten Haushalt wohnen, in dem sogar der Sekretär ein Bett hat?«

»Ich ... ich weiß nicht.«

»Aber ich. Damit ihn Menschen wie Sie nicht aus dem Schlaf reißen, darum! Na gut. Was kann ich also für Sie tun?«

»Geben Sie mir Don Luca. Bitte!«

»Warum muß das jetzt sein?«

»Weil ich aus dem Hinterzimmer unseres Restaurants anrufe und mir vor Angst fast in die Hose mache. Weil vorne mein Schwager und mein Mann auf einen Erpresser warten, der jede Sekunde kommen kann oder vielleicht schon da ist. Weil die Unwissenheit mich fertigmacht! Weil ...«

»Dann gehen Sie doch ins Restaurant und gucken Sie nach.«

»Aber ich dürfte gar nicht hier sein, die denken doch alle, ich bin zu Hause. Meinetwegen geht noch alles schief, wenn ich jetzt da reinplatze, verstehen Sie denn nicht?«

»Nein.«

»Aber Don Luca hat versprochen, uns zu helfen! Bitte! Ich will doch nur wissen, ob er schon was unternommen hat. Ich hab so Angst, daß was passiert.«

»Wenn Don Luca was versprochen hat, dann hält er's auch.«

»Können Sie ihn nicht fragen? Bitte!!!«

»Sie machen mich fertig. Gut, ich werde ihn fragen.«

»Jetzt?«

»Ja, jetzt! Du meine Güte. Bleiben Sie dran.«

»Danke. Oh, danke, und sagen Sie ihm, es täte mir leid, ich werde ihn auch nie mehr wecken, ganz bestimmt nicht, ich ... warte dann ...«

....
....
....
....

»Hören Sie?«

»Ja! Ja, ich höre.«

»Don Luca sagt, Sie sollen ins Bett gehen und sich keine Sorgen machen. Man kümmert sich um Ihr Problem.«

»Aber wann?«

»Ich schätze, etwa jetzt.«

»Jetzt?«

»Ja. Jetzt.«

»Warten Sie, ich verstehe noch nicht ganz. Können Sie ihn bitte noch mal fragen ... Iiiiiiiihhhhhhhhhhhh!!!«

»Hallo? Hallo! Sind Sie noch dran? Was ist los?«

»Ein Schuß!!! Da war ein Schuß!!! Vorne im Restaurant!!!«

»Ich sagte ja ... «

»Ich muß nachsehen!! Oh Gott, oh .... «

»Hallo? .... Hallo? .... Sind Sie noch dran? Ich sagte doch, man kümmert sich um Ihr Problem. Hallo? Ach, was soll's.«

≈≈≈

»Franco! Pietro! Oh Gott, ihr lebt!«

»Alice!«

»Alice? Zum Donnerwetter, was machst du hier? Franco, du verdammter Idiot! Du hast gesagt ... «

»Franco, was ist passiert? Ich hab den Schuß gehört und dachte ... «

»Es ist alles in Ordnung, Liebling, alles in Ordnung.«

»Nichts ist in Ordnung, ihr zwei Schafsnasen.«

»Pietro, ich ... «

»Nichts! Da, Frau Salvatore, guck mal, Guck da rüber, da siehst du, was in Ordnung ist!«

»Iiih! Da liegt einer!«

»Liebling ... «

»Halt's Maul, Franco, du dümmster aller Brüder! Scheiße, verdammte!«

»W... wer ... ?«

»Wer? Na, wer schon?«

»... ist das ... der ... Erpresser?«

»Schatz, sieh nicht hin.«

»Doch, liebste Schwägerin, sieh hin! Sieh ruhig hin.«

»Ich kann das aber nicht sehen, ich ... «

»Scheiße!!!Was machst du hier überhaupt, zum Teufel?«

147

»Pietro, schrei sie nicht an! Hörst du? Schrei meine Frau nicht an!«

»So? Dann erklär du mir, was sie hier macht!!! Und warum der Kerl da tot ist! Und was gerade passiert ist, ich hab's nämlich nicht begriffen!«

»Ich ... ich hab Alice alles erzählt.«

»Du hast *was*?«

»Ich hab ihr alles erzählt, verflucht noch mal!«

»Du kannst nicht bei Trost sein! Wir hatten vereinbart, daß du die Schnauze hältst.«

»Was sollte ich denn machen?«

»Was sollte ich denn machen? Was sollte ich denn machen? Bist du ein intelligenter Mensch oder ein Kalb? Muß ich dir immer noch sagen, was du machen sollst? Du hast Alice in Gefahr gebracht mit deiner Schwatzhaftigkeit, kapierst du das denn nicht?«

»Schluß jetzt! Franco, Pietro! Hört auf zu streiten! Ihr macht mich wahnsinnig!!!«

»........«

»........«

»Danke, schon besser. Ich sag euch, warum ich hier bin, aber erst müßt ihr mir sagen, was passiert ist. Können wir uns darauf einigen?«

»Madonna, so ein verdammter Mist, ich ...«

»Pietro, bitte.«

»Schon gut.«

»Franco, sag mir, was passiert ist.«

»Wir haben auf den Kerl gewartet. Ich hab durchs Schaufenster immer die Straße im Auge gehabt, und als ich ihn dann rüberkommen sah, ist Pietro schnell hinter die Theke. Der Kerl kommt also rein, aber bevor ich was sagen kann, zieht er seine Knarre und fuchtelt mir damit unter der Nase rum. Ich wär nicht allein, schreit er mich an. Er muß gesehen haben, wie Pietro hinter die Theke gehuscht ist ...«

»Ja, weil du mir zu spät gesagt hast, daß er kommt, du Hornochse!«

»Selber Hornochse! Hättest ja längst schon dahinter sitzen können!«

»Wie denn? Du hast mich abgelenkt mit deiner blöden Quatscherei!«

»Na und? War das überhaupt mein Plan? Kann ich was dafür, wenn du deinen eigenen Plan nicht auf die Reihe kriegst?«

»Ach, ich bin plötzlich alles schuld?«

»Das hab ich nicht gesagt, ich habe nur gesagt ... «

»Das hast du wohl gesagt!«

»Hab ich nicht, du ... «

»Aufhören!!! Hört auf!«

»Okay, okay.«

»Na gut. Er hat dich also mit der Waffe bedroht. Was war dann?«

»Dann? Oh, Alice, es ging alles viel zu schnell, ich weiß gar nicht mehr ... «

»Aber ich. Wollte meinem kleinen Bruder ja zur Hilfe kommen. Wie ich nun höre, daß der Kerl Bescheid weiß, hält mich nichts mehr hinter der Theke, und ich ... «

»Will sagen, Pietro hat sich langsam aufgerichtet.«

»Was? Ich bin hochgeschossen wie von der Natter gebissen!«

»Jaja. Jedenfalls, im selben Moment geht hinter dem Kerl die Tür auf ... «

»... und es kommt noch einer rein, so ein kleiner, schmächtiger Bursche in einem eleganten Anzug, und sagt freundlich guten Abend ... «

»... und wie der Erpresser rumwirbelt, hält der Kleine plötzlich eine riesige Kanone in der Hand ... «

»... und schießt ihn über den Haufen. Einfach so.«

»Oh Gott.«

»Franco hat recht, Alice. Guck ihn dir besser nicht so genau an. Sein ... ähm ... Gesicht ... «

»Was ist damit?«

»Es ist weg.«

»Jesus! Ich glaube, mir wird schlecht.«

»Bring deiner Frau einen Grappa, Franco. Und mir auch gleich einen. Du lieber Himmel! Weißt du, alles hat sich in Sekunden abgespielt. Keine Ahnung, was das für ein Ding war, mit dem der Kleine geschossen hat, aber es reichte, daß dieses arme Arschloch

da quer durchs Lokal flog. Dann war er wieder weg. Ebensoschnell verschwunden wie aufgetaucht. Ich habe absolut keinen
Schimmer, was da eigentlich passiert ist.«

»Hier. Der Grappa.«

»Danke.«

»Danke.«

»Ob einer den Schuß gehört hat?«

»Sieht nicht so aus. Wahrscheinlich wär schon einer gucken
gekommen.«

»Jungs, hört mal ... «

»Mhm?«

»Ich ... ich weiß nicht, wie ich es sagen soll ... Ihr werdet
schrecklich sauer auf mich sein ... «

»Ist schon gut, Alice. Tut mir leid, wenn ich ausgerastet bin.
Ich hatte Franco eingeschärft, dir nichts von unserem Plan zu
sagen, weil ich nicht wollte, daß dir was passiert. Ich wollte überhaupt nicht, daß irgendeinem was passiert. Der Kerl sollte Dre-
sche beziehen und basta. Aber okay – ist sowieso alles ganz anders
gekommen, als ich dachte. Kann auch Franco nichts dafür. Weiß
der Teufel, was der Kleine mit dem Typ zu schaffen hatte.«

»Nun ja ... also, darüber wollte ich mit euch reden ... «

»Ist auch nicht so wichtig. Wir haben eine Leiche am Hals, und
die hat kein Gesicht mehr. Das der Polizei zu erklären, das macht
mir wirklich Kopfzerbrechen.«

»Und wenn ich nun wüßte ... ich meine, wenn ich es gewesen
wäre, die ... ach, zum Teufel! Hätte ich denn ahnen können, daß
er gleich einen Killer schickt?!«

».............. Augenblick mal. Wovon redest du eigentlich?«

»Von Don Luca. Ich war bei ihm.«

».......... «

»Ich bin hingegangen und habe ihn um Hilfe gebeten.«

»Was – hast – du – getan?«

»Ich habe ihn gebeten, uns zu helfen! Er war sehr freundlich
und sagte, natürlich stünden wir unter seinem Schutz, schließlich
hätte Maurizio seiner Schwester das Leben gerettet, und jeder aus
Maurizios Familie hätte bei ihm tausend Wünsche frei. Und Carlo

Piselli hätte damals sehr darum gebeten, uns in Frieden zu lassen, woraufhin ...«

»Das weiß ich alles, verdammt!!! Erzähl mir was, was ich noch nicht weiß!«

»Pietro, schrei meine Frau nicht ...«

»Doch, ich schreie deine Frau an!! Ich schreie deine Frau an und dich und überhaupt jeden, der blöde genug ist, sich mit Don Luca einzulassen! Scheiße, warum hört nie einer auf mich? Ich hab gesagt, ich will Don Luca nicht um Hilfe bitte, wenn es sich irgendwie vermeiden läßt. Aber du mußtest unbedingt schlauer sein.«

»Ich hab's doch nur gut gemeint ...«

»Ja, toll! Oh, sicher, Don Luca ist ein Ehrenmann. Ein Musterbeispiel der ehrenwerten Gesellschaft. Mir war schon klar, daß er uns helfen würde. Don Luca hat versprochen, daß wir unter seinem Schutz stehen, und dann ist das so. Deswegen hatte ich keine Angst, ihn zu fragen.«

»Warum dann?«

»Weil ich wußte, daß diese Sauerei passieren würde! Weil ich Don Luca kenne. Da gibt's kein Verhandeln und kein Einschüchtern, nichts! Wenn du Don Luca um Hilfe bittest, schickt er einen Killer. Es gibt immer einen, der Don Lucas Hilfe nicht überlebt. Ich wußte, wenn ich zu ihm gehe, wird so ein kleiner Mann kommen. Irgendeiner, der auf der Durchreise ist, ohne Identität und festen Wohnsitz, wird eine Knarre mitbringen oder ein Stilett und dein Problem lösen. Das wollte ich aber nicht, verdammt! Alles, nur keines von Don Lucas Blitzkommandos, die regelmäßig Leichen hinterlassen und hinterher nicht saubermachen. Für Don Luca ist der Fall erledigt, Don Luca hat geholfen! Was unser Problem betrifft, das hat sich nur verlagert. Es liegt tot rum und blutet uns den Teppich voll.«

»W... wir haben Parkett ...«

»Willst du dir eine abholen, Franco? Vielleicht erzählst du mir als nächstes, daß Alice ein Eimerchen Lauge holen und den Typ wegwischen wird.«

»Pietro, es tut mir leid, daß ich zu Don Luca gegangen bin. Aber es ist nun mal passiert. Ich kann's nicht rückgängig machen.«

»Nein.«

»Ach, Liebling ... «

»Aber ich hätte vielleicht eine Idee, wie ich es wieder gutmachen kann.«

»Dann raus damit. Ideen sind immer willkommen.«

»Ich meine, wir haben in letzter Zeit viel Geld verloren, ja? Trotzdem müssen wir die Preise wieder runtersetzen, da hat Franco einfach übertrieben.«

»Weil ich keinen anderen Ausweg wußte.«

»Es macht dir keiner einen Vorwurf. Ich will damit nur sagen, daß wir sparen müssen. Und ... also, es gäbe da was, da könnten wir sparen ... hinsichtlich der Einkaufspreise ... und zugleich unser Problem lösen. Versteht ihr?«

»Nein.«

»Nein!«

»Für eine kurze Weile zumindest würden wir eine ganz manierliche Gewinnspanne erzielen.«

»Was hat das mit unserem Problem zu tun? Wir haben eine Leiche am Hals, Alice, das ist unser Problem!«

»Ja. Ich weiß. Das meine ich ja.«

»Worauf willst du eigentlich hinaus?«

»Ich ... Pietro, gieß uns noch einen ein. Ich sag's euch. Danach erklärt ihr mich entweder für verrückt ... oder ... «

»Schatz, du solltest dich ausruhen. Pietro und ich werden uns was überlegen und ... «

»Nein, laß sie.«

»Wie?«

»Laß Alice reden. Ich glaube, ich kenne die Idee.«

»Aber das können wir doch ... «

»Schweig. Du hast schon genug verbockt. Ich bin der Ältere. Ich bestimme, wer redet, und jetzt redet Alice. Im übrigen – ich bin der Koch.«

»Du bist der Koch.«

»Genau, ich bin der Koch. Und der Koch kocht. Stimmt's, Alice?«

»Ja, Pietro. Stimmt.«

≈≈≈

»Was ist denn Bistecca Mafia?«

»Unsere Spezialität, Signore. Warten Sie, ist noch der alte Preis, das kostet fünf Mark weniger ... vergessen, zu ändern ... so! Prego.«

»Grazie. Und was verbirgt sich hinter dem abenteuerlichen Namen?«

»Ahhh, halb so wild, Signore! Ist eine ganz normale Sauce mit Tomaten, Zwiebeln, Kapern, Peperoni und Sardellen. Scharf wie die Mafia! Aber das Fleisch ... «

»Ja?«

»Nun, das Fleisch ... das ist was ganz Besonderes ... «

Kricks Bilder

Daß diese Bilder so real sind! So viel echter als jedes Foto! Guter Gott!

In einem pfeffrigen Keller noch hinter dem Hinterland des Bahnhofs stößt Simone Rautenbach auf Krick, den Maler. Wie ein wildwachsender Pilz klebt er in einer Ecke seines feuchtwarmen Areals, ein bleicher Subterraner mit einer Vorliebe für mondüberspülte Stadtansichten, und schweigt sie an. Sofort findet sie ihn widerlich. Sofort findet sie ihn toll.

In diesem Keller lebt ein eigenes Köln. Das Köln des Sebastian Krick. Krick, der Umjubelte. Krick, der Gepriesene. Krick, der Unbezahlbare. Krick, der jetzt, da Rautenbach sich unter dem Vorwand journalistischer Absichten hereingemogelt hat, an einem Bier saugt und einem billigen Radio ohne Bässe gestattet, sein Oevre mit Punk zu besudeln.

Sie wandert die Fluchten entlang und versucht, das Geschepper aus ihrem inneren Soundtrack rauszuhalten. Die Bilder scheinen ihr lebendiger als das Leben selbst. Sie geben Wärme ab, glühen. Jedes einzelne ist ein Konzentrat aus Leben. Wie kann der Mann so malen, dieses weiße, unrasierte Gespenst mit den wässrigen Augen und einem ganz offensichtlichen Alkoholproblem?!

Da, der Neumarkt. Wie schrecklich banal! Und doch, daß man taumeln möchte! Will haben wollen, will besitzen, muß! Um jeden Preis! Es könnte Hundescheiße sein, ein gottverdammter Dreck, ein Nichts bedeuten, und doch alles, wenn nur von Krick gemalt.

Aber Krick verkauft so gut wie nie. Wenn, dann schweineteuer.

Rautenbach versucht, in die Realität zurückzufinden. Der Punk sägt an ihr. Sie hat einen Augenblick vergessen, daß sie Kunst als Geschäft betreibt. Sie vergißt es sofort wieder. Den Neumarkt will sie für sich. Ihren Krick. Mit niemandem teilen. Darin leben. Ganz gleich, was der versoffene Grottenolm dafür verlangen mag!

Krick rülpst und gesellt sich an ihre Seite. Ob sie ein Bier will? Was sie schreiben will?

Sie will das Bild.

Krick guckt seine Flasche an und läßt Schweiß an sich herunterlaufen. Seine Pupillen scheinen fortzuschwimmen. Dann schüttelt er langsam den Kopf.

Sie versteht nicht. Der Neumarkt, Mann! Wie teuer?

Krick lächelt und gewinnt mit einemmal an Größe. Die Pupillen fangen sich. Zwei schwarze Öltupfen sehen sie an und bedeuten ihr zu gehen. Überflüssig, sagen die öligen Augen. Du bist eine Galeristin, sagen sie. Durchschaut, sagen sie. Deinesgleichen soll mich für alle Zeiten kreuzweise am Arsch lecken. Bevor ich mit Galeristen Geschäfte mache, sprenge ich mich lieber in die Luft, und dann ist alles weg.

So was hat er schon mal ausgespien, der Hurensohn, bei Biolek, wo er breit dasaß und über Paralleluniversen schwadronierte, immer auf und zu das breite Maul, ein philosophierender Frosch, so ist er ihr vorgekommen. Und andererseits wie ein gestürzter Gott, dessen Kraft die wirkliche Welt nicht mehr bewegen kann, die aber reicht, um eine Kopie zu schaffen, die das Vorbild auf irritierende Weise überstrahlt. Hat gedroht, daß er keinem Galeristen je gestatten wird, Krick auszustellen. Nicht, weil er Galeristen haßt. Auch nicht, daß er sie liebt.

Er mag sie einfach nicht.

Bioleks Frage nach dem Grund zieht eine verschlungene Spur. Krick schweigt und verkündet endlich, die Galerie sei die Gruft der Inspiration. Hängen schwer im Fernsehstudio, die Worte. Jemand klatscht. Dann klatschen alle. Biolek räuspert sich und weiß, daß Krick weiß, daß Biolek weiß, und es war eine gelungene Sendung.

Man sollte ihn ignorieren, diesen Krick!

Aber so echt, so lebendig! Niemand hat je so gemalt! Rautenbachs Absätze schlagen Protest. Sie will das Bild. Sie sagt ihm, daß sie es auch ganz bestimmt nicht in die Galerie hängen wird, nur für sich will sie es haben, aber dann schnüren ihr Kricks zusam-

155

mengezogene Pupillen die Luft ab, und sie läßt sich verdattert von ihm rauswerfen auf die schwarze, kalte, unwirkliche Straße.

Nach einer Weile und etlichen Regentropfen wird die Straße wirklicher, und Rautenbachs Hirnkasten findet zu gewohnt präziser Denkart zurück. Da hängt ein Bild in einer Rohputzhöhle, das sie haben will. Will! Und wenn sie sich dran sattgesehen hat, dann wird sie es verkaufen. Wenn sie will! Für eine aberwitzige Summe wird sie es verscheuern oder aber verschenken, oder behalten oder auf die Straße werfen, nur um ihren Willen geht es, und daß sie ihn bekommt! Will will will fußaufstampfen, macht's! Schaut sich um, keiner gesehen. Noch mal!

Weitergehen, dahin, wo der regennasse Asphalt wieder beginnt, Lichter zu spiegeln. Auto.

Fahren. Grübeln.

Zu Hause vergeht sich Rautenbach an einer Flasche Caol Ila, und der Whiskey trägt sie auf salzigen Wogen fort ins Eventuelle. Es bedarf dreier Gläser, um heimisch zu werden dort, wo jeder Gedanke ein Recht auf Gedachtwerden hat, und als sie zurückkehrt von ihrem Höllenritt, hat sich ihr ein Plan angeschlossen, und dieser Gefährte ist ein Dieb.

Rautenbach läßt die Stille ihrer zweihundertzwanzig Quadratmeter Penthouse auf sich wirken und schiebt den Gedanken hin und her. Den Keller kann man knacken. In dem schimmeligen Loch gibt es mit Sicherheit keine Alarmanlage, und wenn Krick seinem Ruf gerecht wird, liegt er spätestens nach Mitternacht in kleisterigem Suff. Da kann er keinen Dieb von einer Flasche Fusel unterscheiden. Besser natürlich, er wäre gar nicht da. Träfe sich mit Schult zur Breitmaulakrobatik oder mit Penck zu gemeinsamem Grinsen.

Aber selber da runtersteigen, wo alles verklebt ist von Kricks Präsenz? Simone Rautenbach, eine angesehene Galeristin? Unmöglich. Dafür gibt es Leute.

Sie schläft ein auf der Weide ihres Wohnzimmerdiwans, ein böses Lamm, und läßt drei Tage vergehen, bevor sie sich endlich dazu entschließen kann, jemanden anzurufen, der jemanden kennt.

Für das Treffen hält Marios Trattoria in der Lütticher Straße

156

her. Der zu Kennende ist ein Rattengesicht mit Wiener Akzent und will zwei Riesen für den Job. Sie möchte ihm den Barbaresco am liebsten aus der Hand schlagen, der auf ihre Kosten seinen Adamsapfel in Bewegung hält, so fürchterlich ist ihr die Tatsache seiner Bekanntschaft, aber statt dessen hört sie sich Worte der Zustimmung sagen, ruhig wie ein wasserner Spiegel, und ihr schöner, kultivierter Kopf vermeidet zum Zeichen des Einverständnisses jegliches mißbilligende Schütteln.

Rattengesicht hält nicht viel von Warten. Ihm doch egal, ob Krick zu Hause ist. Und wenn! Und wenn dreimal zu Hause und wach wie der verdammte Hahn am Morgen! Das Bild ist so gut wie geklaut, Madame, Schmiergrinsen kostenlos dazu, aber der erste Tausender möge dem Schöngeist bitt'schön eine Ouvertüre sein, der zweite dann nach Lieferung, die allerdings schon morgen in der Früh.

Rautenbach schiebt ihm das Geld rüber. Sie vereinbaren, daß Rattengesicht um acht vor der Galerie sein wird, wenn die Straßen noch leer sind. Sie beschreibt ihm das Bild so gut sie kann und merkt, wie ihre Worte am Relief der Pinselstriche abgleiten. Aber der Neumarkt ist der Neumarkt bleibt der Neumarkt. Rattengesicht soll keine Expertise verfassen, er soll das Ding von der Wand nehmen.

Die Nacht über liegt sie wach, während Schatten die Zimmerdecke entlangwandern, der alte Schlafzimmerschrank zu einem Ungeheuer wird und sich die Matratze in ein Ameisennest verwandelt.

Um sieben hält sie es nicht mehr aus. Durch das Blau der Morgendämmerung lenkt sie den 911er zur Galerie, parkt und wartet im Wagen.

Um acht ist niemand zu sehen.

Um viertel nach acht wird sie ärgerlich und nimmt sich vor, dem Arsch die Meinung zu sagen.

Um viertel vor neun steigt sie aus und schließt auf. Ihr Herz drängt zwischen den Rippen nach draußen.

Um zehn öffnet sie, schweißnaß.

Der Tag schleicht sich davon. Zwölf Stunden später sitzt sie in ihrem Reich über den Dächern und überlegt, was schiefgegangen

157

ist. Der, den sie kennt, hat von dem, den er kennt, auch nichts gehört. Rattengesicht ist verschwunden. Womöglich abgehauen mit dem Tausender, wie man das eigentlich wissen müßte aus jedem Fernsehkrimi, wenn man denn mal welche gucken würde.

Das Gefühl, verarscht worden zu sein, läßt Rautenbachs Wut auf Krick ins Maßlose wachsen. Den ganzen Abend über brutzelt sie in ihrem Zorn. Krick hat sie beleidigt. Krick hat nein gesagt. Er war rauh zu ihr, ihr Ego hat sich an ihm wundgescheuert. Wie unanständig von ihm! Was erwartet denn der Mann? Soll sie angekrochen kommen und winseln, damit er Flaschen nach ihr schmeißen und sie ein weiteres Mal rausjagen kann in die Namenlosigkeit, wo alle Köter an dieselben Bäume pinkeln? Diese ... Kreatur!

Dann schlägt ihr Zorn um in Kälte. Die Kälte geprägten Silbers. Pah! Jeder hat seinen Preis. Auch Krick. Irgendeine Summe wird es geben, eine hübsche tintenblaue Anordnung von Nullen mit einer Zahl davor, auf die der Bastard gewartet hat. Muß! Wenn er dann immer noch nein sagt, wird sie seiner monströsen Überheblichkeit ein Salieri sein. Hat Einfluß, Rautenbach, viel Macht! Aber besser das Bild. Sie will es, und sie weiß auch, daß sie es bekommen wird. Bild oder Blut. So oder so.

Ausgestattet mit den Insignien des Seelenkaufs, schwer von Entschlossenheit und Single Malt, fährt sie ein weiteres Mal in den Schlund des Bahnhofsviertels, wo die Stadt ihren schlechten Atem durch die Straßen wehen läßt, schellt Sturm und dringt, als niemand öffnet, ein wie Gift. Die schwere Eisentür zum Keller war nur angelehnt, typisch Krick! – wie arrogant in einer Welt der Schlösser und Alarmanlagen! Von unten hämmert ihr der Punk entgegen. Düster der Abstieg. Sie betritt das Atelier, wirft einen Blick in die Seitenhöhle, aus der das Radio dröhnt, und sieht Krick besudelt daliegen auf seiner scheckigen Matratze, Maul röchelweit auf, ganz offensichtlich delirierend. Neben ihm diverse umgestürzte Bierflaschen, Pfützen, Undefinierbares. Rautenbach tänzelt angewidert zu ihm hin, um ihn zu wecken, wachzuschlagen, hier, dein Scheck, du bist gekauft!

Und hält inne.

Wecken, wozu? Warum nicht tun, was Rattengesicht versäumte? Krick wird nichts merken. Wenige Meter rüberschleichen, abhängen, raus, so einfach! Simone Rautenbach, ein Muster guter Erziehung. Scheiß drauf! Nur die Liebe zählt.

Aber als sie vor dem Bild steht, verharren ihre Hände, die Finger gespreizt, ohne daß sie fähig ist, zuzugreifen. Keine plötzlichen Skrupel, nur eher, als habe Krick sein Werk mit einem Schutzschild umgeben, einer Warnung. Etwas Seltsames geschieht. Vor ihren Augen scheinen Menschen und Autos in Bewegung zu geraten, transformieren sich die Farben und Strukturen der Pinselstriche, und einen Moment lang glaubt sich Rautenbach in einem Sog gefangen, stöhnt auf und taumelt atemlos zurück. Eine Kleinigkeit in dem Bild kommt ihr verändert vor, etwas, das vorher nicht da war, eine Gestalt, jemand Bekanntes ...

Dann ist der Spuk vorbei, und ihre Finger krallen sich gierig um den Rahmen. Die Beute an sich gedrückt, wirbelt sie herum, nur raus hier, raus, nur weg!

Vor ihr steht Krick.

Rautenbach ist so verblüfft, daß sie vergißt zu schreien. Sein teigweißes Gesicht ist ihr zugekehrt, die Lider halb geschlossen, die Augäpfel nach oben verdreht, so daß sie nur das Weiße sehen kann. Krick scheint nicht wirklich bei Sinnen zu sein, aber seine massige Präsenz verschließt ihr den Fluchtweg, und hinter ihr eröffnet sich die unbekannte Welt des Kellerlabyrinths, aus dessen Tiefe es kalt heraufzieht.

Zeit versickert.

Rautenbach weiß nicht, wieviel, eine Minute, eine Stunde. Sie hält das Bild umklammert und wartet ab, während Kricks Kopf sich langsam hin und herdreht, als erkunde er sein Umfeld mit einem inneren Radar. Heiß schlägt ihr der Geruch von Alkohol entgegen, und ihre Oberlippe benetzt sich mit Angst. Langsam, tropfenweise.

Aber um nichts, um nichts wird sie das Bild hergeben! Nichts in der Welt!

Krick öffnet die Augen und lächelt.

Er sieht sie einfach an, und Rautenbach findet ihre Bewegungsfähigkeit wieder. Springt los, drängt sich an ihm vorbei, verwachsen mit ihrer Beute, und hastet die Treppe hinauf. Krick macht keine Anstalten, sie zurückzuhalten. Er starrt ihr hinterher, sie spürt seinen Blick zwischen ihren Schulterblättern, schlimmer noch, sein höhnisches Lächeln, das an ihr klebt, so wie Kricks ganze Welt irgendwie klebrig ist, und als sie auf die Straße taumelt, muß sie Galle würgen. Zwischen Bordstein und Fahrbahn verkeilt sich ihr Absatz im Gullydeckel. Sie dreht sich um, sieht, wie die Stahltür langsam aufschwingt, schlüpft aus ihrem Schuh und humpelt zum Wagen, heftig keuchend. Nicht eine Sekunde kommt ihr der Gedanke, das Bild einfach loszulassen. Wie irre tastet sie nach dem Schlüssel, hört ihr angstvolles Wimmern, hinter sich Geräusche, die Schritte sein könnten, Panik, fiebernde Hast! Endlich der Schlüssel Bild auf den Beifahrersitz paßt Himmelseidank reinfallen lassen Zentralverriegelung Anlasser unkontrolliertes Zittern jetzt ja jetzt rumdrehen bitte bitte bitte ...

Das vertraute Dröhnen des Sechszylinders. Ruhig. Unangreifbar.

Etwas klatscht ans Seitenfenster. Rautenbach steigt aufs Gas und rast los. Nicht in den Rückspiegel gucken. Weg!

Dann schreit sie triumphierend auf. Sie hat das Bild. Es ist in ihrem Besitz. Sie besitzt Krick! Ist im Besitz seines Bildes, in seinem Besitz, besessen!

In Besitz genommen.

Der Wagen donnert durch die leeren Straßen Richtung Neumarkt. An der Stadtbibliothek kommt sie ins Schleudern, schießt ins Rund, vorbei an den Silhouetten der Bäume, deren Äste ungewöhnlich kraftvoll in die Nacht gemalt sind, kneift verdutzt die Augen zusammen. Heute hat es nicht geregnet. Warum schert der 911er aus der Spur, und jetzt wieder? Überhaupt, was ist mit der Straße? Dieses Glänzen, das die Fahrbahn überzieht, der Geruch plötzlich, die Angst zu ersticken, was ist das?

Der Neumarkt um sie herum zerfließt, wird heller, flächiger. In heilloser Angst versucht Rautenbach gegenzulenken, während der Porsche wie ein Puck daherschießt, aber ihre Hände rutschen ab, und alles ist plötzlich ölig, schmierig, alles, der Wagen, ihr Kleid, sie selber.

Wie in Sirup wird der Porsche aufgefangen von etwas, das keine Luft mehr ist, kommt zu stehen, und Rautenbach versucht, die Tür zu öffnen. Sie gleitet ab, fährt sich mit beiden Händen durch die Haare, aber es ist, als packe sie in einen Klumpen Schmiere.

Sie versucht zu schreien, und der Schrei gerinnt ihr in der Kehle.

Das letzte, was sie denken kann, ist, daß sie auf dem Bild Rattengesicht gesehen hat, seine arme, kleine, gefangene Gestalt, als sie es von der Wand nahm. Jetzt fällt es ihr ein. Jetzt.

Dann werden auch ihre Gedanken zu Öl.

≈≈≈

Jochen Franz, Sammler und Kunstkritiker, steigt hinab in Kricks Keller und wird freundlich empfangen. Krick ist ausnahmsweise nüchtern.

An den langen, narbigen Gußbetonwänden hängt die Stadt.

Jeden Straßenzug soll Krick inzwischen gemalt haben. Als wolle er Köln vollständig nachbilden. Franz verschlägt es den Atem. Und dann, was danach? Eine andere Stadt? Was kommt nach einem Gesamtwerk, das keine Steigerung mehr zuläßt? Da! Der Neumarkt zum Beispiel, davor bleibt er lange stehen. Das Bild scheint irgendwie frischer als die anderen, noch mehr voller Leben. Es atmet. Und wieder, wie schon so oft und nicht nur er, fragt sich Franz, welchen Pakt Krick wohl geschlossen hat, um so malen zu können.

Pakt. Franz muß grinsen. Krick, der gute alte Saufaus. Aber immerhin, früher hätten die Leute so was geglaubt.

Sein Blick erwandert diesen phänomenalen Neumarkt, bleibt für eine Sekunde an einem Porsche hängen – unfaßbar, als wolle der Wagen gleich losdreschen, geradewegs aus dem Bild raus ins wirkliche Leben – und findet zum nächsten Detail.

Er wird über Krick schreiben. Er wird Superlative gebrauchen. Das sagt er Krick.

Krick lächelt.

Stühle, hochgestellt nach Mitternacht

Mhhmm –

Die Luft! Verteufelt gutes Zeug! Eine schwere Sprache, die ihm da entgegenschlug, rauchsüßer Atem, Schwaden von Geschichten.

Das liebte er. Diesen Menschendunst. Daraus ließ sich was machen.

Es ging gegen zwölf, als der Sammler das Brauhaus betrat, um diese Luft zu trinken und ein letztes, gnadenvolles Kölsch. Vereinzelt saßen noch Gruppen Spätdurstiger im gelblichen Schlauch der Schwemme und erweckten den Eindruck geheimer Vertrauter. Vom stoischen Gleichmut, den Köbessen so eigentümlich wie der Mona Lisa das Lächeln, war nichts geblieben als die zerknitterte Fratze der Müdigkeit. Stundenlang waren sie die endlosen Reihen der Tische entlanggehetzt, als sei das Brauhaus selber eine einzige durstige Kehle, bereit, sie samt ihrer Kränze zu verschlingen. Jetzt würde der letzte Gast ihre eigene ohnmächtige Erschöpfung sein, an deren Ende selten ein Bett und zu oft eine Bar stand, wo man zur Abwechslung ihnen was auf den Deckel gab. Teurer als zwo zwanzig und nicht halb so gut.

Der Sammler leckte sich die Lippen. Schuppig von Trockenheit. Ein Mann eilte herbei, geduckt und bullig, Schweiß auf der Glatze, Dampframmenhände, verharrte am Faß und zapfte nach. Die Gläser in dem leeren Kranz hoben und senkten sich wie Kolben in einem Motor, bis sich das kalte Rad wieder in eine weißgoldene Krone verwandelt hatte.

Gut so! Der Sammler freute sich. Noch weilte Gott unter den Lebenden. Noch gab es was zu trinken.

Zu seinem Bedauern entschwand der Kranz ins Schwarzafrika angrenzender Räumlichkeiten. Er schickte einen sehnsüchtigen Blick hinterher. Der Köbes hatte ihn beim Hereinkommen aus-

162

druckslos taxiert, also durchaus wahrgenommen. Dennoch, obschon er sich demonstrativ am Stehtisch gleich hinter der Eingangstür plaziert hatte, von wo man die Schwemme mit den Batterien tabakfarbener Fässer und einen Teil des vorderen Räumchens zur Linken im Visier hat, sah es so aus, als solle der Sammler ungesegnet bleiben.

Er überlegte. Sein Durst überlegte. Dem Bulligen nachzulaufen war zwecklos. In Köln war alles anders. Als Zugezogener hatte er lernen müssen, was die Kölner urinstinktiv zu wissen scheinen. Man bestellt kein Kölsch in einem Brauhaus, man bekommt es zugeteilt. Ebensowenig ist der Köbes ein Kellner, sondern ein Brauereigehilfe, dessen Stolz es ausschließt, Bier an Tische zu tragen. Sofern sich Kölner allerdings an Regeln halten, was selten genug der Fall ist, tun sie es in Erwartung der damit verbundenen Ausnahme, deren eine besagt, daß Köbesse letzten Endes doch Bier an Tische tragen, weil sie Unternehmer sind und ergo keine Kellner. Also wartete der Sammler, während die Zeiger seiner Armbanduhr unerbittlich gegen zwölf vorrückten und ein weiterer Kranz gefüllt wurde, opferte sich der Hoffnung und fühlte seinen Gaumen trockener werden.

Sollte er tatsächlich leer ausgehen?

Keine Panik, sprach die Erfahrung zu der Ungeduld. Alles eine Frage des Glaubens im heiligen Köln. Der Köbes wird das Kölsch schon bringen, und wenn die sieben Plagen gleichzeitig über die Türme des Doms hereinbrechen und der Rhein über die Ufer tritt und was sonst noch alles. An einen Köbes mußt du glauben wie an die Vorsehung oder den Erzengel Gabriel. Dann wird alles gut.

Oder auch nicht.

»Hier, Jung!«

Die Stange knallte vor ihm hin. Der Bucklige hatte sich erbarmt. Herab fuhr der Bleistift und hinterließ einen fettigschwarzen Strich auf Deckel und Holztisch, womit der Sammler offiziell eingeschrieben war in die Loge der Brauhausgäste und ihre geheimnisvolle Satzung, die es gebietet, seine intimsten Geheimnisse dem Trost von Fremden anzuvertrauen.

Er sog die reiche, fette Brauhausluft in sich hinein und trank. Wischte sich mit dem Handrücken über den Mund, philosophier-

163

te einen Augenblick lang über das Universum und den Sinn des
Lebens, seufzte und trank noch einmal. Dann, gekräftigt und
guter Dinge, ließ er seinen Blick von der Kette und die schumm-
rigen Ecken ausschnüffeln.

Schnell wurde ihm klar, daß er zu spät gekommen war. Während sich Wurstwilli das Sandmännchen aus den Augen rieb,
klammerten sich hier die letzten Verbliebenen hartnäckig ans
blankgescheuerte Holz. Einem Totentanz nicht unähnlich, dachte
der Sammler und gönnte sich ein wissendes Grinsen. Daß du
abtreten mußt, ist nicht das Schlimmste. Schlimm ist, daß es dir
kurz vor dem Ende vorkommt, als erschaffe sich die Welt aufs
Neue, nur ohne dich. Die da sitzen, haben vielleicht um zehn noch
auf die Uhr gesehen und ein vernünftiges Gesicht herumgereicht.
Nun, kaum daß die heruntersausenden Rolladen den Abend guil-
loutinieren, tun sie so, als gebüre dem Augenblick die Ewigkeit.
Weggedreht die Köpfe, so wie Kinder wegsehen in der Hoffnung,
als Ignoranten selber ignoriert zu werden und weiter fernsehen zu
dürfen, hockten sie da und hofften auf die letzte vor der allerletz-
ten Runde.

Er war eben noch rechtzeitig gekommen, um sich einzureihen.
Zu sammeln gab es nichts mehr. Keiner von denen hatte noch was
zu verkaufen. Wer seine Geschichte jetzt nicht losgeworden war,
der nahm sie wieder mit nach Hause, ein knitteriges Geheimnis,
das den Seelenfrieden ausbeulte, weil es keiner teilen wollte.

Der Sammler zuckte die Achseln. Austrinken und schlafen
gehen. Morgen war auch noch ein Tag.

Während er mit schaumbekränzter Oberlippe in die Schwemme starrte, überlegte er, wann sie ihn das erste Mal so genannt
hatten: den Sammler. Er wußte es nicht mehr. Aber der Name traf
die Wirklichkeit ins Herz. Er hieß so, weil er freundlich mit den
Menschen redete und sich den Anschein aufrichtigen Mitempfin-
dens gab. Statt dessen machte er Beute. Er erbeutete Schicksale,
Gefühle und Biographien, bis er gleich einer überfetten Mücke
nach Hause summte, um das Gehörte spaltenbreit zu verarbeiten.
Ein, zwei Tage später stand es in der Zeitung. Undenkbar, daß er
die Namen seiner Opfer erwähnte, sie hätten ihm die Ohren lang-
gezogen! Er war Journalist, kein Denunziant. Persönliche Schick-

sale hielt er sich wie Gewürze, verwendete sie sparsam und effekt-
voll. Die Ausgefragten mochten sich in seinen Glossen, Serien und
Spitzen wiederfinden. Aber nie würden sie sich daran erinnern,
daß sie einem unscheinbaren jungen Mann erzählt hatten, was das
Bier aus einem herausschwemmt im Laufe eines langen Abends.

Als Folge blieb er unerkannt. Er schrieb wie mit dem Maschi-
nengewehr ins Papier geschossen, kurze, harte Salven. Die Redak-
teure mochten ihn, weil er sich nicht von Menschenliebe, sondern
vom Zynismus leiten ließ, und der gibt nun mal die bessere Tinte
ab. Er schrieb und lieferte schneller, als sie drucken konnten,
schrieb weiter, schlaflos, emotionslos, trieb sich zu immer neuen
Meisterwerken der Geschmacklosigkeit und Trivialität, schrieb
und fand kein Ende.

Dennoch, seine wahre Passion war nicht das Schreiben. Das
war die Jagd!

Schreiben, das Aneinanderreihen von Wörtern, war öde. Pure
Arbeit, Handlangerei, ein staubiger, immer gleicher Weg. Er
schrieb mit derselben Leidenschaftslosigkeit, wie andere Kartoffeln
schälen. Zog ein Blatt aus dem Drucker und sah es nie wieder an.
Las nie eine einzige Zeile dessen, was die Zeitungen von ihm
druckten. Nahm das Geld und verlor sofort das Interesse an der
abgelieferten Arbeit. Man bescheinigte ihm Brillanz, es war ihm
gleich. Er vermochte seine Kritiker weder zu bestätigen noch zu
widerlegen, weil er ihnen gar nicht zuhörte, sondern längst schon
wieder losgezogen war, um einem völlig Unbekannten die Le-
bensbeichte abzunehmen, indem er falsch und freundlich war und
zuhörte.

Ein letztes Mal ließ er den Blick schweifen und beschloß, das
Schiff zu verlassen, das in der Nacht versank. Wenn die Schwätzer
und Philosophen erneut Einzug hielten, die Gladiatoren und
Silbenfechter, geeint von der Ruppigkeit der Köbesse, würde auch
er wieder da sein, die Netze auswerfen und die Fallen stellen.

Er trank aus, stellte das leere Glas mit einem Schmatzen vor
sich hin und erhielt zu seiner Verblüffung gleich ein volles.

Ah, letzte Runde!

Auch gut. Das Schicksal hatte offenbar beschlossen, ihn noch
einige Minuten am Totenreigen teilhaben zu lassen. Mit einem

Seufzer der Ergebenheit – zumal es niemanden gab, der ihn gleichwo erwartete – fügte er sich. Sein Gesicht, durchgestrichen von einem dicken schwarzen Schnurrbart, nahm für Sekunden den Ausdruck Dirk Bogardes in der Rolle Aschenbachs oder vielmehr der Karikatur Gustav Mahlers an, als er sich in süßer Vorahnung seines Todes zum Lido rudern läßt.

Der Köbes kassierte und ging den Rest seines Kranzes verteilen. Die Augen des Sammlers folgten ihm, streiften eine alte Frau, die allein vor einem halbvollen – oder auch halbleeren – Glas kauerte, als einzige im großen angrenzenden Saal, hefteten sich dem Köbes wieder auf den Rücken und wanderten zurück zu der Alten.

Hm ...

Eine karierte Bluse, vor lauter Stärke kubistisch verknickt. Rot mit weißen Blumen oder irgendwas ähnlich Ornamentalem. Aus den Manschetten ragten knochige Handgelenke und Hände, deren Finger einander zu belauern schienen. Den Kopf verunzierte eine Perücke, die sicher furchtbar teuer gewesen war und doch so grauenhaft künstlich aussah, daß es dem Sammler geradezu würdelos erschien, das Gesicht darunter ein einziges Hängen.

Ihre Einsamkeit füllte den Raum.

Sofort erwachte sein Interesse. Allein, was ihr einfallen mochte, sich mit einer derart unmöglichen Kopfbedeckung in die Öffentlichkeit zu trauen! Besaß sie keinen Spiegel? So sehr beschäftigte ihn die Frage, daß er seinen Blick nicht von ihr lassen konnte, und plötzlich fiel ihm auf, daß an einigen Tischen um sie herum bereits die Stühle hochgestellt wurden. In weiten Teilen des großen Saals hatte man das Licht runtergedreht. Sie saß in all der Aufgeräumtheit, als wolle sie nie wieder fortgehen, und da überkam den jungen Mann das merkwürdige Gefühl, als spiele sich zwischen ihr und diesen hochgestellten Stühlen ein stummer Kampf ab. In gewisser Weise beherrschte sie die Szenerie. Zugleich war es, als halte der dämmrige Saal sie wie eine Gefangene. Niemand kam, um sie zum Gehen zu bewegen, um ihren und die drei Stühle um sie herum ebenfalls hochzustellen und damit die Reihen der nach oben zeigenden Holzbeine zu komplettieren. Allem Anschein nach genoß sie das Recht der Verlorenen, so wie Winston Smith in

1984, nur, daß hier kein Victory Gin ausgeschenkt wurde, sondern Kölsch.

Dirk Bogarde und Winston Smith! Was stand er hier rum mit den Gespenstern Thomas Manns und George Orwells? Sein Instinkt rief zur Jagd. Die Alte würde Bücher füllen. Wenn sie nichts zu erzählen hatte, wer dann?

Halali, Sammler! Laß los die Hunde, einzukreisen ihr Zwei-Kriege-Leben, den gefallenen Ehemann und den ältesten Sohn, vor Stalingrad verschollen.

Schnell nahm er sein Kölsch und sein Notizbuch und ging hinüber in den Saal zu der alten Frau. Vermutlich war die Zeit zu knapp, aber einen Versuch mochte es wert sein.

»Guten Abend«, sagte er.

Sie hob den Kopf und sah ihn aus tränenden Augen an.

»Bißchen spät für einen guten Abend«, meinte sie. Es klang nicht verärgert. Ihre Stimme war so dünn, als reiche ein Windhauch, um sie fortzuwehen.

Spinnwebfrau, dachte er und gefiel sich im Glanz dieser neuen Wortkreation. Sie ist eine Spinnwebfrau.

»Setzen Sie sich«, sagte die Spinnwebfrau.

Umständlich zog er den ihr gegenüberliegenden Stuhl unter der Tischplatte hervor und nahm auf der Kante Platz.

»Störe ich?« Klassische Eröffnung. »Ich sah Sie so allein da sitzen.« Er prostete ihr zu und lächelte liebenswürdig. »Wenn zwei allein sind, sollten sie sich zusammentun, meinen Sie nicht?«

Sie nickte ernsthaft, reichte ihm die Tageskarte und bat ihn, ihr die Hauptgerichte vorzulesen.

Einen Moment lang war er verdutzt.

»Die Küche hat geschlossen«, sagte er mit der Freundlichkeit der Idiotenwärter.

Sie hob die Brauen, als sei er seinerseits nicht recht bei Trost.

»Natürlich hat sie geschlossen«, gab sie zurück. »Es ist kurz vor zwölf.«

Er starrte sie an, sah wieder auf die Karte und schüttelte den Kopf.

»Warum wollen Sie dann wissen, was da steht?«

»Kann's nicht lesen ohne Brille.«

»Aber es gibt nichts mehr. Nichts Warmes.«

Sie lächelte.

Es war ein mildes, ausdrucksloses Lächeln, das ihr ins Gesicht geschnitten schien. So, als habe irgend etwas ihre Mimik schockgefroren, schon vor langer Zeit, und jetzt war da nur noch dieses Lächeln und der Grund dafür vergessen. In ihren Zügen sah der Sammler die Erwartung vergangener Tage, überschattet von der zur Gefährtin gewordenen Enttäuschung, und wußte, daß er ihr ebensogut das Telefonbuch hätte vorlesen können. Sie wollte einfach, daß er etwas für sie tat, auch wenn es sinnlos und sie sich der Sinnlosigkeit bewußt war. Sie würde zuhören, und dann würde sie reden, ohne sich darum zu scheren, ob ihr Gegenüber Interesse zeigte oder nicht. Wie die meisten Alten hatte sie aufgehört zu fragen. Vielleicht, weil die Bitte um Aufmerksamkeit, gestellt in der Gewißheit, daß sie abgelehnt wird, Lebenskraft kostet.

»Die 520.« Er räusperte sich. »Königsberger Klopse in Kapernsauce mit Salzkartoffeln und gemischtem Salat. Wollen Sie auch wissen, was es kostet?«

»Nein.«

»522. Rindergoulasch mit Butternudeln. Ebenfalls gemischter Salat.«

Sie lauschte ihm mit halbgeschlossenen Augen, während er ihr Saure Nierchen vorlas, Jägerschnitzel mit Pommes und Spanferkel mit Weinkraut und Röggelchen.

»Ich hätte die Klopse gegessen«, sagte sie nach einem Augenblick des Schweigens. »Hab ewig keine mehr gegessen. Aber ich konnte ja nicht lesen, was da stand.«

»Und was haben Sie gegessen?«

»Speckpfannekuchen.« Sie kicherte. »Ich esse oft Speckpfannekuchen. Frage jedesmal die Leute, die neben mir sitzen, ob er gut ist, als wär ich das allererste Mal hier. Immer sagen sie was anderes. Schon komisch.«

Der Sammler steckte das Blatt mit den Tagesgerichten zurück in die fettiggelbe Speisekarte und entschied sich für ein verschwörerisches Mitkichern.

»Warum tragen Sie keine Brille, wenn Sie so schlecht sehen? Sie könnten mal was anderes essen als Speckpfannekuchen.«

168

»Brille?« Sie schien ehrlich entrüstet. »Steht mir doch nicht! Hat mir noch nie gestanden.«

Ihr Gesicht war so verrunzelt wie eine drei Monate alte Steckrübe. Nichts stand ihr, die Perücke nicht, deren Gewicht ihr das Kinn auf die Brust zog, und ebensowenig die Bluse, oder, besser gesagt, sie stand den Sachen nicht. Was machte es für einen Unterschied, ob auf der schroffen Klippe ihrer Nase eine Brille balancierte oder keine?

»Ich bitte Sie!« sagte der Sammler nonchalant.

Sie hustete.

Es war ein verlorenes Rasseln am Grund ihrer Kehle, mühsam erzeugt, hohl und häßlich. Ein Räuspern, dem keine Frage nach einer möglichen Erkältung folgen würde, weil niemand mehr da war, sie zu stellen. Ein Endgeräusch.

»Hab nie eine Brille getragen. Mein Lebtag nicht.« Sie schüttelte sich. »Nie eine gebraucht. Ich weiß, jetzt wär wohl eine angebracht. Aber den Weg nach Hause finde ich auch so, gehe ja keinen anderen, und mir ist lieber, die Leute lesen mir aus der Karte vor. Haben Sie schon mal versucht, sich mit einer Brille zu unterhalten?«

Der Sammler lachte.

»Nein. Ich seh schon, Sie haben Ihre Tricks.«

Sie richtete sich ein wenig auf, wie um ihren Worten mehr Bedeutung zu verleihen, und beugte den Oberkörper nach vorne.

»Wissen Sie was, junger Mann?« Zwischen den geschwollenen Lidern glänzten ihre Augäpfel wie mit Firnis überzogen, vergilbt und rissig. »Es ist eine Farce, alt zu sein, nicht mehr und nicht weniger. Die Leute sehen mich ja kaum noch an, wie ich da neben ihnen hocke. Sind dann alle gegangen, werde ich plötzlich zur wichtigsten Person im Raum. Sie lassen mich hier sitzen. Wenn keiner mehr was zu trinken kriegt, ich bekomme immer noch eines. Immer noch ein letztes und ein allerletztes und so weiter. Wahrscheinlich denken sie, mit der kann's jeden Tag zu Ende gehen, alt wie die ist. Also erweisen sie mir die Gnade. Nicht daß ich undankbar wäre, auch wenn sie mich mit ihrer Zuvorkommenheit ständig daran erinnern, daß der Vorhang heranrauscht. Aber sobald Gottes Wille offensichtlich wird, daß man nicht mehr lang zu leben hat, genießt man Narrenfreiheit.« Ihre knochige Hand beschrieb eine weitläufige Geste. »Darf ich also vorstellen: Mein Wohnzimmer.«

Der Sammler lächelte sie freundlich an, während er versuchte, sie einzuordnen. Manches von dem, was sie sagte und vor allem, wie sie es sagte, ließ auf gute Erziehung und gehobene Schulbildung schließen. Ihm schien, als sei sie einmal mehr gewesen, als sie jetzt darstellte. Hinter den zerknitterten, aufgedunsenen Zügen schaute ihn aus ferner Vergangenheit ein schönes Gesicht an. Was war aus ihr geworden?

»Gehen Sie oft hierhin?«

Sie nickte.

»Ein- bis zweimal die Woche sicherlich. Seit Jahren. Mein eigenes Wohnzimmer ist mir fremd geworden.«

Mittlerweile hatte er sie da, wo er sie hinhaben wollte. Der Augenblick nahte, da die Alten ihre Rückreise in die Vergangenheit antreten. Auch sie würde aus der Zeit erzählen, bevor der Frost über ihr Lächeln gekommen war, und er würde erfahren, ob sich das Ködern gelohnt hatte oder nur eine Flut durcheinandergebrachter Erinnerungen über ihn hereinbrach. Austauschbares, pointenloses Zeug von schlechter Zeit und guter Butter, tausendmal gehört und keine Druckerschwärze wert. Manche verstanden es, den Zuhörer zu fesseln. Andere drehten endlose Pirouetten über den Schauplatz ihres Lebens, daß man kaum die Augen offenhalten konnte.

Nur eines war allen gemeinsam: Die tragische Sinnlosigkeit, mit der sie erzählend etwas einzuholen suchten, das unwiederbringlich hinter ihnen lag. Mit jedem Wort, jeder Wiederholung des ewig Gleichen erkannten sie nur um so schmerzlicher, daß es keine Erlösung gab, und sie verloren ihre Lebenskraft an die Toten.

Die Uhr lief.

»Das müssen Sie mir erklären«, sagte der Sammler. »Was ist mit ihrer Wohnung nicht in Ordnung?«

Um ihre Augen entstanden zusätzliche, kleine Fältchen, als ihr Lächeln breiter wurde. »Oh –«, sie schnalzte mit der Zunge, »die ist gar nicht mal übel. Mein Wohnzimmer am allerwenigsten. Sie würden es altmodisch nennen, schätze ich, aber damals war alles

170

sehr modern und sehr kostspielig. Alle meine Möbel sind furchtbar teuer.«

»Klingt doch gut.«

»Trotzdem gefällt's mir nicht. Obwohl es schön ist. Wissen Sie, ich hab Leute erzählen hören, wie schön meine Wohnung sei.« Sie machte eine Pause. »Erinnert mich an Schottland, als ich jung war und wir viel gereist sind. Damals, in den zugigen Highlands, waren wir oft zu Gast bei Familien, deren Mittel nicht reichten, um uns zu beköstigen. Sie boten uns ein Bett und wärmten unsere Nacht mit ihren Herzen. Das war, bevor wir zu Geld kamen. Ist lange her. Es gab so gut wie keine Restaurants in Schottland zu der Zeit. Aber wenn sich denn doch in näherer Umgebung eines fand, vorbehalten den wenigen Besuchern aus Glasgow, Edinburgh oder den wohlhabenden Engländern, und wir fragten unsere Landlady, ob sie es empfehlen könne, dann wischte sie sich die Hände an der Schürze ab und sagte sehr ernsthaft: Well, I haven't been there, but they say, it is very expansive. For sure you will have a pleasent evening. Verstehen Sie? Very expansive war very good, daran gab es keinen Zweifel. Und nie war einer von denen, die uns diese Restaurants empfahlen, dort gewesen. Sie wußten es von einem, der einen kannte, der dort gewesen war. Manchmal komme ich mir vor wie eine dieser gutdurchbluteten irischen Hausfrauen. Ich spreche von meiner Wohnung und sage, sie sei schön, weil andere es sagen, aber mir scheint, als sei ich niemals dort gewesen. So eine schöne Wohnung, beteuert jeder, die hätt ich für mein Leben gern, und jedesmal fühle ich mich versucht zu sagen, ja, ich auch. Obwohl es doch meine ist. Komisch, nicht? Denken Sie jetzt, die Alte hat einen sitzen?«

Der Sammler schüttelte den Kopf.

»Sie müssen doch selber am besten wissen, ob Ihre Wohnung schön ist«, sagte er und lachte melodiös, damit sie Vertrauen faßte.

Eine ihrer Hände kroch langsam über die andere und zupfte daran herum.

»Ich weiß nicht, was schön ist. Teuer vielleicht? Ich weiß nicht.«

Der Sammler schwieg. Ihm fiel auf, wie unbehaglich sie sich in ihrer gestärkten Bluse zu fühlen schien, als könne sie sich an den

Falten schneiden. Die Finger ihrer Rechten spreizten sich. Behutsam führte sie ihr Kölsch an die blutleeren, seltsam glatten Lippen, trank in bedächtigen kleinen Schlucken und stellte das Glas mit quälender Langsamkeit auf den Deckel zurück, exakt in die Mitte. Alles an ihr war eine einzige Selbstkontrolle.

»Ich war so lange weg«, sagte sie traurig. »Da wird einem manches fremd, verstehen Sie? Sogar die eigene Wohnung. Früher wär ich gerne mehr zu Haus geblieben, aber mein Mann fand keine Ruhe, er wollte immerzu nur raus und das Leben umarmen. Und wir konnten's uns ja auch leisten. Da sind wir oft hierhergegangen – damals war das was besonderes, ins Brauhaus zu gehen, gleich nach dem Krieg – und haben Kölsches Roulette gespielt, die ganze Nacht.«

Der Sammler horchte auf. Kriegsgeschichten kannte er zur Genüge. Das hier war etwas Neues!

»Kölsches Roulette?«

»Aber ja! Das hat der –« Sie tat, als müsse sie nachdenken. In gewisser Hinsicht war sie leicht zu durchschauen. »– dieser Habermas erfunden, auch so einer, der nicht genug kriegen konnte.«

»Nie von einem Habermas gehört. Weder von ihm noch vom kölschen Roulette.«

»Mein lieber Junge!« Sie lachte nachsichtig und schüttelte den Kopf. »Da waren Sie ja auch noch gar nicht geboren.«

Jetzt waren sie in ihrer Welt angelangt, auf ihrem Terrain. Mit einemal gewann sie an Würde. Selbst die Perücke schien ihren Sitz korrigiert und eine dunklere Färbung angenommen zu haben.

»Lustig war das, ein lustiges Spiel. Ja, Ich weiß noch, eine Zeitlang haben alle an den Kränzen gedreht und wie verrückt Roulette gespielt, eine richtige Mode war das.«

Der Sammler warf einen Blick über die Schulter in die Schwemme hinein, aber die Köbesse lehnten bei den Fässern und unterhielten sich. Ausgezeichnet! Man vergönnte ihnen noch ein wenig Zeit.

»Erzählen Sie mir von dem Spiel«, verlangte er mit inquisitiver Neugier.

»Habermas hat's erfunden«, wiederholte sie.

»Ja, sicher. Wer ist das?«

172

»War das«, korrigierte sie ihn. »Sie müssen fragen, wer war das. Ich sagte ja, alles schon lange her.«

Einen Moment lang schien sie unschlüssig, ob sie weitersprechen sollte. Ihre Fingernägel kratzten über die gescheuerte Platte. Ihr Blick tastete sich die leeren Tischreihen entlang, verweilte im Ungewissen und fand zu ihrem späten Zuhörer zurück, nunmehr voller Entschlossenheit.

»Ich sag's Ihnen, weil Sie ein vertraulicher Mensch sind. Und noch dazu einer, der mir die Speisekarte vorgelesen hat. Habermas ist gestorben. Er war einer von denen, die nach dem Krieg sehr schnell zu Geld gekommen sind. Selber nie dabeigewesen, wissen Sie? Die Sorte, der es nie richtig schlecht gegangen ist. Er hatte es zum Thema seiner Überlegungen gemacht, Menschen ihre Achtung abzukaufen, ein todsicherer Weg, um reich zu werden. So einer war er, und seine Frau das glatte Gegenteil, ein Engel. Karl und Yvonne Habermas, oh ja. Sind oft hiergewesen, und er war schon ein verdammter Säufer mit kolossalem Fassungsvermögen.«

Wieder rückten ihre Augen leicht von ihm ab.

»Er war ein verdammter Säufer mit kolossalem Fassungsvermögen. Wenn sie hier um Mitternacht schlossen, blieb Habermas einfach sitzen. Gehörte ihm ja auch das halbe Brauhaus, eine seiner wenigen wirklichen Leidenschaften, da er nicht müde würde, dies Kölsch als das beste zu preisen. Vertrat jemand einen anderen Standpunkt, konnte er fuchsteufelswild werden. Ringsum begannen sie die Stühle hochzustellen für die Nacht. Er hingegen machte sich breit mit seiner Clique, die ihn ständig begleitete, Verwandte, Freunde, Angestellte, die meisten wie Fliegen in den Augen eines Ochsen. Meist schon reichlich angetrunken, ließ Scheine über den Tisch flattern, deren Größe und Farbe hypnotische Kräfte zu eigen waren, und bestellte die erste Runde Roulette. Wir hatten das Glück oder wie immer Sie den Umstand unserer engeren Verbundenheit mit Habermas nennen wollen, daß wir seiner Spendierfreudigkeit anteilig wurden.«

Dem Sammler entging nicht der spöttische Unterton in ihrer Stimme.

»Sie haben mir immer noch nicht erzählt, was unter diesem Roulette zu verstehen ist«, sagte er.

»Ach, das Roulette ...«

Sie krauste die Stirn. Der Sammler ließ sich nicht täuschen. Sie spielte Theater, machte es spannend. Ihm war schon nach den ersten Worten klargeworden, daß sie die Geschichte tausendmal erzählt hatte und jede Kleinigkeit ins Endlose dehnte, um sich möglichst lange ihrer Zuhörerschaft zu versichern. Sie mochte alles mögliche sein – zerstreut war sie nicht.

»Ja«, nickte sie bekräftigend, »Kölsches Roulette. Keiner kennt das mehr. Wie auch? Wir haben's aber gespielt. Oft und bis spät in die Nacht. Und immer war Yvonne dabei. Wissen Sie, er wollte, daß sie trank, weil er es tat. Yvonne Habermas, so eine schöne bleiche Frau, daß es schmerzte, sie mit diesem Menschen verbunden zu wissen. Durch einen Vertrag, weil er eben reich war und sie alles verloren hatte, was hätte sie denn machen sollen! Da saßen wir dann. Und auch Vernon war dabei, sein Geschäftspartner und bester Freund, wie es hieß. Claude Vernon. Ein Franzose, naja. Habermas hatte nichts gegen die Franzosen. Er hatte überhaupt gegen niemanden was, solange sich Geld mit ihm verdienen ließ. Vernon mußte natürlich auch trinken, und immer wurde Habermas nach kurzer Zeit sonderbar, so daß man nie wußte, ob er nur Spaß machte oder es bitterernst meinte.

Vernon, schrie er dann plötzlich, ist das irgendein höherer Blödsinn, den ich nicht verstanden habe? Hat Gott euch ins Gebetbuch geschrieben, daß ihr euer verdammtes Zäpfchen wegklappt, wenn ihr trinkt? Trinken ist ein Vorgang, die Kehle kein Brunnen, ihr müßt schlucken und schmecken, sonst wird das nichts mit unserem Spiel. Wenn ihr es runterkippt wie einen Eimer Lauge, könnt ihr nichts schmecken und das Spiel nicht spielen! Immer, wenn Habermas uns kollektiv anging, sagte er: Vernon ...! Als könne Vernon Wunder was ausrichten und sei zugleich an allem schuld. Du bist doch Franzose, fuhr er ihn an, gerade von dir hätte ich ein bißchen mehr Lebensart erwartet, also mach was! Sag denen, sie sollen das Kölsch nicht kippen. Oder haben dir die Deutschen auch das Saufen beigebracht, diese sinnlose Sauferei, he? Das sagte er, obwohl er ja selber der größte Säufer von allen war und jedes Glas in einem Zug hinunterstürzte.

Vernon pflegte sich auf solche Reden einen Augenblick Zeit zu

174

nehmen, so daß wir alle sehr gespannt waren, wie er Habermas begegnen würde. Der Alte starrte ihn ungeduldig an, und Vernon sagte dann bedächtig: Habermas, schrei nicht, sonst mache ich ernst und dekantiere das nächste Faß auf kleiner Flamme. Solche Dinge sagte er, weil er wußte, daß Habermas sich nicht die Blöße geben würde, einzugestehen, daß er von Dekantieren noch nichts gehört hatte oder von ähnlichen Dingen. Meistens lachte er dann brüllend und beschloß, Vernon komisch zu finden.«

Wieder nahm sie einen kleinen, kontrollierten Schluck, stellte das Glas ab und blinzelte.

»Wollen Sie die Geschichte weiterhören?«

»Ich bin verrückt nach Geschichten«, lächelte der Sammler wahrheitsgemäß und breitete die Arme aus.

»Nun ja, das Spiel dauerte an. Habermas' Spiel. Ihm gehörte das halbe Brauhaus und überhaupt alles mögliche, darum mußten die Köbesse dieses nicht enden wollende Spiel mitspielen, sobald der Schankbetrieb eingestellt und die letzten Gäste zur Tür raus waren. Einfache Regeln. Man konnte es zu zweit spielen oder zu mehreren. Ein Kranz Gläser wurde vollgemacht, was Habermas selbst besorgte, wobei er immer eines aussparte. Sie verstehen? Er nannte dieses Glas den Agenten! Der Agent wurde unter dem Boden mit einem winzigen Stück Klebepapier markiert, dann füllte Habermas ihn mit dem Kölsch irgendeiner anderen Marke, setzte ihn zu den Gläsern, trug den Kranz zum Tisch und ließ ihn vor den Augen der Anwesenden mit derart verblüffender Ge-schwindigkeit rotieren, daß er sich drehte wie ein Karussell. Das war jedesmal ein Anblick! Die Gläser verbanden sich zu einem weißgoldenen Wisch. Stoppte Habermas ab, war eines wie das andere geworden. Der Kranz knallte auf den Tisch, und jeder Spieler mußte nun dasjenige Kölsch nehmen, das direkt vor ihm stand. Halb austrinken, seinen Tip abgeben, ob's der Agent ist oder nicht, dann weiter bis zur Neige und nachgucken.«

»Ein Geschmackstest« meinte der Sammler. »Schöne Idee für Werbeleute. Was war der Einsatz?«

Sie schüttelte den Kopf.

»Habermas ging es nicht um den Einsatz«, sagte sie. »ich sagte ja, er liebte dieses Kölsch in diesem Brauhaus. Schlimm, wenn man

175

sein Heiligstes für die böse Konkurrenz hielt. Je betrunkener er überdies wurde, desto sicherer konnte man sein, umgehend von ihm rausgeschmissen zu werden, ob man nun für ihn arbeitete oder nicht. Tatsächlich war er der festen Überzeugung, daß alle irgendwie für ihn arbeitet, sogar Yvonne, seine Frau. Er selber gewann übrigens immer, sobald der Agent an ihn geriet. Niemand wußte, warum. Wir haben oft gerätselt, ob er wirklich so eine feine Zunge hatte oder schlicht ein Gaukler war. Einer, der es irgendwie schaffte, sich den Platz des Agenten trotz der rasenden Kreiselbewegung zu merken, um dann den Magier zu markieren...«

»Klingt nach einem Trick«, mutmaßte der Sammler. »Wenn er es war, der den Kranz drehte.«

»Ja, aber immer nur das erste Mal. Dann ging's reihum, jeder durfte drehen. Drehen, trinken, tippen, austrinken, rumdrehen, nachsehen. Das Spiel setzte sich so lange fort, bis einer gewonnen beziehungsweise verloren hatte.«

»Ich schätze doch, Habermas war über alle Maßen eitel?«

»Oh ja!«

»Dann hätte er sich doch freuen müssen, wenn die Leute gegen ihn verloren.«

»Nicht unbedingt. Mal so, mal so. Habermas suchte einfach nur Anlässe, um seine Stimmungen auszuleben. Es gab Abende, da feuerte er den ganzen Brauhausstab und überhaupt jeden, der mit am Tisch saß, kündigte allen die Freundschaft und verkündete, dieses von ihm erfundene Scheißspiel – so drückte er sich aus – habe er das letzte Mal gespielt. Dann wiederum war er die Jovialität in Person.«

»Und warum haben die Leute den Zirkus mitgemacht?«

»Warum?« Sie schenkte ihm einen warmen, mitleidigen Blick und seufzte. »Das können Sie nicht verstehen, junger Mann. Einen wie Habermas gibt's eben nicht mehr. Wir hatten den Krieg verloren, er hatte ihn gewonnen. Ein Trümmerbaron. Alle sind nach seiner Pfeife getanzt, er sorgte ja für Arbeit und Wohlstand, und das war das Leben, verstehen Sie? Ist Ihnen aufgefallen, daß der Inbegriff des attraktiven Mannes nach dem Krieg mit Doppelkinn und Wampe versehen war? Fett war reich! Allen ging es nur darum, das Leben wieder anzufetten. Sie hätten sich mehr darum kümmern sollen, die in Trümmern liegende Moral wieder aufzubauen. Aber so war's eben nicht. Sie rannten einem neuen Führer hinterher, dem Wohlstand. Ich auch. Und ebensosehr strebten die Leute aus Habermas' Gefolge danach, gemäß der Vorstellung, nach dem Verlieren habe nun das Besitzen an der Reihe zu sein. Sehen Sie, wer den Agenten enttarnte, dem schenkte Habermas ein Pittermännchen. Nicht mehr und nicht weniger, aber es reichte, daß sie sich beschimpfen und beleidigen, runtermachen und immer wieder fristlos kündigen ließen.«

»Unverständlich!«

»Bah«, krächzte sie mit angewiderter Miene, »was wissen denn Sie? Es ging doch nur um eines bei der ganzen Sache, weshalb Habermas das Spiel überhaupt erfunden hatte. Eben um Käuflichkeit. Habermas wollte die Prinzipienlosigkeit der Welt beweisen, aber nicht zur Warnung anderer, sondern weil er seinen Spaß daran hatte, daß die Welt schlecht und jeder käuflich sei. Wenn Sie mich fragen, war er der Versucher. Ein Teufel, dem man leicht verfiel, obwohl er Zoten riss, wie ein Loch soff, fett war und andere vor den Kopf stieß.«

Sie holte tief und rasselnd Atem.

Der Sammler verwünschte sich, daß er nicht früher an diesen Tisch gefunden hatte. Die Alte war ein Quell der Erbauung, bares Geld!

Er beugte sich vor und schlug mit der flachen Hand auf die Tischplatte.

»Man sollte dieses Spiel noch einmal spielen«, sagte er, von echter Begeisterung ergriffen. Das Spiel eines Schurken!

Wieder flog das seelenlose, traurige Lächeln über ihr Gesicht, als sie ihn ansah.

»Habermas spielt es immer noch.« Sie strich sich über den Ärmel ihrer Bluse. »Er spielt es jeden Tag.«

»Sagten Sie nicht, er sei tot?« fragte der Sammler überrascht.

»Ja. Wissen Sie, anfangs hat's schon Spaß gemacht. Die Idee an sich war gut, und wäre Habermas kein Menschenversucher und Choleriker gewesen, hätte es auch weiterhin Spaß machen können. Ich meine, ein Spiel, dessen einziger Inhalt eine Serie bezahlter

177

Lokalrunden ist mit der Option auf ein Fäßchen, das kann ja nicht schlecht sein. Schlecht war nur, das Spiel abzulehnen, wenn man in gleich welcher Weise von Habermas abhing. Man durfte verlieren und einen Eimer Dreck über sich ausschütten lassen. In seiner Menschenverachtung wäre es Habermas nicht im Traum eingefallen, jemanden tatsächlich auf die Straße zu setzen, weil er das Spiel verloren hatte, dafür galt ihm der Einzelne zu wenig. Wir waren alle Narren an seiner Tafel. Wirklich schlimm war, nein zu sagen, wenn er ein Ja hören wollte. Nein zum Spiel zu sagen, hieß, nein zu Habermas zu sagen, zu dem, was er erreicht hatte, zu seinem Einfluß, seiner Macht. Ein Nein konnte fatale Folgen haben. Wurde man von Habermas rausgeschmissen, ich meine, wirklich rausgeschmissen, kam es vor, daß man in eine andere Stadt ziehen mußte, weil man plötzlich nirgendwo in Köln noch Arbeit fand. Ich will nicht sagen, daß die Leute Angst vor ihm hatten. Aber schon so was in der Art. Eine ebenso übertriebene wie widerstrebende Ehrfurcht, könnte man sagen. Bis auf Vernon!«

In die gelblichen Augen trat ein Glanz, als stünde dieser Vernon leibhaftig vor ihr.

Aha. Jetzt kam also der Gute ins Spiel. Grandios!

»Vernon hatte keine Angst«, sagte sie. »Als einziger nicht. Vernon war im Krieg gewesen, anders als Habermas. Er war einer, der alles gesehen hatte. Alles, was der Krieg über einen Menschen ausschütten kann. In Reims, wo er herkam, erwartete ihn keine Zukunft, also verdingte er seine Arbeitskraft beim Feind. Da er ja nun mal was von Zahlen verstand und fließend deutsch sprach, kam er mit Habermas ins Geschäft. Wissen Sie, wo sie sich kennengelernt haben? Hier. Vernon war mit Freunden unterwegs, sie hatten schon ein paar intus, und Habermas setzte gerade zur ersten Runde Roulette an. Er lud Vernon ein, zu verlieren. Aber Vernon gewann. Sie spielten sechzehn weitere Runden, und Vernon enttarnte den Agenten jedesmal, wenn er ihn erwischte. Das war dem alten Habermas noch nie passiert. Er war so beeindruckt, daß er Vernon einen Posten bot.«

»Und Vernon ist hoch eingestiegen.«

»Er ist tief unten eingestiegen und schnell hochgekommen.

Keine Ahnung, was in Habermas damals vorging, aber Vernon mochte er tatsächlich. Nicht, daß er ihm die Hölle seiner Niederträchtigkeiten erspart hätte. Aber Vernon verstand sich auf die Kunst der Kontradiktion, was dem Alten einen gewissen Respekt abnötigte. Vielleicht auch, daß er sich nur amüsierte wie ein Vater, wenn der kleine Sohn mit Fäusten auf ihn losgeht. Ja, sicher war es so, daß er in Vernon eine Art Sohn sah, denn Habermas hatte keinen warmen gesunden Samen, um Nachwuchs in die Welt zu setzten, er konnte nur ernten.«

Ihre Ausdrucksweise setzte den Sammler zunehmend in Erstaunen. Sie schien vergessen zu haben, daß sie allabendlich die Rolle einer einfachen, sentimentalen Alten spielte, die eben genug auffiel, um übersehen zu werden. Alles in ihr flehte danach, zurückkehren zu dürfen an die Tische der Bedeutsamkeit und gehört zu werden.

»Jedenfalls«, fuhr sie fort. »Vernon machte seine Sache gut im Habermas-Imperium – all die Thekenwirtschaft, die Immobiliengeschäfte, Industriebeteiligungen, und was sonst noch, wovon meistenteils keiner etwas wissen durfte, die allerschlimmsten Sachen! Er kümmerte sich um den ganzen Kram, und die Geschäfte liefen. Was zwangsläufig dazu führte, daß Vernon Habermas' Vertrauen in gleichem Maße gewann, wie er seine letzte Scheu vor ihm verlor. –« Sie machte eine Pause. »Bis er schließlich gleichzog.«

»Gleichzog?«

»Habermas hat es wohl so gesehen, daß sie einander liebten und haßten. Vernon sah es anders. Über die Jahre hatte sich in ihm der Haß zur einzig beherrschenden Kraft ausgewachsen. Er haßte die Überheblichkeit und Launenhaftigkeit des Alten. Er haßte es, daß Habermas in den teuersten Lokalen Kölns das Arschloch heraushängen ließ, sehr wohl wissend, daß er sich fürchterlich danebenbenahm. Er haßte Habermas' Menschenverachtung, sein süffisantes Grinsen, seinen unschuldigen Kleinjungenblick, seine Bauernschläue, die Art, wie er Yvonne behandelte, wie er jeden behandelte.

Nicht lange, und er haßte auch das Spiel. Inzwischen haßte er es sogar, daß er der einzige war, der Habermas darin schlagen

179

konnte. Nicht einmal das machte ihm mehr Freude. So war das. Sicher anders, als es hätte sein sollen.«

»Mhm.« Der Sammler stützte das Kinn in die Hände. »Das ist also die Geschichte vom kölschen Roulette.«

»Nein«, sagte die Spinnwebfrau. »Das ist sie nicht.«

»Nicht? Ich dachte ... «

»Nicht die eigentliche Geschichte. Die vollzog sich in der Nacht auf den 24. Juni 1953 gegen ein Uhr morgens, als ein letztes Mal der Kranz gefüllt wurde. Niemand hat seither wieder Roulette gespielt.« Ihr Tonfall sank zu einem Flüstern herab. »Und niemals wieder wird es einer spielen – hoffe ich.«

»Was ist passiert?«

Sie beugte sich vor und senkte ihre Stimme noch weiter, als solle niemand das Geheimnis erfahren außer ihm.

»Sie waren zu dritt, Habermas, Yvonne und Vernon. Alle anderen gegangen. Hatte ich schon erwähnt, daß Habermas einen Schlüssel zum Brauhaus besaß? Er konnte nach Belieben auf- und abschließen, und sie ließen sogar ein Faß für ihn angestochen, damit er sein Spiel endlos fortsetzen könne, mit wem auch immer. So ... bedeutend war dieser Mann!«

Das Wort »bedeutend« spuckte sie geradezu aus.

»Irgend etwas schien ihn fröhlich zu stimmen in dieser Nacht. Eine unheilige Fröhlichkeit, die über ihn gekommen war wie eine Krankheit. Sie hockten um einen der Nischentische herum, während sich nach allen Seiten das dämmrige Gitterwerk der umgedrehten Stühle erstreckte. Yvonne war so müde! Können wir endlich gehen, fragte sie immerzu, aber Habermas lachte und sagte, warum willst du gehen, das ist womöglich hier der schönste Ort der Welt. Und er legte den Kopf in den Nacken und ließ seinen Blick über die Decke schweifen. Die Milchstraße ist ein Dreck dagegen, rief er, ein Scheißdreck! Wenn ich will, dann kaufe ich sie und das ganze verdammte Universum dazu, habt ihr mich verstanden? Aber diese Decke – bei Gott, daß man hineintaumeln möchte und sich drin verlieren!«

Unwillkürlich sah auch der Sammler nach oben. Tatsächlich war die Decke von einer Farbe, die kein Maler je würde anrühren können. Die Zeit hatte sie aufgetragen. Jeder Fleck, jede Verfärbung glich einer Insel, über die es bücherweise Geschichten hätte geben müssen, nur, daß niemand diese Geschichten je würde aufschreiben können.

»Vernon wollte gehen«, fuhr sie fort. Sie schien jetzt zu sich selbst zu sprechen. »Es ist spät, Karl, sagte er zu Habermas, du weißt, daß wir uns morgen vor Terminen kaum retten können. Habermas sah ihn eine Weile an und nickte, aber er machte keinen Anstalten, aufzustehen. Fuhr sich nur über die grauen Bartstoppeln und lächelte so ein komisches Lächeln, wie sie es noch nie zuvor an ihm gesehen hatten.

Laß uns gehen, bat Yvonne. Sie fühlte sich von einer Unruhe ergriffen, die sie zusammenschauern ließ. Aber Habermas hatte nur sein Lachen für sie. Wir haben nicht genug getrunken, sagte er. Wir müssen unbedingt noch das Faß hinmachen, damit's uns später nicht im Traum erscheint.

Kann das nicht ein Ende haben, flehte Yvonne, diese ewigen Kölsch-Orgien, ich kann's nicht mehr ertragen, und Habermas erwiderte konziliant: Aber sicher, alles, was du willst, Liebling, sag, wonach dir ist. Sein Tonfall brachte sie in Rage! Ich will einfach nur ins Bett, fuhr sie ihn an, stell dir das mal vor. Einfach nur schlafen, geht das in deinen Schädel?

Habermas nickte. Ja, sagte er, das will ich auch. Aber vorher müssen wir eben noch was trinken. Seine Aussprache ließ schwer zu wünschen übrig, so daß sie dachten, er sei betrunken. Schließlich stimmten sie in Gottes Namen zu. Damit er endlich Frieden gäbe.«

Sie schüttelte tadelnd den Kopf.

»Als hätten sie ihn nicht gekannt. Habermas gab niemals Frieden. Es kam viel schlimmer. Er bestand auf einer Runde Roulette. Sie redeten auf ihn ein wie auf einen kranken Gaul, endlich Ruhe zu geben und mit nach Hause zu kommen, aber er war nicht umzustimmen. Kicherte nur in sich hinein und schaute listig vom einen zum anderen. Am Ende gaben sie ein weiteres Mal nach, und Habermas verschwand mit triumphierendem Gelächter in der Schwemme – da hinten hat er gestanden, wo sie ihn nicht sehen konnten – und zapfte einen Kranz voll Kölsch, während ihre Hände einander suchten, sich den Bruchteil einer Ewigkeit lang

181

berührten und auseinanderfuhren, als Habermas mit schwerem Schritt zurückkam.

Schnaufend stellte er den Kranz ab und ließ sich auf die Bank gegenüber Vernon fallen, so daß Yvonne zwischen ihnen saß.

Yvonne, sagte er, wobei er seinen stechenden Blick auf Vernon heftete, du gehst leer aus. Diese Runde spiele ich nur mit meinem besten Freund Vernon, die entscheiden wir unter Männern. Nicht wahr, Vernon?

Yvonnes Unruhe wuchs, aber Vernon zuckte nur die Achseln. Ihm war alles recht, solange es wirklich die definitiv letzte Runde war. Er war todmüde, und darum entging ihm wohl der Unterton in Habermas' Stimme, als er noch einmal fragte: Versprochen? und Vernon mürisch murmelte: Versprochen, ja, versprochen.

Habermas musterte ihn und fragte: Vernon, warum schläfst du mit meiner Frau?«

»Mann!« entfuhr es dem Sammler.

Sie nickte.

»Können Sie sich die jähe Stille ausmalen, die eintrat? Denn das Schlimme war, Habermas hatte recht. Schon seit über einem Jahr waren sie zusammen. In verstohlener Zweisamkeit hatten sie sich ihre gegenseitige Liebe erklärt und tausendmal beteuert, daß sie Habermas verlassen würden, jeder auf seine Weise, sobald die Zeit reif sei. Der Zeitpunkt schien ihnen gleichermaßen nah wie in weiter Ferne zu liegen, und sicher hatte jeder von ihnen unterschiedliche Vorstellungen davon. Vielleicht auch, daß sie es immer wieder noch ein bißchen mehr hinauszögerten, weil sie im Innern unfähig waren, sich vom Gespenst des Wohlstands loszusagen. Es war wohl ihr größter Fehler, ihre Liebe auf diese Unverbindlichkeit zu gründen, sonst wären sie langst schon frei gewesen.

So aber saßen sie da und wußten im ersten Moment nichts, als jeder vor sich hinzustarren.

Habermas wiederholte seine Frage. Plötzlich kam er ihnen überhaupt nicht mehr betrunken vor. Natürlich hätten sie leugnen können, aber sie wußten, daß es nichts zu leugnen gab, daß der Alte wahrscheinlich schon seit langer Zeit über alles im Bilde war, ihnen mit voyeuristischem Eifer nachspioniert hatte in grausamer Vorfreude auf diesen Augenblick.

Und als Habermas weiterfragte – ruhig und gelassen, fast heiter wirkte er! – da offenbarten sie sich ihm und sagten, daß sie in Liebe zueinandergefunden hätten und gemeinsam weggehen wollten, und Vernon fügte hinzu, er werde es nicht länger mit ansehen, daß Yvonne sich an einen tyrannischen Egoisten und Schuft wie ihn verschwenden würde.

Habermas grinste übers ganze Gesicht. Beide schienen ihm mächtig Spaß zu machen. Gut, sagte er mit größter Gelassenheit, ich kann's nicht ändern. Machen wir also das beste draus. Mein Freund Vernon und ich spielen jetzt diese Runde Roulette, und der Sieger bekommt Yvonne.

Sie starrten ihn an, als sei er nicht gescheit.

Der Verlierer verzichtet auf alles, fügte er hinzu. So ist es nur fair.

Du dreckiger Pferdehändler, stieß Vernon hervor.

Habermas hob beschwichtigend die Hände. Ihr urteilt zu früh, sagte er. Selbstverständlich mache ich unser aller Glück nicht von einem simplen Geschmackstest abhängig. Will sagen, ich habe die Spielregeln ausnahmsweise geändert. Bezüglich des Agenten, damit ihr seht, daß ich die Sache ernst nehme.

Was hast du diesmal wieder ausgeheckt, du Teufel? fuhr ihn Vernon an.

Habermas lächelte. Es ist Zyankali in dem Glas, erwiderte er. Ich sagte ja, der Verlierer verzichtet auf alles. Also auch auf das geliebte Leben, meine Süßen. Falls Vernon verliert, nun, Pech für euch. Sollte allerdings ich der Unglückliche sein und hier am Tisch zusammenbrechen, könnte euch nichts besseres passieren. Ihr hättet keinerlei Schwierigkeiten mehr. Yvonne erbt mein Vermögen, ihr seid reich, und den alten Habermas könnt ihr von Zeit zu Zeit auf Melaten besuchen und ein Sträußchen dalassen. Immerhin hättet ihr mir dann einiges zu verdanken. – Tja, das wäre also mein Angebot. Ein letztes Spiel, das mir Vernon, wenn ich mich nicht irre, fest versprochen hat. Stimmt's nicht, Vernon?

Nein, sagte Yvonne. Sie sagte es sehr klar und entschieden. Nein!

Habermas setzte seine beleidigte Kleinjungenmiene auf und zeigte zu Vernon herüber.

183

Aber er hat's mir versprochen!

Ich hab dir gar nichts versprochen, sagte Vernon. Er erhob sich und legte alle Verachtung in einen einzigen Blick, die man für einen Menschen zum Ausdruck bringen kann. Ich werde jetzt nach Hause gehen, und Yvonne geht mit mir. Das Spiel wird vorbei sein, bevor es angefangen hat, Habermas. Du wirst lernen müssen, daß nicht alles so läuft, wie du es dir vorstellst.

Habermas zog die Brauen hoch und spitzte nachdenklich die Lippen.

Wie schade, meinte er. Aber möglicherweise habe ich mich einfach nicht klar ausgedrückt.

Im nächsten Moment hielt er eine Waffe in der Hand und richtete die Mündung auf Vernon.

Der Franzose erstarrte mitten in der Bewegung. Dann muß er wohl etwas in Habermas' Augen gesehen haben, etwas Unmißverständliches und Tödliches, denn er setzte sich wieder hin und griff unsicher nach Yvonnes Hand.

Und was willst du jetzt tun? fragte er. Mich erschießen?

Ja, nickte Habermas ernst. Euch beide.

Aus Vernons Gesicht wich alle Farbe. Yvonne beugte sich ungeachtet der Waffe zu Habermas vor und sagte: Das wirst du nicht wagen. Ich bin deine Frau.

Bis daß der Tod uns scheidet, gab Habermas zurück.

Du wirst es nicht tun, wiederholte sie eindringlich.

Willst du es ausprobieren? fragte er. Seine Miene war zu Stein geworden. Ich werde schießen, so wahr ihr beide mein Vertrauen mißbraucht habt. Auf abscheuliche Weise! Warum sollte ich weniger abscheulich sein? Also, Vernon, sag mir, was du vorziehst: Die Kugel oder eine fünfzigprozentige Chance zu überleben mit der Option, hinterher stinkreich zu sein?

Vernon starrte abwechselnd auf den Revolver und auf Habermas.

Dann griff er mit bebender Unterlippe nach dem Kranz, drehte ihn und knallte ihn in die Mitte der Tischplatte, daß Schaum aus den Gläsern spritzte.

Nein, schrie Yvonne.

Es war zu spät. Einen Moment lang saßen beide Duellanten

noch starr und reglos da. Dann griff Vernon nach dem Glas vor ihm, Habermas tat es ihm gleich, und sie stürzten den Inhalt hinunter, als hätten sie Ewigkeiten nichts zu trinken bekommen.

Die Katastrophe blieb aus. Weder fiel Vernon röchelnd in sich zusammen noch glitt Habermas die Pistole aus der erschlafften Rechten.

Yvonne begann zu schluchzen und flehte sie an, aufzuhören, aber Habermas tat, als habe er sie nicht gehört. Die Waffe unverwandt auf Vernon gerichtet, drehte er den Kranz, und sie tranken zwei weitere dieser verfluchten Gläser aus, und wieder geschah nichts. Sechs Gläser waren noch im Kranz, eines davon der Agent. Vernons Rechte zitterte, da er nun wieder an der Reihe war.

Laß uns aufhören, flüsterte er, bitte.

Nein, sagte Habermas.

Yvonne zuliebe!

Habermas sah aus, als durchdenke er den Vorschlag. Und was hat Yvonne mir zuliebe getan? fragte er. Nein, Vernon. So einfach kommst du mir nicht davon. Wir trinken weiter.

Vernon, der arme Vernon, zitterte so sehr, daß er den Kranz kaum halten konnte und zwei Versuche brauchte, bis vor jedem wieder ein volles Glas stand. Sie tranken. Nichts, keine Wirkung. Nun war es an Habermas zu drehen, und auch er schaffte es eine Weile nicht, zwei volle Gläser in richtiger Position vor sie hinzubringen, denn mittlerweile waren ja sechs leere darunter. Dann tranken sie auch das siebente und achte, und Vernon übernahm den Kranz und drehte ihn mit zusammengebissenen Kiefern weiter, bis vor jedem von ihnen ein letztes Kölsch darauf wartete, getrunken zu werden. Und einen von ihnen zu töten.

Lange Zeit regte sich niemand. Habermas und Vernon sahen einander in die Augen. Auf Vernons Stirn sammelte sich der Schweiß. Seine Augen waren gerötet. Er zitterte noch stärker als zuvor.

Vernon, sagte Habermas, einer von uns wird jetzt sterben.

Bitte, flüsterte Vernon mit erstickter Stimme.

Yvonne war fassungslos. Außerstande, ein Wort hervorzubringen, sah sie, wie Habermas als erster nach seinem Glas griff, und einen törichten Moment lang hoffte sie inbrünstig, ihn daran sterben zu sehen, schnell und schrecklich. Dann setzte Habermas die Stange bedächtig an die Lippen, leerte sie bis zur Neige und stellte sie zurück.

Wahrhaftig, sagte er, ein gutes Kölsch. Das beste.

Vernon saß vor seinem Glas.

Trink, sagte Habermas.

Vernon schüttelte den Kopf. Er begann zu weinen.

Nun trink schon, ermunterte ihn Habermas beinahe väterlich. Vielleicht bist du ja immun gegen Zyankali. Tut mir leid, Vernon, aber wir hatten eine Vereinbarung getroffen. Du hast versprochen, dieses letzte Spiel mit mir zu spielen, und jetzt hast du verloren. Kannst dir aussuchen, wie du sterben willst, aber von einer Kugel ist bis heute noch jeder gestorben, denk dran.

Dann schieß doch, wimmerte Vernon.

Habermas runzelte einen Augenblick die Stirn, als sei er mit der Entwicklung der Dinge nicht recht zufrieden. Dann hellte sich seine Miene auf. Der Lauf der Waffe schwenkte hinüber zu Yvonne, zielte nun auf sie.

Und wenn ich deine Teuerste erschieße, krähte er, entzückt über seinen grandiosen Einfall. Ich hab ja eh nichts mehr von meiner Frau, sie liebt mich nicht und wird mich verlassen, so oder so. Soll sie leben oder soll sie sterben?

Du Schwein, weinte Vernon.

Wenn sie leben soll, dann trink.

Totenblaß streckte Vernon die Finger nach dem Glas aus. Sie berührten es, fuhren daran entlang, glitten kraftlos ab.

Nicht, daß du es umkippst, meinte Habermas. Das würde nichts ändern, hörst du?

Vernon nickte.

Seine Hand schloss sich um das Glas, obschon er vor lauter Zittern kaum instande war, es zu halten. Unendlich langsam führte er es an die Lippen. Er stöhnte qualvoll auf, und sein Blick, voller Flehen und Todesangst, suchte den Yvonnes.

Sie wich ihm aus.

Ein Wort von ihr würde vielleicht genügt haben, ich weiß es nicht. Ein Wort nur, und sie hätten Habermas gemeinsam in die Knie zwingen können. Aber Yvonne, die nicht sterben wollte, als

gäbe es wirklich ein Entrinnen vor dem Tod, Yvonne, die das
Leben am Ende mehr liebte als den Geliebten, sah nach unten und
ließ Vernon allein mit seiner Verzweiflung.

Er schaute in das Glas, mischte Tränen mit Bier, öffnete die
Lippen ...

Und sackte in sich zusammen.

Ich kann nicht, keuchte er. Oh Gott, ich kann nicht!

Was soll das heißen, du kannst nicht? brüllte Habermas. Dann
werde ich Yvonne erschießen. Mach dir keine Illusionen, ich wäre
dazu nicht fähig. Trink endlich das Glas aus, verdammt noch mal.
Trink es, Schlappschwanz.

Ich kann nicht, heulte Vernon.

Also gut, sagte Habermas mit gebleckten Zähnen. Dann gib es
ihr! Vielleicht ist sie ja bereit, dein lausiges Leben zu retten. Dann
machen wir's eben umgekehrt, und ich erschieße dich, wenn sie
nicht trinkt. Na, Yvonne, was hältst du davon?

Yvonne antwortete nicht. Sie riß sich mir den Schneidezähnen
die Haut von der Unterlippe und schüttelte schwach den Kopf.

Ich kann dich nicht verstehen, schnauzte Habermas. Was willst
du mir sagen? Daß er nicht sterben soll? Oder daß du nicht sterben sollst? Sag schon, willst du sterben? Komm, sag's mir, sag
Papa alles!

Yvonne blickte in die Mündung.

Nein, flüsterte sie kaum hörbar.

Was, nein?

Ich will nicht sterben.

Aber wenn du ihn doch retten kannst! In so viele Opern hast
du mich geschleppt, ich mußte mir diesen dämlichen Tristan an-
gucken und den Parsifal und den Fliegenden Holländer, und überall wird brav gestorben für die Liebe. Warum nicht hier, warum
nicht du?

Keine Antwort.

Gut, sagte Habermas mit plötzlicher Ruhe. Ich zähle jetzt bis
drei. Wenn bis dahin nicht einer von euch das Glas geleert hat,
knalle ich euch beide über den Haufen. Eins ...

Es klickte metallisch, als er die Waffe entsicherte.

Zwei ...

187

Vernon starrte auf das Glas. Seine Hand bewegte sich schwach, ohne zuzugreifen.

Drei...

Atemlose Stille.

Trink das verdammte Bier, schrie Yvonne den verdutzten Vernon an. Du bist schuld, daß wir hier sitzen!

Sie brach in Tränen aus und schlug die Hände vor's Gesicht.

Vernon saß wie vom Donner gerührt.

Ich bin schuld? flüsterte er fassungslos. Ich, ich soll schuld sein? Zum Teufel, wer hat denn angefangen, mir schöne Augen zu machen? Mir zwischen die Beine zu packen? Du doch! Du warst das doch! Nicht ich, du hast angefangen! Trink du es doch, krepier doch an deiner Geilheit!

Habermas sah sie der Reihe nach mit aufgerissenen Augen an. Der Mund stand ihm offen.

Aber ich dachte, ihr liebt euch, säuselte er in gespielter Verwunderung.

Niemand erwiderte etwas. Es gab keine Worte mehr.

Habermas schüttelte den Kopf. Gelassen legte er den Revolver vor sich auf den Tisch, langte herüber, nahm Vernons Glas und leerte es in einem Zug.

Wir wollen's doch nicht schal werden lassen, sagte er entschuldigend.

Sie starrten ihn an.

Ach ja, fügte er hinzu, ich habe euch angelogen. Man braucht kein Zyankali, um eine Liebe wie eure zu vergiften. Das geht ganz wunderbar auch ohne.

Und dann fing er an zu lachen.

Er lachte, bis ihm die Tränen über die Wangen liefen. Brüllte, kreischte und heulte vor Gelächter. Konnte gar nicht mehr aufhören. So sehr schüttelte es ihn, daß er sogar noch lachte, als schon die Kugel in seinem Herzen steckte, die Yvonne auf ihn abgefeuert hatte.«

Die Spinnwebfrau sah entrückt vor sich hin. Der Sammler wagte kaum zu atmen.

»Sie hat ihn erschossen«, sagte sie. »Dafür, daß sie einander verraten hatten, sie und Vernon. Aber eigentlich kann man Haber-

188

mas keinen Vorwurf machen. Was hatte er schon groß getan, als ihnen den Spiegel vorzuhalten. Und als sie hineinsahen, glotzten zwei Tote zurück, stumpf, kalt und ohne Empfindungen. Was uns tötet, ist, was wir in uns töten. Ja, so ist das.«

»Feierabend!« rief von hinten einer der Köbesse.

Die Spinnwebfrau blinzelte. Dann lächelte sie wieder dieses seelenlose Lächeln, erhob sich und nickte dem Sammler freundlich zu.

»Wie lange liegt das schon zurück«, seufzte sie. »All die Toten, denen wir hinterherleben. Mehr Seelen sind drüben als hier, wie sollen wir denn Frieden finden, wenn sie so an uns herumzerren?«

»Sie sind Yvonne«, sagte der Sammler leise.

Sie bewegte leicht den Kopf, ein tatteriges Schütteln oder schüchterne Zustimmung, kaum zu sagen.

»Hat mich gefreut, junger Mann. Vielleicht bis bald mal. Ich bin oft hier, zwei- bis dreimal die Woche ... aber das hatte ich ja schon erzählt.«

Mit spinnendürren Fingern legte sie einen Geldschein zwischen die aufgeweichten Bierdeckel, nickte ihm noch einmal zu und ging.

Der Sammler ließ seinen Blick die Reihen der hochgestellten Stühle entlangschweifen. Stumme, gleichgültige Zeugen. Was immer den Menschen wiederfuhr, was sie bewegte, begeisterte und vernichtete, am Ende stellte jemand die Stühle hoch.

Er fuhr sich über die Augen und fühlte sich mit einemal schwach und armselig. Noch einmal sah er sich um, bevor auch er aufstand. Dann verharrte er und lauschte in die plötzliche Stille hinein, als warte er auf Antwort von den Stuhlspalieren.

Sie erinnern mich daran, hatte ihm ein philosophierender Köbes einmal erklärt, daß sich unser Leben nicht im Erklingen, sondern im Verklingen vollzieht. Ein ständiger Nachhall ist das, und es liegt einzig an uns, welchem Klang wir lauschen. Nachts, wenn wir die Stühle hochstellen, sind sie noch warm von immer neuen, einzigartigen und bedeutsamen Geschichten. Dann erkalten sie langsam, und all die wichtigen Gespräche, die auf ihnen ausgetragen wurden, gleiten ab in die Bedeutungslosigkeit. Bis man sie wieder herumdreht und andere Menschen darauf Platz nehmen mit anderen wichtigen Themen. Und soll ich dir was sagen, mein Junge? Ich mag das Bild der umgedrehten Stühle. Es beruhigt mich. Es bringt mir Frieden.

Jetzt, da er der letzte Gast war, geisterten dem Sammler noch einmal diese Worte durch den Kopf, und er versuchte, sich ihrem Sinn zu nähern. Aber ebensowenig, wie ihm die Schicksale der Menschen wirklich etwas bedeuteten, vermochte er zu begreifen, daß die Leere zuvor bevölkerter Räume die beredteste aller Geschichten ist. Und so ging der Sammler mit nichts nach draußen auf die Friesenstraße als der Leere dort, wo sein Herz hätte schlagen müssen.

Hinter ihm wurde auch sein Stuhl hochgestellt, als letzter, neben den der Spinnwebfrau.

Ertappt!

Und wieder ein Aufschrei, ein Toter, ein Krimi. Diesmal ist es der Tünnes, durch brutales Intervenieren eines Rasiermessers von der Seite seines sehbehinderten Alter Ego gerissen. Die Legende erfährt ihre Mystifizierung. Tünnes entschwebt, gekränkt von einer hopfengelben Aura, gen Säuferhimmel, rote Nase voran, während Schäl allein durch angegilbte Anekdötschen stolpert, fade Heimatseligkeit verbreitend, ein Kölsch ohne Alkohol, ein Köbes ohne schlechte Kinderstube, ein amputierter Dom, ein Witz.

Werte Leser dieser, ich komme nicht umhin zu sagen, blasphemischen Zeilen, da dunkle Mächte sich erkühnen, unserem Tünnes ans Leder zu gehen, rüstet euch! Tünnes tot, das geht zu weit. Was blüht uns morgen? Hänneschen als Junkie, Bärbelchen als Mädchen vom Gewerbelchen, Speimanes von Skinheads aus der Bahn gestoßen?

Wie immer in derlei Situationen taucht ein Kommissar auf und strengt eine Untersuchung an, die nichts ergibt. Ergo – das ist uns nicht neu, wir haben Originelleres erwartet, indes: Geduld! – hat er sich bald im Rathaus einzufinden.

Schnitt zum obligatorisch aufgebrachten Kommunalpolitiker. B., der unumstrittene Ed Koch des Big Ädäppel, in Würde expandiert unter der schweren Bürde vieler goldverschlungener Kettenglieder, beklagt in ausgezeichnetem Hochdeutsch den Verfall der Sitten. Mehr noch! – Unvermittelt läßt er sich dazu hinreißen, von einer Kumulation der Delikte zu sprechen und verwirrt den armen Kommissar, der '73 wegen einer Sechs in Latein von der Kreuzgasse mußte, mit fein erlernten Fremdwörtern und handfesten Drohungen. Falls der Mord am Tünnes nicht vor dem Elften im Elften aufgeklärt sei, fliege der Kriminologe aus dem Amt wie weiland der selige Majewski aus dem siebzehnten Stock eines namentlich nicht näher genannten höchsten deutschen Hochhauses.

Der Fall Majewski sei gelöst, gibt der Kommissar zu bedenken.

Unter den Tisch gekehrt!, schreit B. unter plötzlicher Verwendung eines sich zum Urknall der Gemütlichkeit dehnenden SCH, was uns zwar seiner allertiefsten Besorgnis versichert, ohne uns indes zu beruhigen.

Ein Zucken geht über die Züge des Kommissars. Nahaufnahme. Vielleicht, daß wir genüßlich einem Schweißtröpfchen folgen, bis es sich im Gewebe seines nicht ganz blütenweißen Kragens jäh entformt.

Ein Kommissar?

Ein armer, armseliger Wicht! Lausiger Dreck unter dem Fingernagel des großen Sherlock. Ein Monstrum wirft seinen rotgeränderten Schatten auf die Stadt, und er verzagt. Derselbe, der den Tünnes umgebracht hat, wird weiterhin Blut ins Buch der Kölner Geschichte schmieren, wenn nicht unverzüglich etwas geschieht, und er? Schaudernd hasten wir schon durchs Veedel, unruhige Blicke hinter uns werfend, während die Polizei sich nicht entscheiden kann, ob sie devot oder debil dreinschauen soll.

B. hat absolut recht. So jeht das nischt weiter!

Da aber auf unseren Kommissar allein kein Verlaß ist, schicken wir ihn ins Café Central. Dort umweht ihn sogleich der Odem großer Gedanken. Er wird ins Restaurant O.T. geführt (eine Abkürzung: ohne Teller, schlußfolgert unser Kriminaler), wo ihn der große Drache erwartet, Kölner Buddha, Lehrmeister der verfeinerten Askese, Platzanweiser im Club der toten Denker, peitschenknallender Philosophenbändiger mit hochverehrtem Publikum, kurz, Doktor P., der gerade einen gesunden Salat ißt.

»Und?« fragt P.

Der Kommissar denkt nach. Mit dieser Frage hatte er nicht gerechnet. »Pinot«, beschließt er.

Der Pinot kommt. Der Kommissar trinkt, P. unterwirft die dunkelgrünen Blätter auf seinem Teller ausgeklügelten asiatischen Falttechniken.

»Der Tünnes ist tot«, sagt der Kommissar zwischen zwei Schlucken.

P. schaut auf.

»Man fand ihn«, fährt der Kommissar zwischen zwei weiteren Schlucken fort, »mit durchgeschnittener Kehle in einem Frisierstuhl der Coiffeurkette M. Eine ziemliche Sauerei. Augenzeugen berichten, er sei dort zwecks einer Naßrasur erschienen.«

»Und? Hat jemand gesehen, wer's war?« forscht P. zwischen zwei Blättern.

»Leider nein.« Der Kommissar schüttelt zwischen zwei Schlukken traurig den Kopf. »Als es geschah, war außer Tünnes und der Friseuse keiner mehr im Salon.«

»Wer hat ihn denn gefunden?« fragt P. zwischen zwei Blättern.

»Bläblä.«

»Sprechen Sie immer zwischen zwei Schlucken«, rät ihm P. zwischen zwei Blättern. »Nicht währenddessen.«

»Danke«, sagt der Kommissar zwischen zwei Schlucken. »Gefunden hat ihn übrigens der Schäl.«

P. will etwas zwischen zwei Blättern erwidern, aber der Salat ist alle. »Dieser Tünnes« sagt er nachdenklich, »ist, wenn ich mich recht entsinne, doch eine derbe Volksfigur im eher metahistorischen Kontext, oder? Wie kommt der überhaupt in einen Frisiersalon? Zweite Frage, können wir davon ausgehen, daß es die Friseuse oder sonstwer war, wenn sich der ganze Tünnes als fiktiv erweist?«

»Die Friseuse haben wir verhaftet«, meint der Kommissar nicht ohne Stolz. »Sie hat ihn rasiert, gibt jedoch an, ihm nicht die Kehle durchgeschnitten zu haben. Tja. Ich weiß nicht, was ich davon halten soll. Ich kannte den Tünnes eigentlich auch immer nur aus Witzen.«

»Interessant. Können Sie mal so einen Witz erzählen?«

»Sicher«, strahlt der Kommissar »Also, das ist ein guter, der geht so: Der Schäl steht auf der Deutzer Brücke und ruft: Frische Fischaugen! In dem Moment kommt der ...« Er stockt.

»Was ist? Warum hören Sie auf?«

»Ich kann den Witz nicht erzählen«, sagt der Kommissar unglücklich. »Ohne den Tünnes kann man den Witz nicht erzählen.«

»Eben«, ruft P. triumphierend. »Hier liegt nämlich das Motiv. Festhalten!«

Das Central erzittert.

»Was war das?« fragt der Kommissar bestürzt.

P. beugt sich vor, bis sich der Kommissar in seinen Brillengläsern spiegeln kann.

»Merken Sie das denn nicht?« zischt er. »Ist Ihnen nicht aufgefallen, daß alles um uns herum sich alle paar Minuten umzukehren, nachgerade um hundertachtzig Grad zu drehen scheint, als katapultiere man uns ständig von einer Seite der Erdkugel auf die andere?«

»Doch«, flüstert der Kommissar. »Jetzt, wo Sie es sagen ... «

»Wissen Sie, was ich glaube? Auch das hat möglicherweise mit dem Fall zu tun.«

»Wie aber kann das sein, o Sokrates?«

»Später. Warten Sie, da kommt soeben der bestens bekannte A. Er soll sich zu uns setzen und uns bei der Aufklärung behilflich sein. Zum Gruße, Herr Präsident! Nehmen Sie doch Platz.«

A., sichtlich verdattert über sein Hiersein, läßt sich mit der Grazie eines vitalisierten Kleiderständers nieder. Er verirrt sich eigentlich nie ins Central, aber wir müssen ihn sich dennoch dichterisch hierher verirren lassen, sei es auch ganz gegen seine sonstigen Usancen. Denn A. muß P. das Stichwort geben, indem er sagt:

»Neblig draußen.«

»Es war nicht neblig, als ich kam«, meint der Kommissar vorsichtig.

»Wenn A. sagt, es ist neblig, wird es wohl so sein«, versetzt P. in aller Seelenruhe. »Was haben Sie gegen den Nebel unternommen, Herr Präsident?«

»Nichts«, nuschelt A. verdrießlich. »Mir blieb nur, neuerlich den Kölner Autobahnring zu sperren, sodann den Militärring und den Ring vom Ebert- bis zum Rudolfplatz. Überhaupt sind die allerwenigsten Straßen und Plätze in der Suppe auszumachen, der Rest scheint regelrecht inexistent zu sein. Ich finde das empörend.«

P. zwinkert wissend und flüstert dem Kommissar etwas ins Ohr, so leise, daß es nicht mal der Autor verstehen kann. Der Kommissar hebt die Brauen, nickt, steht auf, hält kurz inne, weil

194

das Central wieder in ominöse Schwankungen verfällt, derweil P.
»Festhalten!« schreit, rennt dann unvermittelt zur Schwingtür,
welche das O.T. von seiner Küche trennt und reißt sie auf.

Dahinter weißer Nebel, enigmatisches Nichts!

»Da ist ja gar keine Küche!« ruft der Kommissar verblüfft.

»Wirklich nicht?« fragt P. scharf.

Der Kommissar reißt die Augen auf. Natürlich ist da eine Küche. Wahrscheinlich hat er beim ersten Mal einfach nicht richtig
hingesehen.

»Sicher hat er richtig hingesehen«, verkündet P. »Herrschaften,
ich habe eine schlimme Nachricht. Es ist genau, wie ich vermutet
habe. Wir sind sämtlich Opfer eines heimtückischen Individuums
geworden, das uns nämlich in eine Geschichte gepackt hat. Nur
die für die Handlung relevanten Orte wurden bis jetzt beschrie-
ben, also sind auch nur sie in dieser Geschichte existent. Der Rest
ist, was unser Freund A. als Nebel bezeichnet und weshalb er
laufend Autobahnen sperren läßt, die es realiter gar nicht gibt.
Sehen Sie, meine Herren, ich mußte einen Weg finden, den Lump
zu überrumpeln, der uns das angetan hat, und es ist famos gelungen. Ha! Bewies nicht schon Flann O'Brien in Swim-two-birds,
daß es einer Figur in einem Buch bisweilen glückt, den eigenen
Autor zu foppen? Ha!«

»Aber jetzt ist die Küche doch da«, stammelt der Kommissar.

»Weil er sie schnell hat entstehen lassen, als er merkte, daß er
überlistet worden ist«, fährt P. ihn an. »So ein Halunke! Will uns
glauben machen, dies wäre die reale Welt. Wenn wir aus dem
Fenster gucken, wird sich Köln mittlerweile kraft seiner Fabulier-
tüchtigkeit zur Gänze manifestiert haben. – Aber wie wär's, Herrschaften, fahren wir nach Frankreich oder Holland, wo er sich
nicht auskennt, da ist's gewiß wieder so neblig wie vorhin in meiner Küche. Und weiter, was tut A. hier im Central, der kommt
doch da normalerweise niemals hin, den Blödsinn kann sich doch
nur einer ausgedacht haben! Dann Tünnes, eine de facto hypo-
thetische Witzfigur, die plötzlich in M.s Frisierstuhl auftaucht.
Wie schamlos plündert er das Volksgut, dieser saubere Autor,
schämt sich nicht, eines der beliebtesten Kölner Originale zu
opfern um des schnöden – Festhalten! –«

Es wankt und rumpelt.

»... um des schnöden Thrills wegen! Schließlich dieses Zusammentreffen, wie jämmerlich gedrechselt! Kaum daß ich mich meines Abscheus zu erwehren weiß. Es fehlte nur noch zur Komplettierung der commedia, daß jetzt W.M. hereinspazierte.«

W.M. spaziert herein.

Er ist ein sehr beliebter Volksschauspieler und sehr alt, und darum ist es eigentlich eine Schweinerei, ihn ins Central zu bemühen, aber ich fühle mich bemüßigt, P. klarzumachen, wer hier die Puppen tanzen läßt.

»Bleiben Sie, wo Sie sind«, ruft der Kommissar W.M. zu. Er geht hinter einem der Tische in Deckung und zieht seine Waffe. »Wir haben hier einen Verrückten.«

»Den P.?« fragt W.M. mit brüchiger Theaterstimme.

»Nicht den P.!« fährt ihm A. dazwischen. »Wir sind von irgendeinem Schmierfink in diese Farce gezwungen worden, einem größenwahnsinnigen Kriminalschriftsteller. Als ginge ich jemals ins Central!«

Der Kommissar richtet mit sinistrem Blick seine Pistole auf mich. Mir wird das irgendwie zu bunt. Schon hat er keine Pistole mehr.

»Ich habe keine Pistole mehr«, sagt der Kommissar folgerichtig mit hängender Kinnlade.

»Soso«, grinst P. voller Ingrimm und tritt mutig ein Stück vor, dorthin, wo er mich am Laptop vermutet. »He, Schriftsteller! Wen willst du als nächstes verschwinden lassen, Attila von einem Literaten? Aber zu spät, wir sind dir auf die Schliche gekommen, Unhold. Wir wissen, daß wir nur Figuren in deiner Geschichte sind. Doch freu dich nicht zu früh; die Zeiten sind vorbei, da Schriftsteller nach Belieben Hinz und Kunz durch Dick und Dünn jagen konnten. Ihr habt nur Leid über die Welt gebracht! Warum durften Romeo und Julia nicht leben, warum hatte der Glöckner von Notre Dame einen Buckel, das arme Schwein, warum ist die edle Desdemona des Mohren Wahn geopfert worden? Alles nur, weil ihr es wolltet in eurem dekadenten Überdruß, gelangweilt vom Gleichmaß der Welt oder sie beklagend für erlittenes Unrecht. Festhalten!«

Das Übliche.

»Was können eure Helden dafür, wenn ihr nichts zu beißen habt oder zuviel davon und dafür zu kleine Eier«, fährt P. unerbittlich fort. »Und jetzt der Tünnes, ein harmloser Protagonist rheinischen Frohsinns. Mordbube!«

Der meint mich! Wie er es ausspuckt, das Wort. Ganz wie die Amerikaner einen Kaugummi in die Gosse speien.

»Der Tünnes ist tot?« röchelt W.M. in verspäteter Fassungslosigkeit und besinnt sich – er, der dem Tünnemann so oft Gestalt verlieh – erzitternd seines öffentlich rechtlichen Gnadenkommissariats. »Dann ... dann fordere ich den Autor, wer immer Sie auch sein mögen, junger Mann, nachdrücklich auf, mit erhobenen Händen ...«

Augenblick mal, Jungs. Wenn die Geschichte weitergehen soll, laßt den Quatsch mit den erhobenen Händen, sonst kann ich nicht schreiben.

»Blöde Ausrede«, knurrt der beleidigte, weil entwaffnete Kommissar.

»Nein, er hat recht.« P. stemmt die Arme in die Hüften. »Also, Bursche, verantworte dich.«

Was, ich?

»Wer sonst! Sag bloß, du hättest nicht allen Grund dazu.«

Kreuzdonnerwetter! Also gut, ja, zugegeben, ich habe euch benutzt. Aber doch nur, verdammt noch mal, weil ich nicht mehr weiter wußte! Ich hab den Tünnes nicht umgebracht, ich schwör's.

»Wer dann? Du lügst doch wie gedruckt. Der Mörder ist immer der Autor, das ist bewiesen.«

Blödsinn! Philosophendelirium!

»So? Ich verweise rein exemplarisch auf die illustre Riege Kölner Gewalttäter, die sich unverständlicherweise immer noch frei tummelt, als da sind der Gottwald und der Grützbach und der Noske und der Hülsebusch und wie sie alle heißen. Willst du etwa behaupten, an ihren Laptops und Schreibmaschinen klebe nicht das Blut zahlloser Opfer?«

Lachhaft.

»Festhalten!«

Rutschen, Wanken.

»Man sollte diese ganze Köln-Krimi-Bande in Eisen legen«, erbost sich der Kommissar. »Allen voran diesen E., der klugerweise niemals selber schreibt. Allein dem wüßte ich ein rundes Dutzend Haftbefehle auszustellen wegen Anstiftung zum Mord.«

Jetzt reicht's aber, Leute. Zurück auf eure Plätze! Das ist meine Geschichte.

»Nein!«

Was heißt hier, nein? Wo kommen wir hin, wenn die Kreaturen gegen ihre Schöpfer rebellieren?

»Du wagst es, mich eine Kreatur zu nennen?« giftet P., derweil der Kommissar dem schweratmenden W.M. zumunkelt: »Jetzt ist er wahnsinnig geworden. Hält sich für den Schöpfer.«

Nicht zu fassen! Also, Leute, zum letztenmal. Ich habe den Tünnes nicht umgebracht!!!

»Und warum ist er dann tot?« beharrt der Kommissar.

Du lieber Himmel! Wie konnte mir nur eine dermaßen halsstarrige Figur unterlaufen.

Ich ...

»Das Vertrackte«, unterbricht mich P. gelehrt, während er auf und abgeht, »ist ja, daß des Tünnes' Ableben zwar fiktiver Natur ist, indes aber auch wir in einer fiktiven Welt gestrandet und somit den Bedingungen der Relativitätstheorie unterworfen sind. Damit haben wir eine durchaus vorhandene Leiche zu berücksichtigen. Der Mord bedarf also in jedem Fall der Aufklärung.«

Klingt vernünftig. Darf ich etwas dazu beisteuern?

»Bitte«, erbarmt sich P.

Ich habe nämlich gar keinen Krimi schreiben wollen, sondern einen Witz.

»Einen Witz?«

Ja, einen von Tünnes und Schäl. So ist der auch abgedruckt worden, aber dann war der Tünnes plötzlich tot. Da mußte ich natürlich umdenken, obwohl ich nicht die leiseste Ahnung habe, wie das passieren konnte.

»Nun gut, und wovon handelt dieser – Witz?«

Na, von Tünnes, wie er zum Friseur geht und ...

»Festhalten!«

... und sich rasieren läßt, und da kommt plötzlich der Schäl und muß furchtbar lachen. Als sie zusammen rausgehen, fragt der Tünnes den Schäl, warum er vorhin so gelacht habe, und da sagt der doch glatt ...

»Schon gut, geschenkt.«

Jetzt seid nicht sauer. Irgendeinen mußte ich doch schließlich erfinden, der die Sache aufdeckt!

»Ja«, brummt der Kommissar verdrossen. »Mich. Nur, daß ich im Rathaus das Zähnefletschen vom B. über mich ergehen lassen mußte. Anstatt mir den Fall einfach zu überlassen, was sollte das? War die Szene wirklich nötig?«

Naja. Ich dachte, es könnte die Sache vorantreiben.

»Wir sollten ihm glauben« schlägt W.M. altersweise vor. »Immerhin spreche ich aus der Erfahrung des Illusionisten. Da gewinnt man ein Gespür für Sein und Schein. Im Scheine des Scheins, der unser Sein im Augenblick zu sein scheint, scheint mir der Autor aufrichtig zu sein.«

Allerdings.

»Das heißt, wir hätten dich zu Unrecht angegriffen«, lenkt P. stirnrunzelnd ein.

Na endlich! Und überhaupt, was soll eigentlich dieses ständige »Festhalten«? Wenn ihr mir schon meine Geschichte durcheinanderbringt, dann bitte auf nachvollziehbare Weise.

»Ein seltsames Phänomen«, raunt der Kommissar mir zu. »In regelmäßiger Folge ist es, als stelle uns jemand auf den Kopf mitsamt der kompletten Umgebung. Ich dachte eigentlich, das sei Bestandteil der Geschichte.«

Quatsch! Warum sollte ich so was Absurdes einbauen?

»Das ist nicht von dir?« staunt P.

Und dann schlägt er sich in plötzlicher Erkenntnis an die Stirn.

»Aber natürlich!«

»Was ist natürlich?« will der Kommissar wissen.

»Der Mörder. Ich kenne den Mörder.«

»Lassen Sie Vorsicht walten!« A. springt auf und hebt beschwörend die Hände. »Dieser Autor ist von der rachsüchtigen Fraktion, er wird uns noch allesamt verschwinden lassen – äh, festhalten!«

199

»Ach was, es war nicht der Autor!«

»Nicht der Autor? Wer dann?«

»Der Mörder ist die Person, die diese Geschichte liest.«

Schweigen.

Alle starren Sie an.

Ja, Sie! Sie lesen das Buch doch gerade, oder? Und, sehen Sie noch einen, der's liest? Im Ernst, Sie sind gemeint.

Offengestanden, ich bin auch verblüfft. Da setzt man sich nun hin und schreibt was Hübsches für Sie, und wie danken Sie die Mühe? Murksen den armen Tünnes ab.

Wie? Sie leugnen?

P. läuft dunkelrot an, und Sie sehen sich aufgespießt vom Zeigefinger des Philosophen. »Dieses Rumpeln, wenn die Welt sich dreht«, ruft er Ihnen mit Donnerstimme zu, »kommt immer, wenn Sie eine Seite umblättern und uns für die Dauer einer Sekunde aus der Waagerechten werfen. Jedesmal müssen wir uns einer neuen Horizontalen anpassen. Sie haben die Macht, das Werden und Vergehen der Figuren in diesem Buch vermittels ihres angefeuchteten Fingers in gänzlich andere Bahnen zu lenken, als sie dem Autor vorschwebten ...«

Ganz richtig! Passen Sie gefälligst auf beim Blättern!

»Aber mehr noch, Sie haben bewußt auf den Tod des armen Tünnes hingezielt, als Sie nämlich, was noch gar nicht lang zurückliegt, das Buch aus der Hand legten.«

»Legten? Brutal zuklappten und neben sich pfefferten!« ergänzt der Kommissar mit fieberglänzenden Augen.

»Wodurch«, schloß P., »eine solch gewaltige Erschütterung entstand, daß die Friseuse, die dem Tünnes soeben das Messer aus nichts anderem als rein kosmetischen Gründen an den Hals gesetzt hatte, ihr Gleichgewicht verlor und ihm denselben dabei durchschnitt.«

»Sie haben es extra getan«, sagt der Kommissar.

Stimmt das? Sie haben es extra getan? Pfui Spinne!

Ach, Sie hatten kein Motiv?

Geben Sie auf. Sehen Sie das Lächeln der Überlegenheit auf den Zügen des Kommissars? Herr Kommissar, hatte die Person, die diese Zeilen liest, ein Motiv?

»Selbstverständlich. He, Sie, der Sie da lesen, Sie werden doch nicht leugnen wollen, daß Sie schon lange nicht mehr über Tünnes und Schäl-Witze lachen konnten. Darum haben Sie den Tünnes umgebracht. Damit Ihnen keiner mehr diese Witze erzählen kann. Wollen Sie das leugnen? Wollen Sie tatsächlich leugnen, das Buch vorhin rüde aus der Hand gelegt zu haben? Geben Sie auf. Widerstand ist zwecklos.«

Tja, lieber Leser – da wären wir. Sie sind der Mörder. Fühlen Sie sich höflichst verhaftet und seien Sie so gut, sich unverzüglich auf den Waidmarkt abzuführen.

Was, Sie wollen fliehen?

Er will fliehen. Macht was! Ich hab euch nicht erfunden, damit ihr Maulaffen feilhaltet.

»Hiergeblieben!« schreien A. und P. wie aus einem Munde, während der Kommissar nach seiner Waffe fingert.

»Ich kann aber nichts machen!« heult er. »Dieser Schwachkopf von Autor hat mir die Knarre weggenommen.«

Ach richtig.

»Der Leser haut ab.«

»Er geht uns durch die Lappen!«

»Er versucht, in die nächste Geschichte zu entwischen.«

»Haltet ihn!«

Zu spät.

Sie sind schneller.

Vrrooomm!

Gabberts schwarzer Golf GTI!

Wie abgefeuert, Militärring, zwei Uhr morgens, bohrt sich der Wagen ins Ungewisse, hundertneunzig auf dem Tacho, Gabbert hinterm Steuer mit durchgedrückten Ellbogen, Promille im Blick, selig.

Bäume, Buschwerk, Straße entstehen fahlweiß, um gleich wieder zu erlöschen. Momentaufnahmen, verschmiert von Geschwindigkeit. Die Scheinwerfer sägen Beweise aus der Nacht, daß alles noch ist, wie es sein sollte, alles an seinem Platz.

Die Indianer sehen das anders.

Der Hohlweg, den du entlanggehst, sonnengefleckter Grund zu deinen Füßen, der Baum, unter dessen tiefhängendem Astwerk du hindurchreitest, die Savanne in der Mittagsglut, sie sind vielleicht nur Trugbilder aus Licht und Staub. Hüte dich anzunehmen, was du siehst, sei erwiesen. Erwiesen ist lediglich, daß der Sehende blind ist für die Welt hinter den Formen. Starrst du bei Nacht in denselben vertrauten Hohlweg, endet alle Erfahrung in einem schwarzen Trichter. Immer wieder magst du dir einreden, dort hinten schlängele sich der Weg weiter nach Süden, vorbei an einem krummen Baum, der die Gestalt eines alten Weibes hat, und daß auf dem Feld gleich gegenüber weiße Blüten leuchten; – und doch beschwörst du nur das Abbild der Erinnerung. Dunkelheit und Nebel aber ziehen magische Grenzen, jenseits derer nichts von Gültigkeit ist. Alles könnte dort auf dich warten oder weniger als nichts, wie es den Göttern gerade einfällt. Du hast keinerlei Beweise, daß die Welt noch existiert, sobald sie deinem Blick entschwunden ist, und jeder weitere deiner zögerlichen Schritte ins vermeintlich Bekannte ist ein Schritt in die Zwischenwelt ...

Vrrroooommmmm!

Gabbert! Vollgas!

Wer sonst hat es geschafft, drei Tauben plattzufahren, die eines Tages auf der Moltkestraße herumspazierten? Mit ruckenden Köpfen, pickend, nicht ahnend, daß da einer käme, das Gesetz zu brechen, wonach Tauben immer – immer! – in letzter Sekunde den Abflug schaffen! Drei platzende Bäuche, rotklebriger Gefiederbrei, eine Frau mit vollgespritztem Kleid, die sich unverzüglich daranmacht, den Rinnstein vollzukotzen, als wolle sie aus purer Solidarität nun auch ihr Inneres nach außen kehren, während Gabbert, die Augen begeistert an den Rückspiegel geheftet, mit gellendem Lachen weiterdrischt.

Zweihundertzwanzig, der Tacho. Die weiße Naht des Mittelstreifens, hin und her peitschend, eingesaugt von der allmächtigen Maschine, zerhackt und wieder ausgespien. Gabbert jubelt und dreht das Radio lauter: *The Prodigy, fire starter. I'm a fire starter, I'm a fire starter . . .*

»I'm a fire starter!«

Das klingt falsch, wunderbar daneben. Gabbert preßt sich in den Sitz, brüllt den Refrain mit, schließt einen Moment die Augen.

Und muß gähnen.

Was? Er? Müde? Bei Zweihundertzwanzig?

Die Scheinwerfer erfassen eine Gestalt am Wegesrand, die rasch größer wird. Gestikulierende Arme, jemand, dessen Mund mindestens so sperrangelweit aufsteht wie der von Gabbert, oder bildet er sich das ein, wie kann er bei der Geschwindigkeit überhaupt solche Details erkennen . . . ?

Zu den wirklich erhebenden Momenten im Leben eines Besessenen gehört, einen zweihundertzwanzig Stundenkilometer schnellen Wagen innerhalb weniger Sekunden auf Null abzustoppen. Gabbert steigt mit allem, was er hat, auf die Bremse. Er mag betrunken sein, aber sein Reaktionsvermögen schaltet sich ein wie eine automatische Reserve. Noch während der Golf mit quietschenden Reifen kurz hinter der Gestalt zum Stehen kommt, fragt er sich, warum er nicht einfach weiterfährt. Er hat noch nie für Anhalter gestoppt. Sie könnten den Wagen verschmutzen, ein Messer hervorziehen, ihm dämlich kommen. Anständige Menschen haben keinen Grund, nachts rumzustreunen und Autos anzuhalten. Anständige Menschen fahren selber.

Aber Gabbert steht. Souveränes Manöver. Kann zufrieden sein. Er entspannt sich, schiebt den Kopf in den Nacken, bis es knackt, und wartet.

Die Gestalt nähert sich im Seitenspiegel. Gabbert entsinnt sich zur Vorsicht der Zentralverriegelung. Beidseitiges leises Schnappen, um den Bruchteil einer Sekunde versetzt. Beruhigend.

I'm a fire starter . . .

Er dreht das Radio leiser. An der Seitenscheibe ist ein Klopfen zu hören. Er wendet den Kopf und erblickt Gesicht und Oberkörper eines Mannes. Aus einer Platzwunde oberhalb der rechten Braue sind Ströme von Blut geflossen, so daß man die Züge des Fremden kaum erkennen kann. Augen und Mund sind angstvoll aufgerissen, das Haar hängt ihm strähnig in die Stirn, seine Finger, die stetig, in kurzen Intervallen, gegen die Scheibe hämmern, sind zu Klauen verkrümmt.

Gabbert läßt ihn klopfen und überlegt, was er als nächstes tun soll. Weiterfahren? Warum hat er überhaupt angehalten? Vage beschleicht ihn die Vorstellung, etwas habe ihn dazu veranlaßt. Kurzzeitig die Kontrolle übernommen. Daß er hier steht, ist gegen seine Natur. Gabbert stoppt nicht für Anhalter, hat er noch nie getan. Warum jetzt?

Die Gestik des Mannes, überlegt er. Der verwischte Eindruck von Vertrautem. Wiedererkennen, aber nicht zuordnen können. Das ist es! Er hat den Mann schon mal gesehen. Pavlov'scher Effekt.

Oder doch nicht?

Wahrscheinlich Einbildung. Durcheinander im Kopf von zuviel Geschwindigkeit.

Der hier wird ihm jedenfalls den Wagen versauen, soviel steht fest. Überdies gefällt es Gabbert gar nicht, mitten in der Nacht in etwas verwickelt zu werden, das Menschen so zurichtet. Da er nun aber schon mal angehalten hat, gefällt es ihm ebensowenig, das arme Schwein in der Kälte stehen zu lassen. Man ist ja kein Unmensch. Einer zwar, der gern aufs Gas tritt, aber deswegen nicht ohne Kinderstube und Kultur. Und überhaupt, der Mann

204

hat ihn gesehen, soviel zum Thema Fahrerflucht, und man wär ja
selber froh, wenn einem geholfen würde, und überhaupt, und
überhaupt.

Gabbert läßt die Scheibe ein Stück herunter. Es weht kalt herein.

»... einen Unfall!« hört er den Fremden sagen.

Auch die Stimme kommt ihm bekannt vor. Kein Zweifel, er
kennt den Burschen. Könnte einer aus der Kölner Prominenten-
riege sein. Das wäre allerdings der Hammer! Heinz Gabbert rettet ... ja, wen eigentlich?

Er läßt die Scheibe ganz herunter.

»Kann ich was für Sie tun?«

»Wir hatten einen Unfall«, wiederholt der andere. Er hustet.
Ein dünner Faden mit Blut vermischten Speichels läuft seine Unterlippe herunter.

»Soll ich Sie ins Krankenhaus fahren?«

»Nein. Nein, mir geht's gut.«

»Ihnen geht's gut?« Gabbert schüttelt nachsichtig den Kopf.
»Ich hab schon welche gesehen, denen ging's besser. Wenn Sie
mich fragen ... «

»Wir müssen uns beeilen«, keucht der Fremde. »Ich weiß nicht,
wo er hin ist, aber er wird Hilfe brauchen.«

»Er? Wer?«

»Ich ... ich weiß nicht ... «

Gabbert runzelt die Stirn. Doch ein Verrückter?

»Ich fahre Sie ins Krankenhaus«, sagt er entschieden.

Du bist ein blöder Idiot, schießt es ihm durch den Kopf. Sie
werden an dir herumschnüffeln und den Alkohol riechen. Und
dann?

»Nein, nicht ins Krankenhaus!«

Gabbert saugt hörbar den Atem ein und schweigt.

»Später vielleicht.« Der Mann fährt sich übers Gesicht und
verschmiert das Blut noch mehr. »Hören Sie, wir sind da vorne
von der Straße abgekommen, kann nicht weit sein. Zwei, drei
Kilometer, schätze ich. Bin die ganze Strecke ... « Neuer Husten
schneidet ihm den Satz ab. »Ich bin ... « Husten, der kein Ende
nehmen will.

205

Also gut.

Die Zentralverriegelung schnappt wieder auf.

»Steigen Sie ein.« Gabberts Daumen weist nach hinten. »Auf die Rückbank mit Ihnen. Tut mir leid, hab vorne allen möglichen Krimskrams rumliegen. Unten ist ein Griff, damit können Sie den Sitz ...«

»Ich weiß. Danke.«

»Wollen Sie 'n Riegel?«

»Einen was?«

»Knabberriegel. Der ganze Wagen ist voll davon. Ich brauch das Zeug.«

»Äh ... nein. Nein, danke. Wirklich nicht.«

»Okay.«

Während sein nächtlicher Fahrgast nach hinten kriecht, denkt Gabbert angestrengt nach, wo er die Stimme schon gehört hat. Kann einen um den Schlaf bringen, so was! Irgendeine Show im Fernsehen, beim Zappen draufgestoßen? Nein, eher ... live! Musiker vielleicht. Sänger. Schauspieler. Weiß der Teufel! Wenn er nur das Gesicht erkennen könnte unter der blutigen Maske. Gabbert rettet Promi! Käme nicht schlecht, verdammt! *Hey, I'm a fire starter ...*

Der Fremde läßt sich schwer in die Polster fallen und verschwindet endgültig im Dunkel. Gabbert zuckt mit den Achseln, langt rüber, knallt die Tür zu und legt den Gang ein. Wird ihn halt später danach fragen.

Dann breitet sich ein mulmiges Gefühl in seiner Magengrube aus. Nicht, daß es dem Burschen einfällt, sein Leben dahinten auszuhauchen!

Du heilige Scheiße! Das wär noch was! Ein betrunkener Fahrer mit einem toten Unfallopfer auf der Rückbank, auf dem Militärring in die ewigen Jagdgründe eingegangen, da spricht die Staatsanwaltschaft schon mal gern von Totschlag.

Besser, langsam zu fahren. Wenn er den Mann verarztet hat, ist immer noch Gelegenheit, ein bißchen auf die Tube zu drücken. Brav, mit achtzig Stundenkilometern, zockelt der Golf den Militärring runter. Gabbert kommt es nach dem Höllenritt der letzten Viertelstunde vor wie Schneckenreiten. Trotzdem.

206

Hinten bewegt sich der andere, richtet sich ein Stück auf. Er lebt noch. Halleluja!

Gabbert räuspert sich.

»Wo, sagten Sie, steht ihr Wagen?«

»Stehen?« Der Fremde läßt ein humorloses Lachen hören. »Da steht überhaupt nichts mehr. Total im Eimer. Ist übrigens das gleiche Modell wie Ihrer.« Eine Pause, so düster wie die Welt da draußen. »Oder war es«, fügt er mißmutig hinzu.

»Was ist überhaupt passiert?«

»Gute Frage. Hab 'ne Sekunde lang nicht aufgepaßt. Weiß nicht, alles so verschwommen. Da war noch einer mit mir im Wagen, der scheint sich in Luft aufgelöst zu haben. Ist wahrscheinlich selber los, Hilfe holen. Ich war längere Zeit bewußtlos ... glaube ich. Dann ... «

»Augenblick mal! Sie erinnern sich nicht, wer mit Ihnen im Wagen saß?«

»Was? Nein. Ja ... doch ... Keine Ahnung, ich bin völlig durcheinander. Kann mich kaum erinnern. Der hatte irgendwelche Probleme, da hab ich ihn mitgenommen. Obwohl ich sonst mein Lebtag keinen mitgenommen habe. Nie!«

»Ich auch nicht. Zu gefährlich.«

»Nett, daß Sie 'ne Ausnahme machen.«

»Tja, es gibt so Momente. Würden Sie ihn wiedererkennen?«

»Wen?«

»Ihren Beifahrer. Wenn Sie ihn wiederfinden wollen, wäre es hilfreich, wenn Sie wüßten, wie er aussieht.«

»Sie stellen Fragen! In meinem Kopf herrscht das reinste Chaos.«

»Filmriß.«

»Na, ich weiß nicht.«

»Doch, kenne ich. Kennt jeder. Passiert mir immer dann, wenn ich zuviel durcheinander getrunken habe.«

»Schön wär's.«

»Wo, sagten Sie noch mal, ist die Stelle? Wir müßten allmählich mal was sehen.«

Der andere gibt keine Antwort. Dann hört Gabbert ihn wie zu sich selber murmeln: »... allmählich wieder klarer. Kommt alles

207

wieder. Ja, genau! Der da mit mir im Auto saß, hat ... Hm ...
Das ist ja komisch.«

Wieder hüllt er sich in Schweigen.

»Was ist komisch?« ermuntert ihn Gabbert.

»Daß ... Wissen Sie, gerade kommt es mir so vor, als ob ...
Aber nein, das wäre ja kompletter Wahnsinn!«

»Was? Was wäre Wahnsinn?«

»Hatten Sie mal ein Déjà-vu-Erlebnis?«

»Ein Déjà-vu-Erlebnis? Nein.«

»So, daß Sie glauben, Ihnen passiert das Gleiche zweimal. Ganz
merkwürdig. Durchaus komplexe Abläufe, und plötzlich kommt
es Ihnen vor, als ob Sie ... ja, als ob Sie Teil eines Drehbuchs sind,
wie im Film. Sie können nicht voraussagen, was als nächstes passieren wird. Aber im Augenblick, da es geschieht, wissen Sie genau, so ist es schon mal abgelaufen, so und nicht anders. Verdammt! Sie sind sich darüber im klaren, daß Sie eine Rolle spielen ... spielen müssen, aber Sie können nicht aussteigen ... alles
ist vorprogrammiert ... «

Steht unter Schock, denkt Gabbert. War da nicht was mit Beine
hochlegen? Erste Hilfe, erste Stunde.

»Ich hab darüber gelesen.« Gabbert versucht, seiner Stimme
einen sonoren, beruhigenden Klang zu geben. Reden wie der
Onkel Doktor, Band eins.

»Fahren Sie doch schneller«, drängt der Mann.

Gabbert schüttelt den Kopf. Die Lust am Rasen ist ihm für den
Augenblick vergangen.

»Wir sind schnell genug.«

»Ich weiß nicht. Ich hab ein Scheißgefühl.«

»Wollen Sie nicht doch lieber ins Krankenhaus? Besser, Sie
verschrotten Ihren Wagen als sich selber.«

Lange Zeit bekommt er keine Antwort.

Gabbert sucht mit zusammengekniffenen Augen die Straße ab.
Ob der andere in Ohnmacht gefallen ist? Wieder muß er gähnen.
Verdammte Müdigkeit! Wäre ihm vor ein paar Jahren nicht pas-
siert.

Vor ein paar Jahren warst du auch noch keine dreißig, Junge.

»Sagen Sie das noch mal«, flüstert der Mann.

208

Gabbert stutzt. In der Stimme schwingt ein deutlicher Unterton mit: Panik. Und noch etwas, bedrohlich, angsteinflößend. Gabbert spürt, wie sich die Härchen entlang seiner Wirbelsäule aufrichten. Wenn nur endlich dieses verdammte Wrack auftauchen würde. Gabbert will die Geschichte hinter sich bringen. Er will ...

Und wenn der Kerl überhaupt keinen Unfall hatte?

Wenn das Blut gar nicht seines ist, sondern das von jemand anderem, und das Gerede vom zertrümmerten Auto am Wegesrand nur ein Trick?

Der Schweiß bricht ihm aus, plötzlich und unerwartet. Jetzt in diesem Moment könnte der Lauf eines Revolvers auf seinen Nakken gerichtet sein. Ein Messer aufblitzen. Gott weiß, ob er das Gesicht nicht aus der Zeitung kennt. Psychopath entlaufen. Neigt dazu, harmlose Autofahrer zu skalpieren. Häutet seine Opfer bei lebendigem Leibe. Schneidet ihnen die Eier ab, wenn männlich. Und so weiter, und so fort.

Wie konnte er nur so naiv sein! So dämlich!

»Sagen Sie das noch mal«, drängt der andere in schärferem Tonfall.

»Was denn?«

Jetzt nicht durchdrehen.

»Was haben Sie da von Verschrotten gesagt?«

Gelassen bleiben.

»Ich sagte, besser, Sie verschrotten Ihren Wagen als sich selber. War nicht böse gemeint.«

»Aber ... « Er hört den Mann hinter sich keuchen. »Das kann nicht sein. Das kann nicht wahr sein! Das hieße ja ... «

Er beugt sich ruckartig vor und packt Gabbert an der Schulter. Gabbert schreit auf.

»Ich hab's nicht böse gemeint. Ich schwör's!«

»Halt an!«

»Lassen Sie mich los. Bei mir ist nichts zu holen.«

»Du Idiot, ich tu dir nichts. Du sollst anhalten! Anhalten! Schnell!«

Der Fremde ...

Im selben Moment fährt der Blitz der Erkenntnis in Gabbert,

und er dreht sich zu der blutverschmierten Fratze seines Mitfahrers um und starrt ihm in die Augen.

Sein Verstand weigert sich zu begreifen.

»Sieh auf die Fahrbahn!« brüllt der andere. »Um Gottes willen, du wirst uns noch umbringen. Sieh auf die ... «

Ein Hupen, endlos, nah, zu nah.

Gabbert wirbelt herum, eben rechtzeitig, um die hochgelegenen Lichtbatterien des riesigen Fernlasters auf ihn zurasen zu sehen. Das ganze Universum scheint nur noch aus diesen Lichtern und dem Hupen zu bestehen, und er auf der falschen Straßenseite, dahingeraten, weil er sich umgedreht hat, als ihnen dieses Monster entgegenkam.

Seine Hände greifen ins Lenkrad. Der Golf beschreibt eine groteske Kurve, kracht gegen den Ausläufer der gewaltigen Stoßstange, die ihn wegdrückt und anhebt, so daß er auf zwei Rädern weiterfährt. Verzweifelt wirft sich Gabbert auf die Beifahrerseite, um den Wagen durch die Verlagerung des Gewichts wieder in die Waagerechte zu bringen. Das Gegenteil geschieht. Wie in Zeitlupe legt sich der Golf auf die Seite, schlittert funkenschlagend über den Asphalt, und Gabbert stürzt zurück.

»Du Idiot!« schreit die Stimme hinter ihm. »Jetzt geht alles wieder von vorne los!«

Letzte Worte, die Gabbert hört, bevor der Golf auch seine Seitenposition aufgibt und aufs Dach kippt. Krachend geht es abwärts, die Böschung runter. Gabbert knallt mit dem Kopf gegen etwas Hartes, sieht undeutlich Bäume, Gestrüpp, Gras und seine Beine über sich.

Wie eine gepeinigte Kreatur kreischt der Wagen noch einmal auf, macht einen Satz und zerbirst an einer altehrwürdigen Buche, eine Schneise der Zerstörung hinterlassend.

Eine Zeitlang scheppert etwas im Innern weiter.

Dann ist alles still.

Lange.

Sehr lange.

Gabbert hustet.

Es kommt ihm vor, als säße er in einer Pauke, auf die jemand wie ein Wahnsinniger eindrischt. Er öffnet die Augen. Über ihm erstreckt sich ein rabenschwarzer, mond- und sternenloser Nachthimmel.

Er friert. Das ist gut. Wer friert, der kann nicht tot sein.

Seitlich ragt das Heck des Golfs über ihm auf. Er selber liegt im nassen Gras. Instinktiv geht er davon aus, daß er bei dem Unfall alle Knochen gebrochen hat. Er wendet den Kopf, richtet sich auf den plötzlich zuschlagenden Schmerz ein, aber zu seiner Überraschung geht es ganz leicht. Sonderlich schlimm scheint es ihn nicht erwischt zu haben, sieht man davon ab, daß warme Flüssigkeit über sein Gesicht läuft und der Wahnsinnige in seinem Kopf immer noch Pauke spielt. Er bewegt die Finger, hebt die Arme, zieht die Beine an. Alles in bester Ordnung.

Immer noch mißtrauisch stützt er sich auf den rechten Ellbogen und betrachtet seinen Wagen. Jetzt kann er sehen, daß der Golf total zertrümmert ist. Die Fahrertür steht weit offen. Also ist er rausgeschleudert worden. Darum hat er überlebt. Es grenzt an ein Wunder.

Als er sich ganz aufsetzt, ist der Schmerz plötzlich da. Aber er ist nicht körperlich. Mehr, als habe man seine Psyche einer grausamen Tortur unterzogen, seinen Geist gefoltert, und – was noch schlimmer ist – sein Erinnerungsvermögen zerstückelt. Das letzte, dessen er sich entsinnt, ist, daß er mit zweihundertzwanzig Stundenkilometern und in bester Laune über den nächtlichen Militärring geschossen ist.

Dann kam ihm was entgegen. Groß und grell.

Die Kälte greift klamm nach Gabbert. Wieder muß er husten, kommt unsicher auf die Beine. Von Schwindel erfaßt, tastet er nach dem Wrack, das sich mit dem Baum zu einer bizarren Skulptur vereinigt hat. Als setze die Berührung einen Prozeß in Gang, weichen die Kopfschmerzen jäh einsetzender Erinnerung, und er sieht den Anhalter vor seinem geistigen Auge.

Richtig! Er hat jemanden mitgenommen. Jemanden, der Probleme hatte.

Aber warum?

Erneut meldet sich der Paukenschläger und macht jeden klaren Gedanken zunichte. Gabbert wankt zu der offenen Tür und sieht in den Innenraum. Zuerst glaubt er, den Anhalter massig und mit deformierten Gliedmaßen daliegen zu sehen, aber es ist nur die Rückbank, die sich aus ihrer Verankerung gelöst hat. Niemand ist in dem Wagen.

Gabbert schüttelt den Kopf und stolpert um das Wrack herum, mehrmals, bis er sicher sein kann, daß der andere verschwunden ist.

Er war müde, das weiß er noch. Hat gähnen müssen. Kann es sein, daß er am Steuer eingedöst ist? Möglich, daß er sich alles eingebildet hat. Vielleicht gab es gar keinen Anhalter. Nur eine Vision, zu viel Alkohol, zu wenig geschlafen die letzten Nächte. Das würde verschiedenes erklären.

Aber doch nicht bei Zweihundertzwanzig!

Nein, er hat das nicht geträumt! Der Mann war da. Und jetzt ist er verschwunden. Hat sich ins Gebüsch geschleppt. Liegt da irgendwo, droht zu verbluten, kann nicht mal um Hilfe rufen. Ist vielleicht schon tot.

Er muß ihn finden!

Aber wie soll er in dieser pechschwarzen Nacht irgend etwas sehen?

Gabbert versucht sich zu erinnern, was während der Fahrt geschehen ist. Sie haben sich unterhalten. Worüber? Er hat es vergessen. Nichts von dem Gespräch ist in ihm haften geblieben. Wie hat der Mann ausgesehen? Auch das weiß er nicht mehr. Nur, daß sie mit einem kolossalen Lastwagen einen Beinahezusammenstoß hatten, an dessen Ende Trümmer geblieben sind und seine endlose Verwirrung.

Er läuft die Böschung hoch zur Straße. Der Laster ist weg. Weit und breit kein Auto. Gabbert sieht nach rechts und links, aber der schwarze Schacht, der die vertraute Welt bei Nacht verschluckt, gibt nichts preis. Nur ein leises Seufzen wie aus weiter Ferne dringt herüber. Wind, der durch die Äste streift. Sonst nichts.

Wie lange hat er da gelegen? Das Glas seiner Armbanduhr ist gesprungen, sie ist stehengeblieben, die Zeiger stehen auf viertel nach zwei. Er kann Stunden ohnmächtig gewesen sein oder Minuten. Unmöglich zu sagen.

Und wo genau, zum Teufel, ist er überhaupt?!

Nach einigen Orientierungsversuchen kommt Gabbert zu dem Schluß, er müsse in unmittelbarer Nähe der Kreuzung Berrenrather Straße sein. Nicht allzu weit, um Hilfe zu holen. Irgend jemanden aus dem Bett klingeln oder einen Wagen anhalten, sobald ihm einer entgegenkommt.

Falls einer hält.

Er, Gabbert, der nie Anhalter mitgenommen hat: unversehens ist er selber einer. Aber gut, wer hilft, dem soll geholfen werden! Und er hat geholfen! Hat er. Dieses eine Mal zumindest.

Irgend etwas sagt ihm, er hätte besser daran getan, die Fahrerflucht-Variante auszuprobieren.

Egal. Zu spät.

Ergeben trottet er los, immer den Straßenrand entlang. Was soll er sich beklagen? Er kann dem Himmel danken, daß er bei dem Crash nicht draufgegangen ist. Wahrscheinlich hat er eine Gehirnerschütterung, na, wenn's weiter nichts ist. Er zumindest ist noch mal davongekommen. Was aus dem anderen geworden ist, daran wagt er allerdings nicht zu denken.

Die Strecke zieht sich.

Mit der Zeit empfindet Gabbert zunehmende Niedergeschlagenheit und Bedrückung. Nie hätte er gedacht, wie einsam und gottverlassen so eine Straße bei Nacht sein kann. Die Dunkelheit ist wie schwarzer Nebel, sie verhüllt alle bekannten Strukturen, so daß er sich nach einer Weile fragt, ob er schon zu weit gelaufen ist. Aber das ist nun völliger Unsinn! Selbst wenn die biblische Finsternis über Köln gekommen wäre, an einer breiten, beleuchteten Kreuzung geht man nicht einfach vorbei. Es ist eben so, daß man die Welt zu Fuß anders erlebt als mit Zweihundertzwanzig hinterm Steuer, die Ellbogen durchgedrückt, Promille im Blick, selig.

Gabbert stellt fest, daß er Angst hat.

Plötzlich hat er das deutliche Gefühl, in eine Falle geraten zu sein. Die Eingebung überkommt ihn mit solcher Heftigkeit, daß er sich übergeben muß. Endloses Würgen, Husten und Keuchen, Blut und Erbrochenes. Dann taumelt er weiter, den klammen Griff der Furcht ums Herz spürend, ringt nach Atem und betet um die Straßenbeleuchtung der Kreuzung oder die entgegenkommenden Scheinwerfer eines Autos.

Vor seinen Augen scheinen die Silhouetten der Bäume einen wiegenden Tanz aufzuführen. Das Wispern in den Ästen wird zu einem Brausen, einem phantastischen Hohngelächter über seine Hilflosigkeit. Gabbert ohne Golf. Wie unwürdig. Wie elend, dieser Torso, dem die Natur zwei steife Auswüchse gab, um darauf voranzustaksen, jede Ameise ist schneller, jede Raubkatze eleganter, jede Mikrobe überlegen.

Gabbert geht zügiger, beginnt zu rennen, von Panik ergriffen. Er hätte längst auf die nächste Abzweigung stoßen müssen, eine Ampel, wenigstens ein Schild. Aber nichts! Nichts ist, wie es sein sollte! In endloser Folge reihen sich die Bäume aneinander, jeder nächste könnte der vorherige sein, wie sie da entstehen aus der schwarzen Formlosigkeit und kurzzeitig Gestalt annehmen, unmittelbar, bevor er an ihnen vorüberhetzt. Jedes Gestrüpp, jeder Farn, jeder Grashalm scheint sich auf seine Kosten zu amüsieren, die Position zu wechseln, ihn immer wieder aufs Neue zu erwarten, so daß er ebensogut rückwärts gehen könnte oder im Kreis oder auch stehenbleiben und einfach niedersinken, sich ausstrekken und die Augen schließen, weil es in diesem Mahlstrom aus Form und Formlosigkeit keine verbindlichen Gesetze mehr gibt und keine Chance, ihn jemals wieder zu verlassen.

Die Dunkelheit verdickt sich. Fast, als gebiete sie über eine eigene molekulare Struktur. Bedrängt Gabbert von allen Seiten. Suggeriert ihm, er beginne zu erblinden, legt sich auf seine Haut, dringt in ihn ein, sickert in seine Adern, schwärzt sein Blut und seine Sinne.

Vor Angst halb wahnsinnig, wankt er auf den Mittelstreifen, das einzige, was er noch schwach erkennen kann, während um ihn herum das Chaos tobt.

Und reißt die Augen auf.

Der Gesang der Maschine ...

Lichter.

Scheinwerfer!

Weit hinten noch, aber der Wagen nähert sich mit irrsinniger Geschwindigkeit. Gabbert beginnt zu gestikulieren, zu schreien, springt auf und nieder, während die dunklen Schwaden zurückweichen und aus seinem Kopf verschwinden. Immer näher kommen die Lichter, erfassen seine Gestalt, tauchen sein blutverschmiertes Gesicht in grellroten Glanz. Er will sich baden in diesem Lichtkegel, sich hineinwerfen. Dann ist der Wagen vorbei und kommt mit ohrenbetäubendem Quietschen kurz hinter ihm zum Stehen. Dünner Rauch verwirbelt über dem Heck.

Gabbert läuft hinüber und beugt sich zur Beifahrerseite runter. Die Fenster sind geschlossen, die Scheiben abgedunkelt. Das Gesicht des Fahrers nur undeutlich erkennbar. Gabbert beginnt zu reden, irgend etwas von Unfall und Hilfe, während seine Knöchel gegen das Seitenfenster schlagen.

Das Fenster öffnet sich einen Spalt.

»Kann ich was für Sie tun?« fragt eine Stimme aus dem Innern.

Gabbert horcht auf. Hat er die Stimme schon mal gehört? »Wir hatten einen Unfall«, murmelt er.

Seine Gedanken klären sich.

Einen Moment lang erhellt ihn die deutliche Gewißheit, den Unfall gar nicht überlebt zu haben. Und daß die Verdammnis kein Höllenfeuer ist, sondern ein nichtendenwollender Alptraum auf dem Militärring, schlicht, einfach und in Ewigkeit.

Dann überkommt ihn wieder die Verwirrung.

Was wollte er noch gleich?

Ach ja! Er muß zurück. Den anderen finden.

»Soll ich Sie ins Krankenhaus fahren?« fragt der Fahrer.

Gabbert überlegt.

»Nein«, sagt er langsam. »Nein, mir geht's gut.«

Moritat

Der Meister liegt in seinem Blut.
Er buk die schönsten Printen,
die es in Köln zu kaufen gibt,
beziehungsweise, gab. Von hinten
kam ein Mensch in heller Wut,
und wie der ihm das Messer
gemächlich in den Rücken schiebt,
da sprenkelt sich der Teig tiefrot.
Der Meister fällt aufs Angesicht.
Der Mörder fühlt sich besser.
Der Meister fühlt nichts mehr, weil tot,
der alte Printenfresser.
Sie ahnen, wer hier um sich sticht?
Der Lehrling sei's gewesen?
Mein lieber Freund, beachten Sie,
das Ganze hier ist Poesie!
Nur Worte, die Sie lesen.
Drum, was den Schuldigen betrifft:
Der Lehrling war's nicht.
War der Stift.

Von Frank Schätzing bisher erschienen:

TOD UND TEUFEL

Köln im September 1260: Jeder steht gegen jeden. Erzbischof und Bürger versuchen, einander mit allen legalen und illegalen Mitteln in die Knie zu zwingen. Jacop der Fuchs, Dieb und Herumtreiber, zeigt an den erzbischöflichen Äpfeln indes mehr Interesse als an der hohen Politik. Was ihm nicht gut bekommt: In den Ästen sitzend, wird er Zeuge, wie ein höllenschwarzer Schatten den Dombaumeister vom Gerüst in die Tiefe stößt. Er hat den Mord als einziger gesehen. Aber der Schatten hat auch ihn gesehen. Er heftet sich an Jacops Spuren und bringt jeden um, den Jacop einweiht. Als Jacop begreift, daß der Sturz vom Dom nur Auftakt einer unerhörten Intrige war, ist es fast schon zu spät ...

Paperback, 380 Seiten, ISBN 3-924491-59-3, 19,80 DM

»Ein ungewöhnliches Buch. Ein spannender Mittelalter-Krimi«

Express

MORDSHUNGER

Romanus Cüpper ist nicht nur Kommissar, sondern auch leidenschaftlicher Koch. In diesem Krimi ist vom Morden *und* vom Essen die Rede. Die appetitliche Leiche der schönen Inka von Barneck wird ihm gleich zu Anfang serviert. Und dem makabren Hors d'oeuvre folgen natürlich weitere Gänge. Zunächst bleiben die Zutaten der komplizierten Speisenfolge auch der feinen Zunge Cüppers verborgen, bis dem Kommissar das Angerichtete sauer aufstößt. Zum guten Schluß serviert ihm sein Assistent Rheinischen Sauerbraten, den besten, den Cüpper je gegessen hat. Wer dann noch immer nicht satt ist, der kann die im Anhang veröffentlichten Rezepte nachkochen, die die Küchenchefs der Lieblingsrestaurants des Kommissars dem Autoren verraten haben. Ein Gourmet-Krimi. Guten Appetit.

Paperback, 260 Seiten, ISBN 3-924491-71-2, 16,80 DM

»Schätzing, der 1995 mit seinem Köln-Krimi Classic ein beachtliches literarisches Debut gab, erweist sich auch in seinem zweiten Buch als ebenso witziger wie phantasiebegabter Leser.«

Kölner Stadt-Anzeiger

Köln-Krimis im Emons Verlag

TÖDLICHER KLÜNGEL
Köln-Krimi 1 von Christoph Gottwald
Paperback, 144 Seiten, ISBN 3-924491-01-1, 16,80 DM

DREIMAL NULL IST NULL
Köln-Krimi 2 von Frank Schauhoff
Paperback, 152 Seiten, ISBN 3-924491-03-8, 16,80 DM

LEBENSLÄNGLICH PIZZA
Köln-Krimi 3 von Christoph Gottwald
Paperback, 142 Seiten, ISBN 3-924491-07-0, 16,80 DM

YELLOW CAB
Köln-Krimi 4 von Uli Tobinsky
Paperback, 156 Seiten, ISBN 3-924491-10-0, 16,80 DM

DER SCHWARZGELDESSER
Köln-Krimi 5 von Frank Grützbach
Paperback, 204 Seiten, ISBN 3-924491-16-X, 16,80 DM

TOD IN DER SÜDSTADT
Köln-Krimi 6 von Rüdiger Jungbluth
Paperback, 160 Seiten, ISBN 3-924491-26-7, 16,80 DM

SCHMAHL
Köln Krimi 7 von Peter Meisenberg
Paperback, 146 Seiten, ISBN 3-924491-31-3, 16,80 DM

HUNDERT NÄCHTE LÖSEGELD
Köln-Krimi 8 von Rolf Hülsebusch
Paperback, 150 Seiten, ISBN 3-924491-36-4, 16,80 DM

KAMELLE
Köln-Krimi 9 von Ralf Günther
Paperback, 174 Seiten, ISBN 3-924491-39-9, 16,80 DM

MARIE MARIE
Köln-Krimi 10 von Christoph Gottwald
Paperback, 177 Seiten, ISBN 3-924491-46-1, 16,80 DM

HAIE
Köln-Krimi 11 von Peter Meisenberg
Paperback, 220 Seiten, ISBN 3-924491-66-6, 16,80 DM

MORDSHUNGER
Köln-Krimi 12 von Frank Schätzing
Paperback, 260 Seiten, ISBN 3-924491-71-2, 19,80 DM

Köln Krimi *Classic*

NACHT ÜBER NIPPES
Köln-Krimi-*Classic* 1 von Edgar Noske
Paperback, 160 Seiten, ISBN 3-924491-45-3, 16,80 DM

TOD UND TEUFEL
Köln-Krimi-*Classic* 2 von Frank Schätzing
Paperback, 380 Seiten, ISBN 3-924491-59-3, 19,80 DM

Köln Krimi für Pänz und Kids

DIE SPUR FÜHRT ZURÜCK
Köln Krimi für Pänz 1 von Rolf Hülsebusch
Paperback, 160 Seiten, ISBN 3-924491-69-0, 16,80 DM

COOLE KANNEN
Köln Krimi für Pänz 2 von Ralf Günther
Paperback, 160 Seiten, ISBN 3-924491-82-2, 16,80 DM

Der Bergische Krimi

ÜBER DIE WUPPER
Der Bergische Krimi 1 von Edgar Noske und Klaus Mombrei
160 Seiten, Paperback, ISBN 3-924491-60-7, DM 16.80

BULLENMORD
Der Bergische Krimi 2 von Volker Kutscher und Christian Schnalke
200 Seiten, Paperback, ISBN 3-924491-87-9, DM 16.80

Eifel Krimi

BITTE EIN MORD
Eifel Krimi 1 von Edgar Noske
190 Seiten, Paperback, ISBN 3-924491-76-3, DM 16.80